中國語言文字研究輯刊

二二編

許學仁 主編

第18冊

《清華大學藏戰國竹簡(肆)~(柒)》字根研究(第二冊)

范天培 著

花木蘭文化事業有限公司

國家圖書館出版品預行編目資料

《清華大學藏戰國竹簡（肆）～（柒）》字根研究（第二冊）
／范天培 著 -- 初版 -- 新北市：花木蘭文化事業有限公司，
2022〔民 111〕
目 4+162 面；21×29.7 公分
（中國語言文字研究輯刊　二二編；第 18 冊）
ISBN 978-986-518-844-3（精裝）
1.CST：簡牘文字 2.CST：詞根 3.CST：研究考訂
802.08　　110022449

中國語言文字研究輯刊
二二編　第十八冊　ISBN：978-986-518-844-3

《清華大學藏戰國竹簡（肆）～（柒）》字根研究（第二冊）

作　　者　范天培
主　　編　許學仁
總 編 輯　杜潔祥
副總編輯　楊嘉樂
編輯主任　許郁翎
編　　輯　張雅淋、潘玟靜、劉子瑄　美術編輯　陳逸婷
出　　版　花木蘭文化事業有限公司
發 行 人　高小娟
聯絡地址　235 新北市中和區中安街七二號十三樓
電話：02-2923-1455 ／傳真：02-2923-1452
網　　址　http://www.huamulan.tw 信箱 service@huamulans.com
印　　刷　普羅文化出版廣告事業
初　　版　2022 年 3 月
定　　價　二二編 28 冊（精裝）　台幣 92,000 元　

《清華大學藏戰國竹簡（肆）～（柒）》字根研究（第二冊）

范天培 著

目次

第二冊

第三冊

第四冊

第五冊

八、耳　類

077　耳

單　字				
 四/筮法/58/耳	 六/鄭武/5/耳	 六/管仲/4/耳	 六/管仲/4/耳	 七/子犯/1/耳
 七/子犯/13/耳				
偏　旁				
 四/筮法/14/取	 四/筮法/16/取	 四/筮法/62/取	 五/厚父/10/取	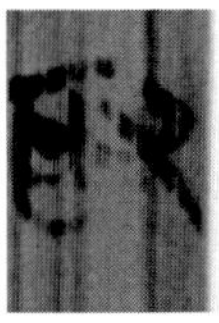 五/湯丘/1/取
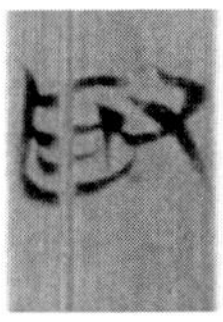 六/子儀/2/取	 六/子產/1/取	 七/越公/14/取	 七/越公/54/取	 七/越公/56/取
 七/越公/56/取	 七/越公/57/取	 七/越公/43/趣	 七/越公/44/趣	 七/越公/48/御
 七/越公/54/御	 七/越公/54/御	 七/越公/54/御	 七/越公/56/御	 七/越公/56/御

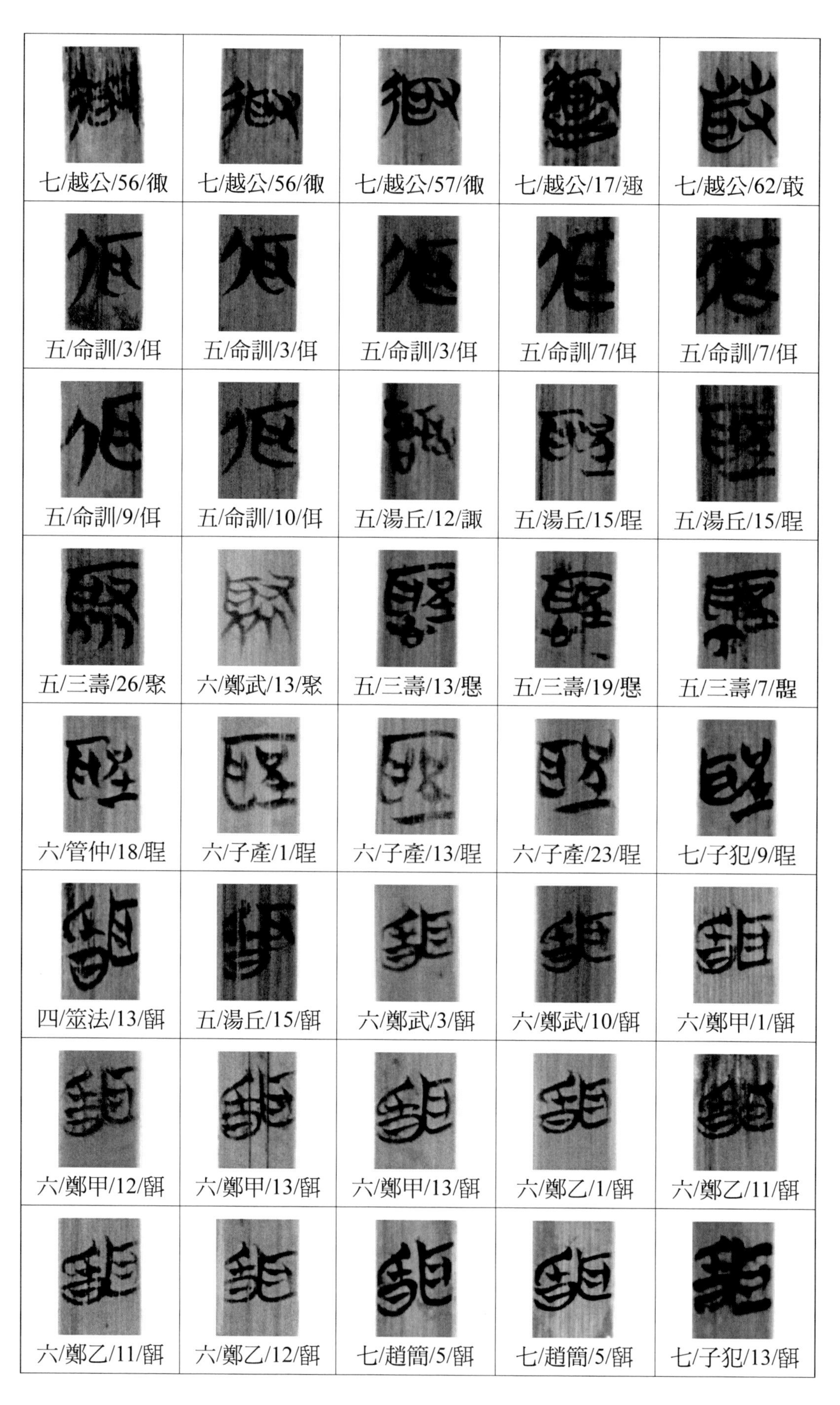
七/越公/56/徹
七/越公/56/徹
七/越公/57/徹
七/越公/17/遯
七/越公/62/敢
五/命訓/3/佴
五/命訓/3/佴
五/命訓/3/佴
五/命訓/7/佴
五/命訓/7/佴
五/命訓/9/佴
五/命訓/10/佴
五/湯丘/12/諏
五/湯丘/15/聖
五/湯丘/15/聖
五/三壽/26/聚
六/鄭武/13/聚
五/三壽/13/聽
五/三壽/19/聽
五/三壽/7/聖
六/管仲/18/聖
六/子產/1/聖
六/子產/13/聖
六/子產/23/聖
七/子犯/9/聖
四/筮法/13/𦖞
五/湯丘/15/𦖞
六/鄭武/3/𦖞
六/鄭武/10/𦖞
六/鄭甲/1/𦖞
六/鄭甲/12/𦖞
六/鄭甲/13/𦖞
六/鄭甲/13/𦖞
六/鄭乙/1/𦖞
六/鄭乙/11/𦖞
六/鄭乙/11/𦖞
六/鄭乙/12/𦖞
七/趙簡/5/𦖞
七/趙簡/5/𦖞
七/子犯/13/𦖞

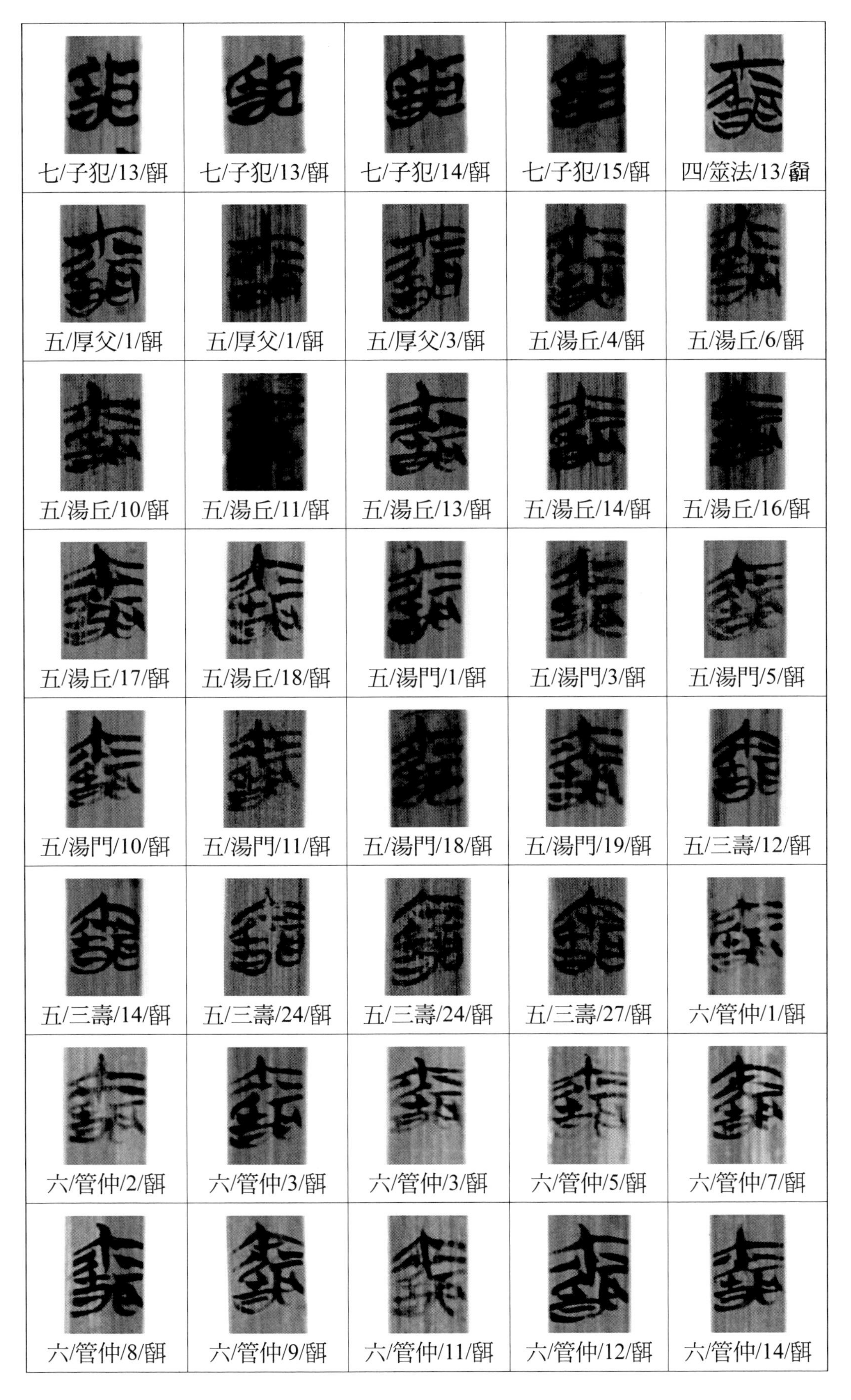

七/子犯/13/䎽	七/子犯/13/䎽	七/子犯/14/䎽	七/子犯/15/䎽	四/筮法/13/䎽
五/厚父/1/䎽	五/厚父/1/䎽	五/厚父/3/䎽	五/湯丘/4/䎽	五/湯丘/6/䎽
五/湯丘/10/䎽	五/湯丘/11/䎽	五/湯丘/13/䎽	五/湯丘/14/䎽	五/湯丘/16/䎽
五/湯丘/17/䎽	五/湯丘/18/䎽	五/湯門/1/䎽	五/湯門/3/䎽	五/湯門/5/䎽
五/湯門/10/䎽	五/湯門/11/䎽	五/湯門/18/䎽	五/湯門/19/䎽	五/三壽/12/䎽
五/三壽/14/䎽	五/三壽/24/䎽	五/三壽/24/䎽	五/三壽/27/䎽	六/管仲/1/䎽
六/管仲/2/䎽	六/管仲/3/䎽	六/管仲/3/䎽	六/管仲/5/䎽	六/管仲/7/䎽
六/管仲/8/䎽	六/管仲/9/䎽	六/管仲/11/䎽	六/管仲/12/䎽	六/管仲/14/䎽

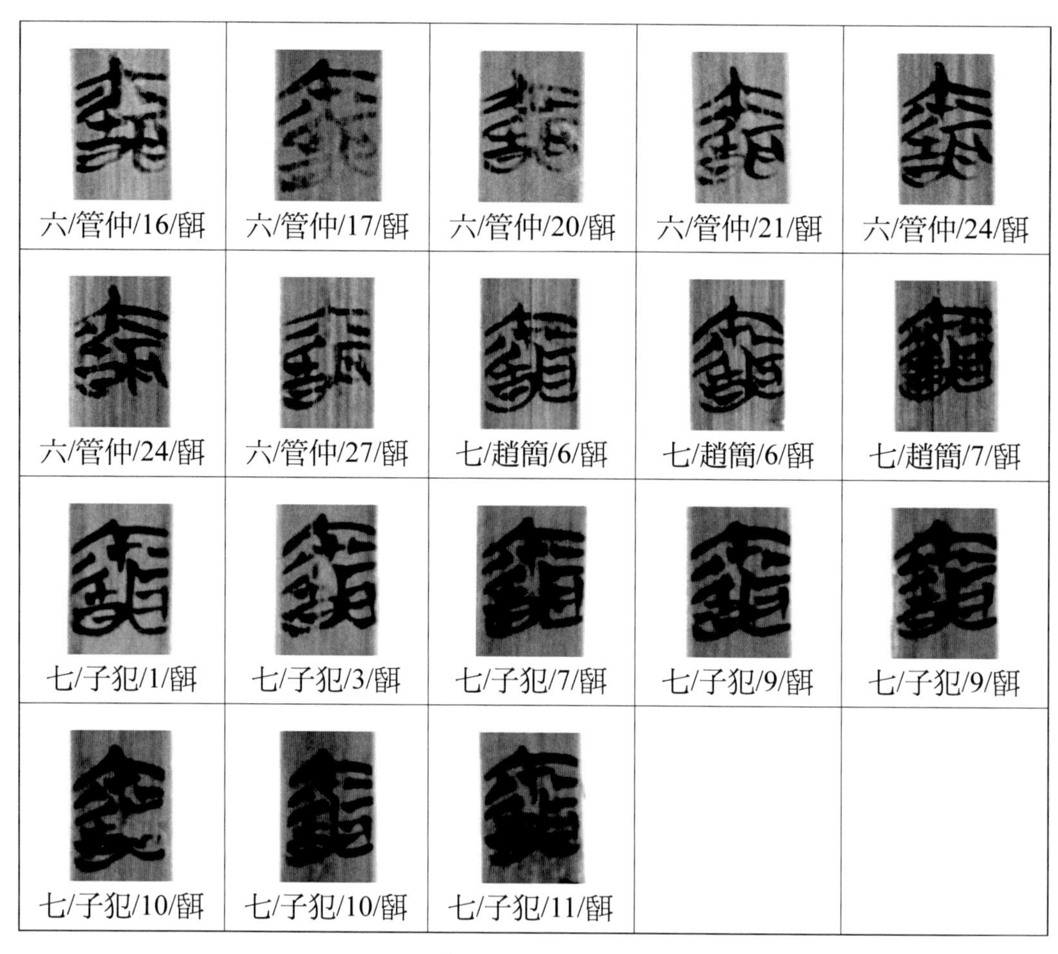

六/管仲/16/餌	六/管仲/17/餌	六/管仲/20/餌	六/管仲/21/餌	六/管仲/24/餌
六/管仲/24/餌	六/管仲/27/餌	七/趙簡/6/餌	七/趙簡/6/餌	七/趙簡/7/餌
七/子犯/1/餌	七/子犯/3/餌	七/子犯/7/餌	七/子犯/9/餌	七/子犯/9/餌
七/子犯/10/餌	七/子犯/10/餌	七/子犯/11/餌		

《說文・卷十二・耳部》：「，主聽也。象形。凡耳之屬皆从耳。」甲骨文字形作：（《合集》13631），（《英藏》2251），（《合集》22190）。金文形體作：，（《耳尊》），（《耳卣》）。「耳」字為象形字，象耳朵之形體。

九、自　類

078　自

單　字				
 五/湯丘/14/自	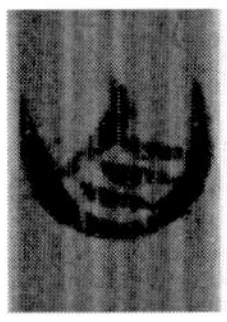 五/湯丘/15/自	 五/湯丘/15/自	 五/湯丘/16/自	 五/湯門/17/自
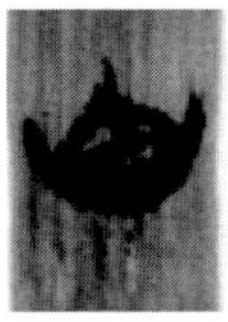 五/三壽/9/自	 五/三壽/25/自	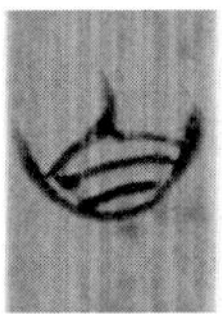 六/子儀/2/自	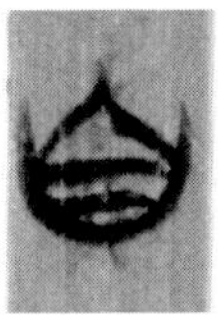 六/子產/4/自	 六/子產/6/自
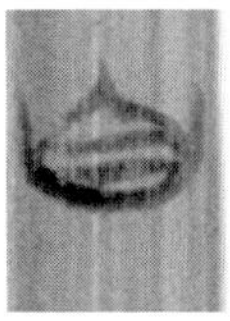 六/子產/6/自	 六/子產/8/自	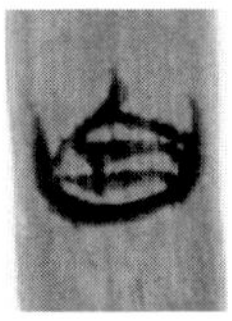 六/子產/19/自	 六/子產/20/自	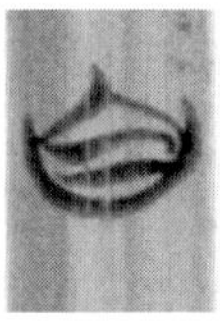 六/子產/27/自
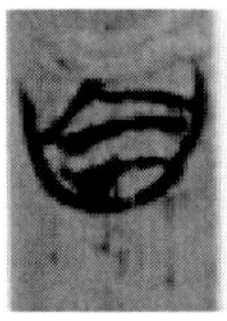 六/鄭武/5/自	 六/鄭武/11/自	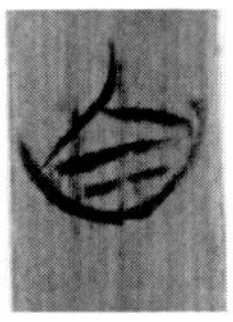 六/鄭甲/5/自	 七/子犯/1/自	 七/晉文/1/自
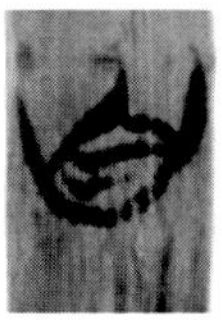 七/越公/13/自	 七/越公/17/自	 七/越公/28/自	 七/越公/30/自	 七/越公/57/自
偏　旁				
 六/子產/9/罪	 六/子產/10/罪	 六/子產/11/罪	 六/子產/11/罪	 六/子產/11/罪

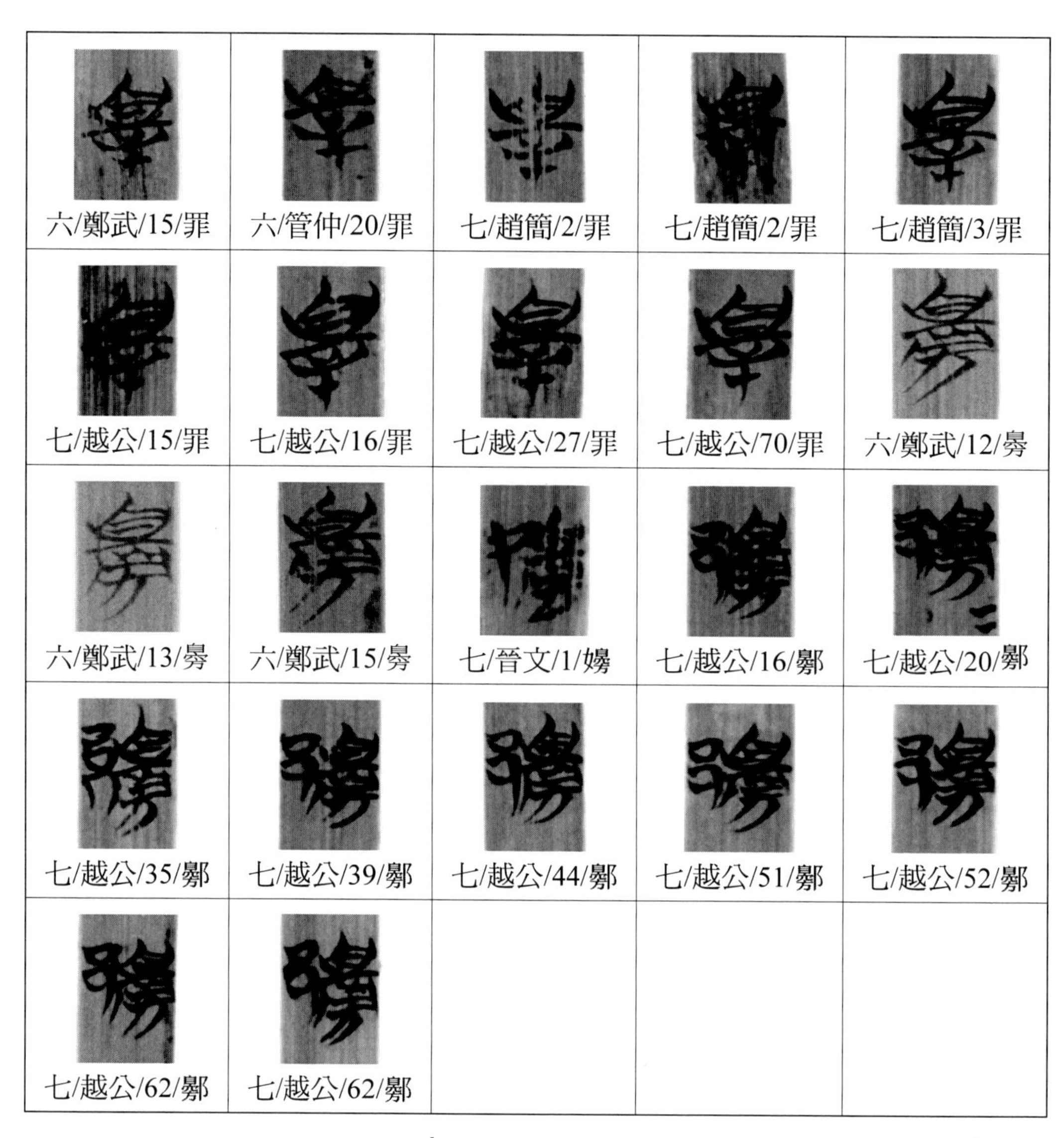

六/鄭武/15/罪	六/管仲/20/罪	七/趙簡/2/罪	七/趙簡/2/罪	七/趙簡/3/罪
七/越公/15/罪	七/越公/16/罪	七/越公/27/罪	七/越公/70/罪	六/鄭武/12/㝒
六/鄭武/13/㝒	六/鄭武/15/㝒	七/晉文/1/嫚	七/越公/16/鄸	七/越公/20/鄸
七/越公/35/鄸	七/越公/39/鄸	七/越公/44/鄸	七/越公/51/鄸	七/越公/52/鄸
七/越公/62/鄸	七/越公/62/鄸			

《說文．卷四．自部》：「，鼻也。象鼻形。凡自之屬皆从自。古文自。」甲骨文字形作：（《合集》00102），（《合集》00438），（《合集》00584）。金文：（《曾仲父斿父簠》）。季師釋形作：「象鼻之形。甲骨文象鼻形，即鼻之本字……西周晚期以後，『自』字鼻腔部分合攏，遂為隸楷所承。」〔註 86〕

〔註 86〕季師旭昇：《說文新證》，頁 272。

十、口　類

079　口

單　字				
 六/管仲/4/口				
偏　旁				
 四/筮法/1/凡	 四/筮法/1/凡	 四/筮法/3/凡	 四/筮法/5/凡	 四/筮法/5/凡
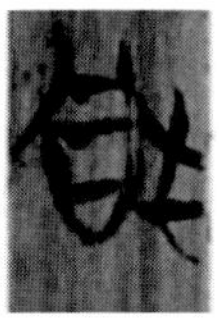 四/筮法/7/凡	 四/筮法/7/凡	 四/筮法/10/凡	 四/筮法/12/凡	 四/筮法/14/凡
 四/筮法/16/凡	 四/筮法/18/凡	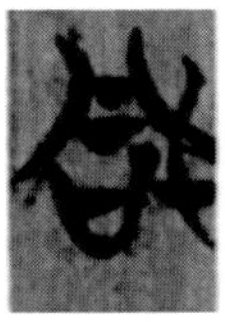 四/筮法/19/凡	 四/筮法/22/凡	 四/筮法/23/凡
 四/筮法/23/凡	 四/筮法/24/凡	 四/筮法/24/凡	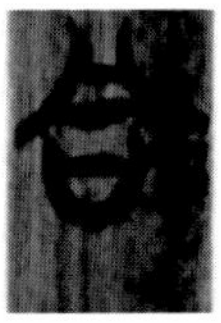 四/筮法/24/凡	 四/筮法/26/凡
 四/筮法/26/凡	 四/筮法/28/凡	 四/筮法/32/凡	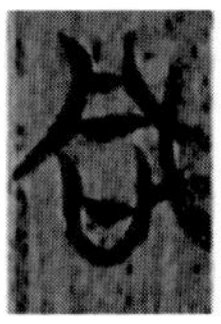 四/筮法/38/凡	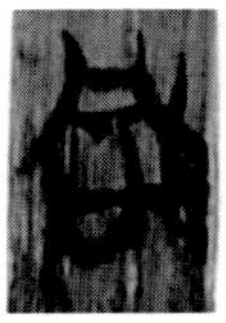 四/筮法/39/凡

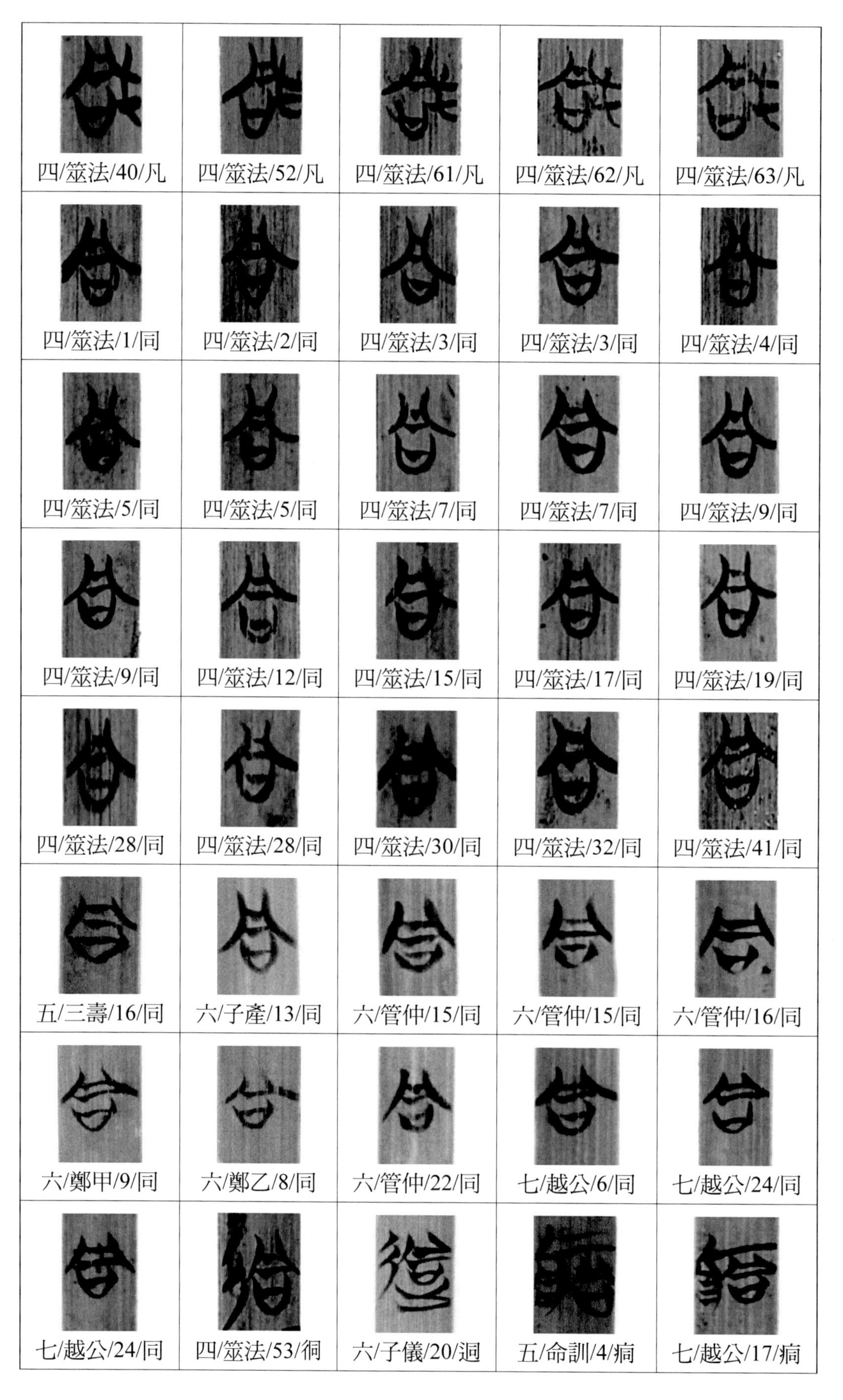

四/筮法/40/凡	四/筮法/52/凡	四/筮法/61/凡	四/筮法/62/凡	四/筮法/63/凡
四/筮法/1/同	四/筮法/2/同	四/筮法/3/同	四/筮法/3/同	四/筮法/4/同
四/筮法/5/同	四/筮法/5/同	四/筮法/7/同	四/筮法/7/同	四/筮法/9/同
四/筮法/9/同	四/筮法/12/同	四/筮法/15/同	四/筮法/17/同	四/筮法/19/同
四/筮法/28/同	四/筮法/28/同	四/筮法/30/同	四/筮法/32/同	四/筮法/41/同
五/三壽/16/同	六/子產/13/同	六/管仲/15/同	六/管仲/15/同	六/管仲/16/同
六/鄭甲/9/同	六/鄭乙/8/同	六/管仲/22/同	七/越公/6/同	七/越公/24/同
七/越公/24/同	四/筮法/53/㣚	六/子儀/20/迵	五/命訓/4/痌	七/越公/17/痌

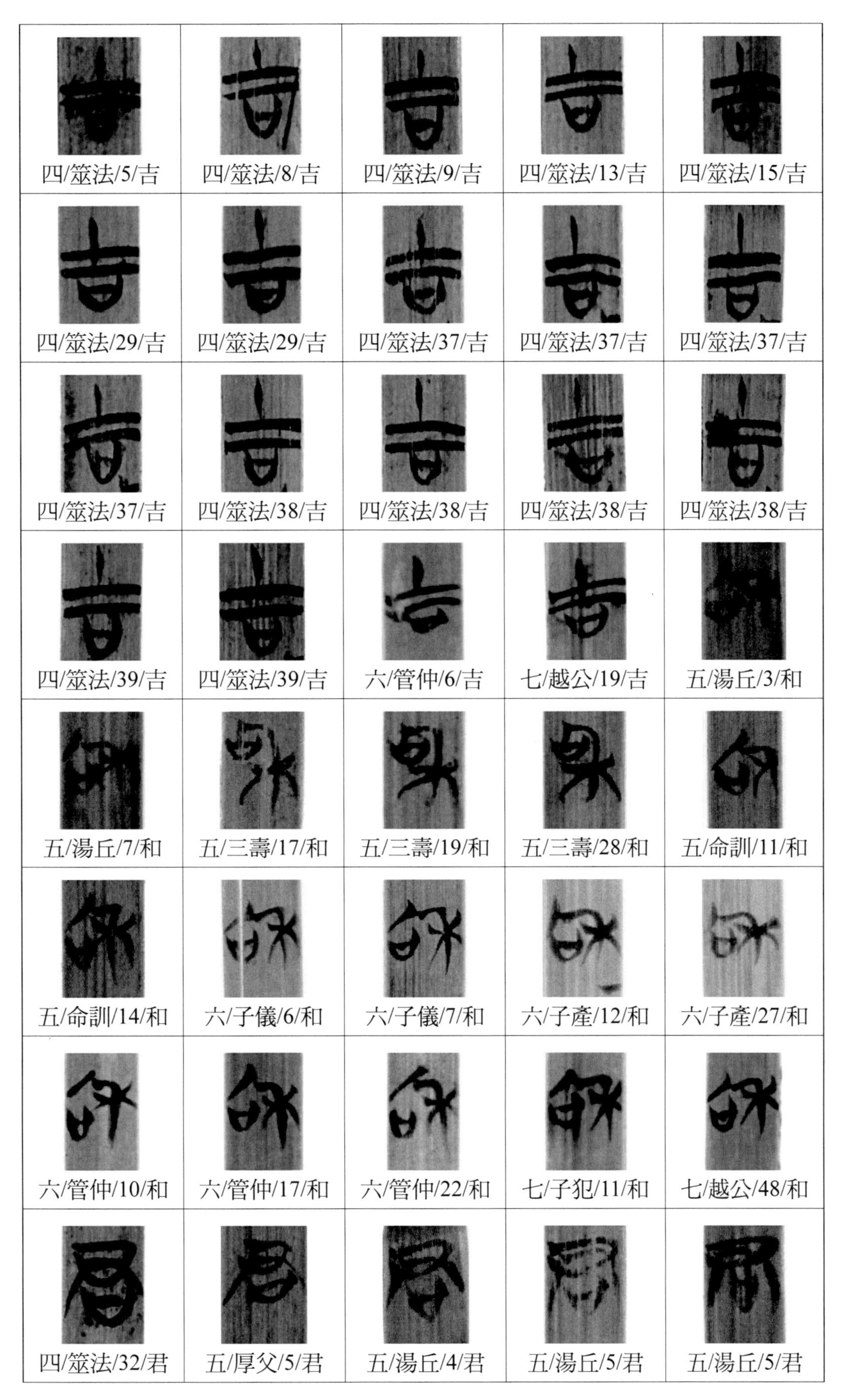

四/筮法/5/吉	四/筮法/8/吉	四/筮法/9/吉	四/筮法/13/吉	四/筮法/15/吉
四/筮法/29/吉	四/筮法/29/吉	四/筮法/37/吉	四/筮法/37/吉	四/筮法/37/吉
四/筮法/37/吉	四/筮法/38/吉	四/筮法/38/吉	四/筮法/38/吉	四/筮法/38/吉
四/筮法/39/吉	四/筮法/39/吉	六/管仲/6/吉	七/越公/19/吉	五/湯丘/3/和
五/湯丘/7/和	五/三壽/17/和	五/三壽/19/和	五/三壽/28/和	五/命訓/11/和
五/命訓/14/和	六/子儀/6/和	六/子儀/7/和	六/子產/12/和	六/子產/27/和
六/管仲/10/和	六/管仲/17/和	六/管仲/22/和	七/子犯/11/和	七/越公/48/和
四/筮法/32/君	五/厚父/5/君	五/湯丘/4/君	五/湯丘/5/君	五/湯丘/5/君

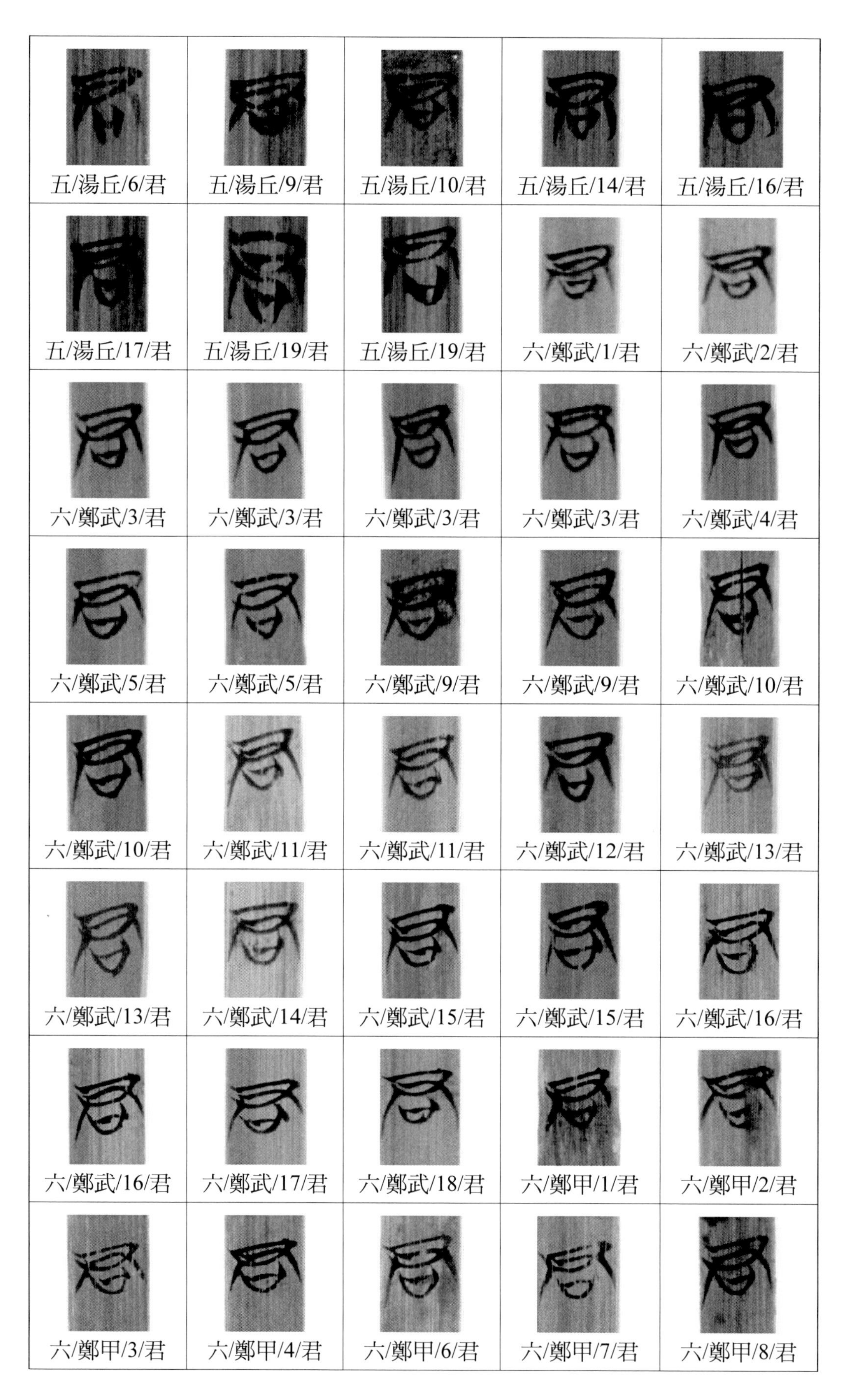

五/湯丘/6/君	五/湯丘/9/君	五/湯丘/10/君	五/湯丘/14/君	五/湯丘/16/君
五/湯丘/17/君	五/湯丘/19/君	五/湯丘/19/君	六/鄭武/1/君	六/鄭武/2/君
六/鄭武/3/君	六/鄭武/3/君	六/鄭武/3/君	六/鄭武/3/君	六/鄭武/4/君
六/鄭武/5/君	六/鄭武/5/君	六/鄭武/9/君	六/鄭武/9/君	六/鄭武/10/君
六/鄭武/10/君	六/鄭武/11/君	六/鄭武/11/君	六/鄭武/12/君	六/鄭武/13/君
六/鄭武/13/君	六/鄭武/14/君	六/鄭武/15/君	六/鄭武/15/君	六/鄭武/16/君
六/鄭武/16/君	六/鄭武/17/君	六/鄭武/18/君	六/鄭甲/1/君	六/鄭甲/2/君
六/鄭甲/3/君	六/鄭甲/4/君	六/鄭甲/6/君	六/鄭甲/7/君	六/鄭甲/8/君

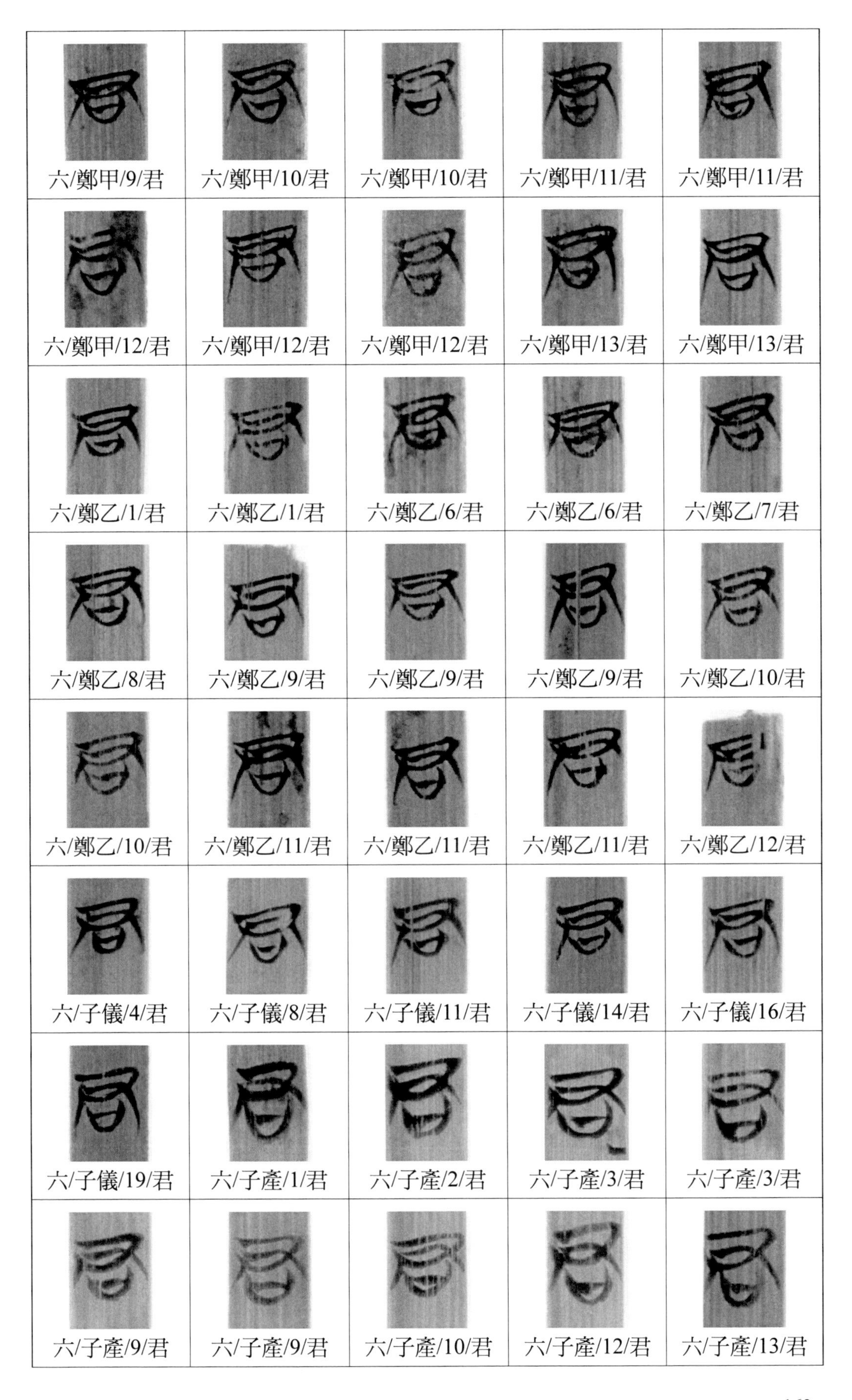

六/鄭甲/9/君	六/鄭甲/10/君	六/鄭甲/10/君	六/鄭甲/11/君	六/鄭甲/11/君
六/鄭甲/12/君	六/鄭甲/12/君	六/鄭甲/12/君	六/鄭甲/13/君	六/鄭甲/13/君
六/鄭乙/1/君	六/鄭乙/1/君	六/鄭乙/6/君	六/鄭乙/6/君	六/鄭乙/7/君
六/鄭乙/8/君	六/鄭乙/9/君	六/鄭乙/9/君	六/鄭乙/9/君	六/鄭乙/10/君
六/鄭乙/10/君	六/鄭乙/11/君	六/鄭乙/11/君	六/鄭乙/11/君	六/鄭乙/12/君
六/子儀/4/君	六/子儀/8/君	六/子儀/11/君	六/子儀/14/君	六/子儀/16/君
六/子儀/19/君	六/子產/1/君	六/子產/2/君	六/子產/3/君	六/子產/3/君
六/子產/9/君	六/子產/9/君	六/子產/10/君	六/子產/12/君	六/子產/13/君

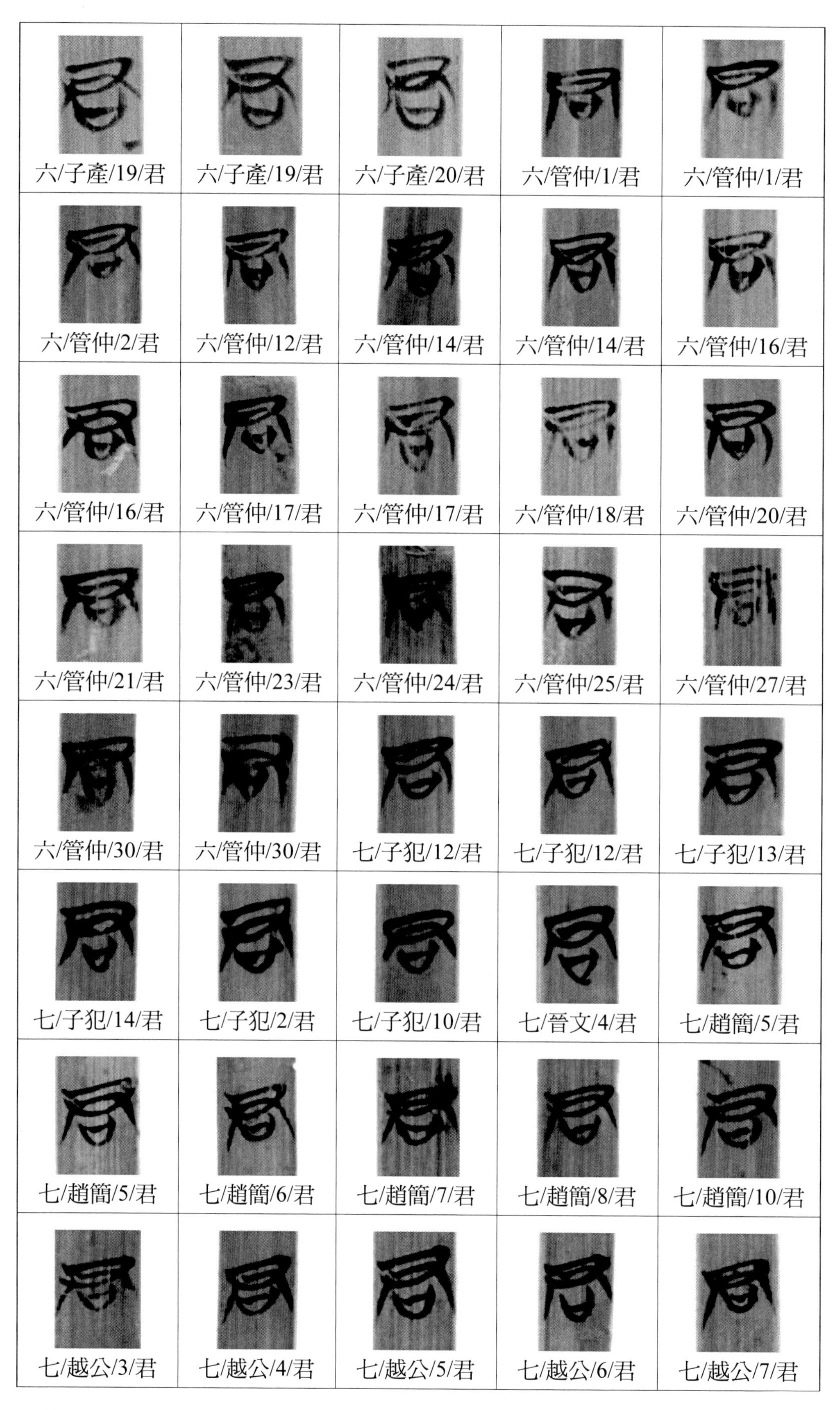

六/子產/19/君	六/子產/19/君	六/子產/20/君	六/管仲/1/君	六/管仲/1/君
六/管仲/2/君	六/管仲/12/君	六/管仲/14/君	六/管仲/14/君	六/管仲/16/君
六/管仲/16/君	六/管仲/17/君	六/管仲/17/君	六/管仲/18/君	六/管仲/20/君
六/管仲/21/君	六/管仲/23/君	六/管仲/24/君	六/管仲/25/君	六/管仲/27/君
六/管仲/30/君	六/管仲/30/君	七/子犯/12/君	七/子犯/12/君	七/子犯/13/君
七/子犯/14/君	七/子犯/2/君	七/子犯/10/君	七/晉文/4/君	七/趙簡/5/君
七/趙簡/5/君	七/趙簡/6/君	七/趙簡/7/君	七/趙簡/8/君	七/趙簡/10/君
七/越公/3/君	七/越公/4/君	七/越公/5/君	七/越公/6/君	七/越公/7/君

七/越公/10/君	七/越公/15/君	七/越公/21/君	七/越公/21/君	七/越公/23/君
七/越公/61/君	七/越公/64/君	四/筮法/36/命	四/筮法/61/命	四/筮法/62/命
五/封許/2/命	五/封許/3/命	五/封許/5/命	五/封許/8/命	五/命訓/1/命
五/命訓/10/命	五/命訓/10/命	五/湯丘/17/命	五/湯丘/19/命	五/湯丘/19/命
五/湯丘/19/命	六/管仲/13/命	六/管仲/26/命	六/子儀/5/命	六/子儀/7/命
六/子產/2/命	六/子產/9/命	六/子產/24/命	六/子產/24/命	六/子產/24/命
六/子產/25/命	七/子犯/9/命	七/晉文/1/命	七/晉文/2/命	七/晉文/2/命
七/晉文/3/命	七/晉文/3/命	七/晉文/3/命	七/晉文/4/命	七/晉文/4/命

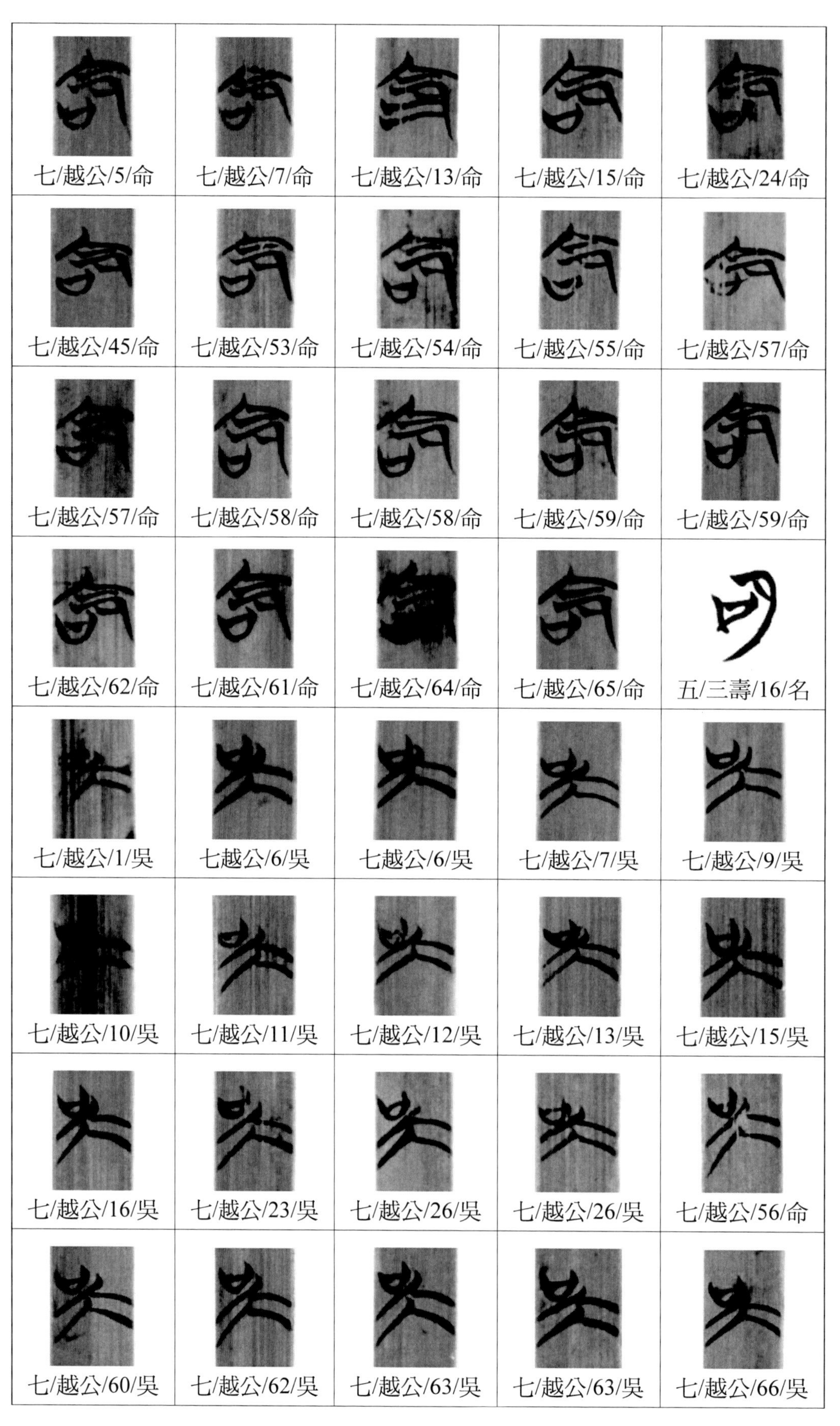

七/越公/5/命	七/越公/7/命	七/越公/13/命	七/越公/15/命	七/越公/24/命
七/越公/45/命	七/越公/53/命	七/越公/54/命	七/越公/55/命	七/越公/57/命
七/越公/57/命	七/越公/58/命	七/越公/58/命	七/越公/59/命	七/越公/59/命
七/越公/62/命	七/越公/61/命	七/越公/64/命	七/越公/65/命	五/三壽/16/名
七/越公/1/吳	七越公/6/吳	七越公/6/吳	七/越公/7/吳	七/越公/9/吳
七/越公/10/吳	七/越公/11/吳	七/越公/12/吳	七/越公/13/吳	七/越公/15/吳
七/越公/16/吳	七/越公/23/吳	七/越公/26/吳	七/越公/26/吳	七/越公/56/命
七/越公/60/吳	七/越公/62/吳	七/越公/63/吳	七/越公/63/吳	七/越公/66/吳

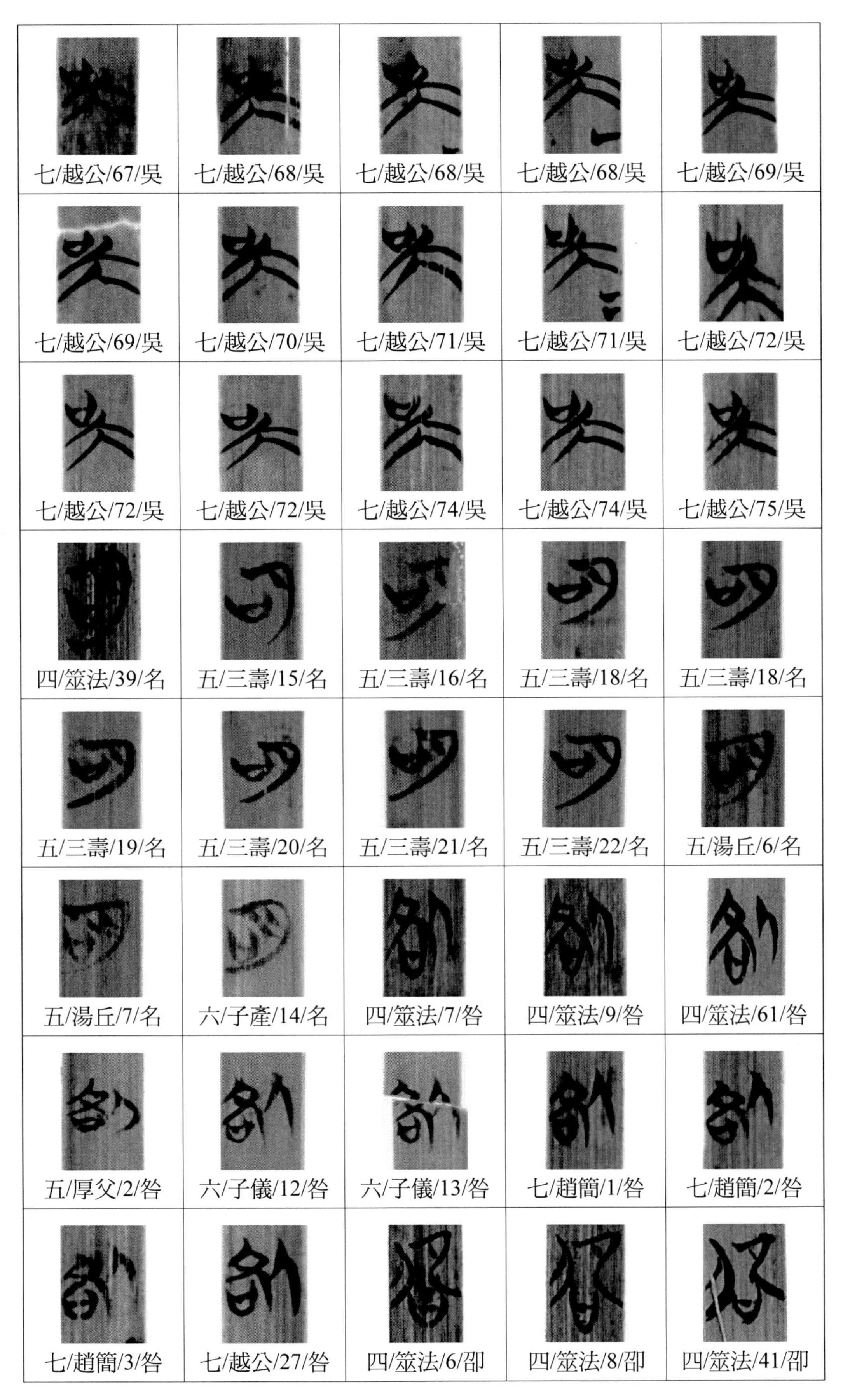

七/越公/67/吳	七/越公/68/吳	七/越公/68/吳	七/越公/68/吳	七/越公/69/吳
七/越公/69/吳	七/越公/70/吳	七/越公/71/吳	七/越公/71/吳	七/越公/72/吳
七/越公/72/吳	七/越公/72/吳	七/越公/74/吳	七/越公/74/吳	七/越公/75/吳
四/筮法/39/名	五/三壽/15/名	五/三壽/16/名	五/三壽/18/名	五/三壽/18/名
五/三壽/19/名	五/三壽/20/名	五/三壽/21/名	五/三壽/22/名	五/湯丘/6/名
五/湯丘/7/名	六/子產/14/名	四/筮法/7/咎	四/筮法/9/咎	四/筮法/61/咎
五/厚父/2/咎	六/子儀/12/咎	六/子儀/13/咎	七/趙簡/1/咎	七/趙簡/2/咎
七/趙簡/3/咎	七/越公/27/咎	四/筮法/6/卲	四/筮法/8/卲	四/筮法/41/卲

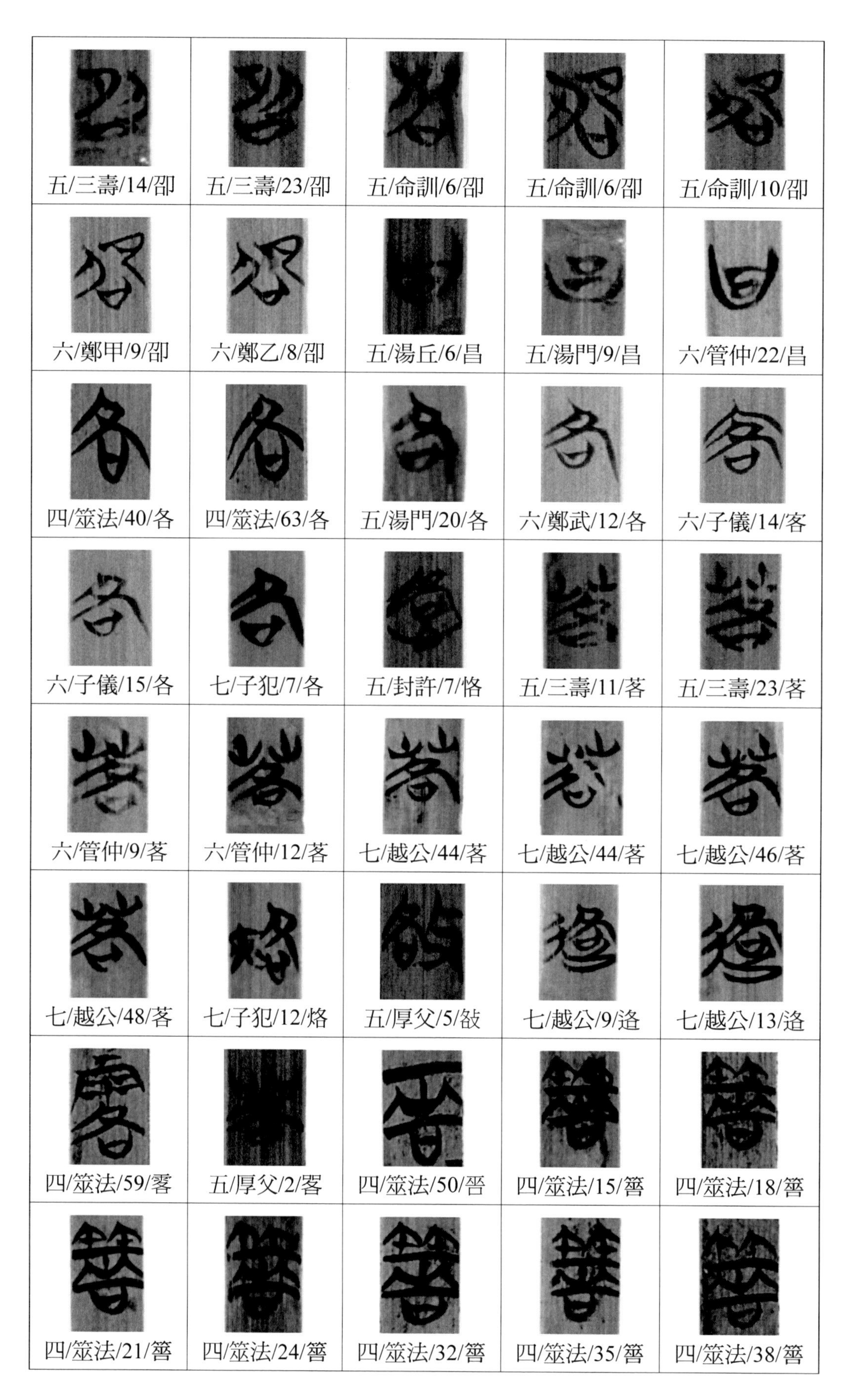

五/三壽/14/卲	五/三壽/23/卲	五/命訓/6/卲	五/命訓/6/卲	五/命訓/10/卲
六/鄭甲/9/卲	六/鄭乙/8/卲	五/湯丘/6/昌	五/湯門/9/昌	六/管仲/22/昌
四/筮法/40/各	四/筮法/63/各	五/湯門/20/各	六/鄭武/12/各	六/子儀/14/客
六/子儀/15/各	七/子犯/7/各	五/封許/7/恪	五/三壽/11/茖	五/三壽/23/茖
六/管仲/9/茖	六/管仲/12/茖	七/越公/44/茖	七/越公/44/茖	七/越公/46/茖
七/越公/48/茖	七/子犯/12/烙	五/厚父/5/敋	七/越公/9/⿺辶各	七/越公/13/⿺辶各
四/筮法/59/⿱雨各	五/厚父/2/⿱罒各	四/筮法/50/⿱五各	四/筮法/15/⿱𥫗⿱五各	四/筮法/18/⿱𥫗⿱五各
四/筮法/21/⿱𥫗⿱五各	四/筮法/24/⿱𥫗⿱五各	四/筮法/32/⿱𥫗⿱五各	四/筮法/35/⿱𥫗⿱五各	四/筮法/38/⿱𥫗⿱五各

五/三壽/11/箁	五/厚父/8/箁	六/鄭武/2/箁	四/筮法/41/少	七/子犯/3/少
四/筮法/37/兌	四/筮法/37/兌	四/筮法/38/兌	四/筮法/38/兌	四/筮法/45/兌
四/筮法/46/兌	四/筮法/46/兌	四/筮法/48/兌	四/筮法/57/兌	七/越公/15/兌
五/厚父/2/啓	五/厚父/2/啓	五/厚父/10/啓	六/鄭甲/8/啓	七/晉文/7/啓
四/筮法/39/蜼	五/湯丘/10/唯	五/湯丘/11/唯	五/湯門/6/唯	五/湯門/11/唯
五/湯門/14/唯	五/湯門/18/唯	五/湯門/20/唯	五/湯門/21/唯	五/三壽/28/唯
六/管仲/26/唯	六/管仲/29/唯	六/子儀/13/唯	七/越公/65/鳴	七/越公/65/鳴
七/越公/74/唯	五/封許/2/雚	五/封許/7/雚	五/三壽/26/加	六/鄭武/13/加

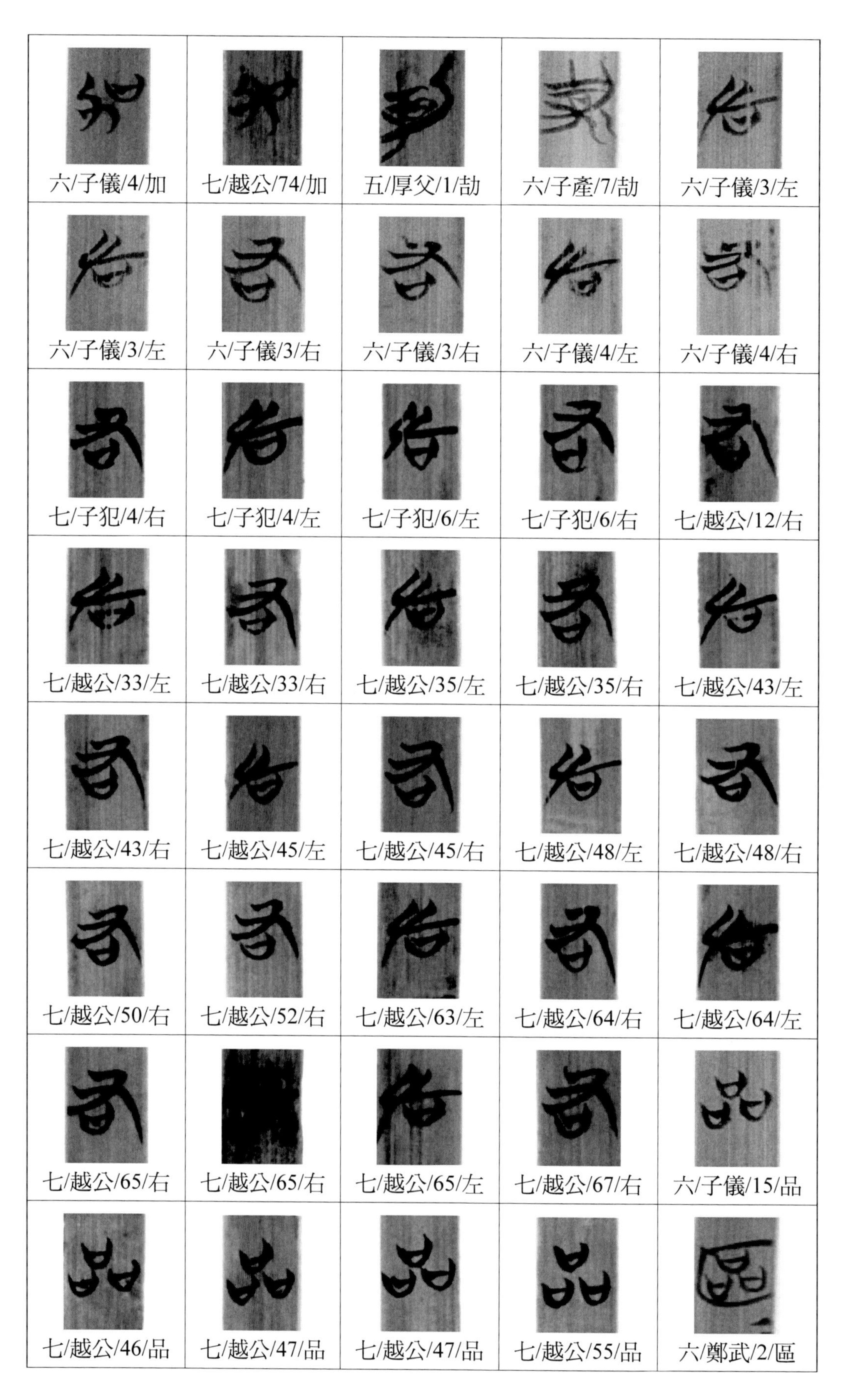

六/子儀/4/加	七/越公/74/加	五/厚父/1/劼	六/子產/7/劼	六/子儀/3/左
六/子儀/3/左	六/子儀/3/右	六/子儀/3/右	六/子儀/4/左	六/子儀/4/右
七/子犯/4/右	七/子犯/4/左	七/子犯/6/左	七/子犯/6/右	七/越公/12/右
七/越公/33/左	七/越公/33/右	七/越公/35/左	七/越公/35/右	七/越公/43/左
七/越公/43/右	七/越公/45/左	七/越公/45/右	七/越公/48/左	七/越公/48/右
七/越公/50/右	七/越公/52/右	七/越公/63/左	七/越公/64/右	七/越公/64/左
七/越公/65/右	七/越公/65/右	七/越公/65/左	七/越公/67/右	六/子儀/15/品
七/越公/46/品	七/越公/47/品	七/越公/47/品	七/越公/55/品	六/鄭武/2/區

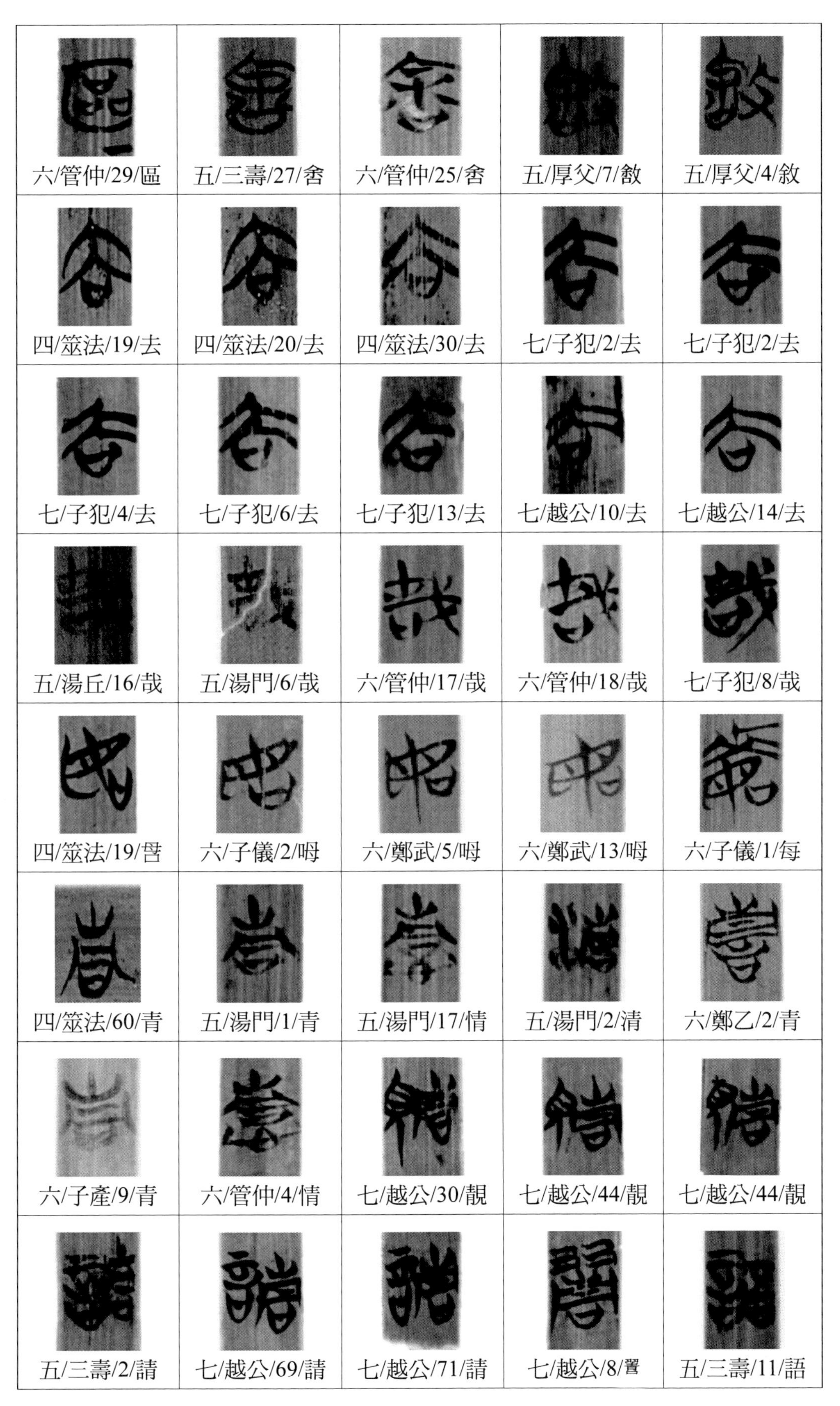

六/管仲/29/區	五/三壽/27/畬	六/管仲/25/畬	五/厚父/7/斂	五/厚父/4/斂
四/筮法/19/去	四/筮法/20/去	四/筮法/30/去	七/子犯/2/去	七/子犯/2/去
七/子犯/4/去	七/子犯/6/去	七/子犯/13/去	七/越公/10/去	七/越公/14/去
五/湯丘/16/哉	五/湯門/6/哉	六/管仲/17/哉	六/管仲/18/哉	七/子犯/8/哉
四/筮法/19/昬	六/子儀/2/呣	六/鄭武/5/呣	六/鄭武/13/呣	六/子儀/1/每
四/筮法/60/青	五/湯門/1/青	五/湯門/17/情	五/湯門/2/清	六/鄭乙/2/青
六/子產/9/青	六/管仲/4/情	七/越公/30/靚	七/越公/44/靚	七/越公/44/靚
五/三壽/2/請	七/越公/69/請	七/越公/71/請	七/越公/8/詈	五/三壽/11/語

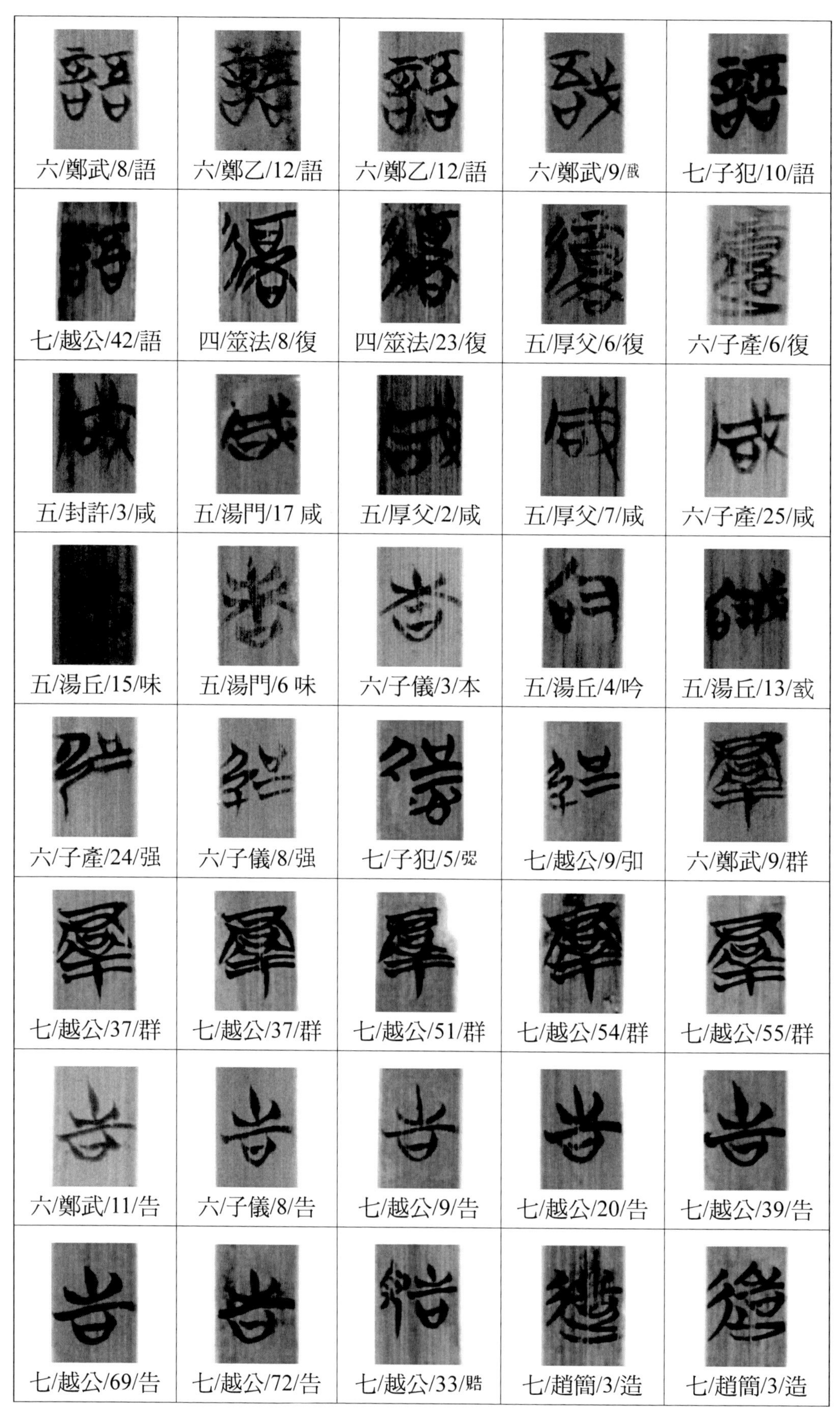

六/鄭武/8/語	六/鄭乙/12/語	六/鄭乙/12/語	六/鄭武/9/⿰言戈	七/子犯/10/語
七/越公/42/語	四/筮法/8/復	四/筮法/23/復	五/厚父/6/復	六/子產/6/復
五/封許/3/咸	五/湯門/17 咸	五/厚父/2/咸	五/厚父/7/咸	六/子產/25/咸
五/湯丘/15/味	五/湯門/6 味	六/子儀/3/本	五/湯丘/4/吟	五/湯丘/13/⿹戈言
六/子產/24/强	六/子儀/8/强	七/子犯/5/⿰弜吕	七/越公/9/弘	六/鄭武/9/群
七/越公/37/群	七/越公/37/群	七/越公/51/群	七/越公/54/群	七/越公/55/群
六/鄭武/11/告	六/子儀/8/告	七/越公/9/告	七/越公/20/告	七/越公/39/告
七/越公/69/告	七/越公/72/告	七/越公/33/⿰貝告	七/趙簡/3/造	七/趙簡/3/造

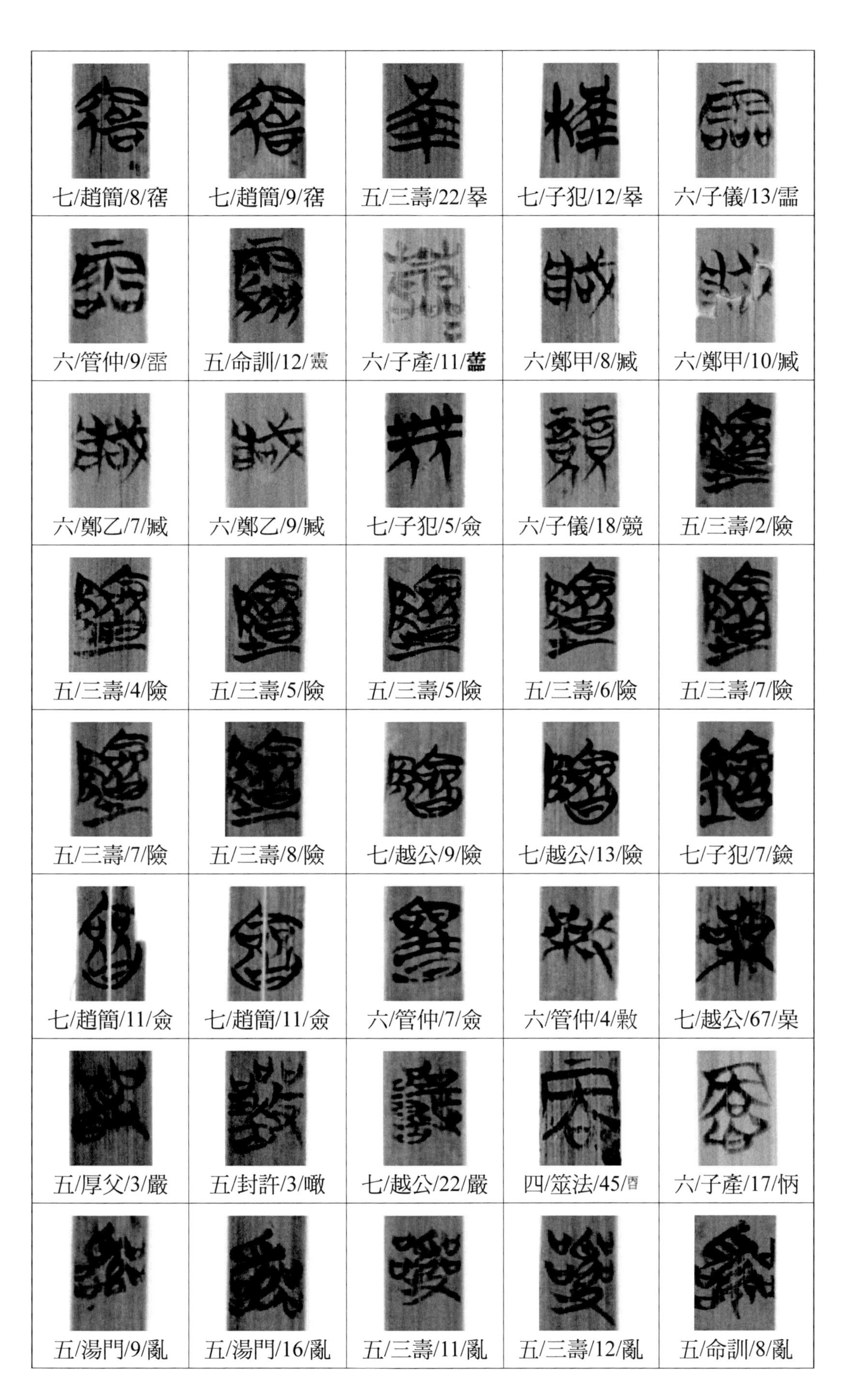

七/趙簡/8/窖	七/趙簡/9/窖	五/三壽/22/𡙇	七/子犯/12/𡙇	六/子儀/13/霝
六/管仲/9/霝	五/命訓/12/靈	六/子產/11/蘦	六/鄭甲/8/臧	六/鄭甲/10/臧
六/鄭乙/7/臧	六/鄭乙/9/臧	七/子犯/5/僉	六/子儀/18/競	五/三壽/2/險
五/三壽/4/險	五/三壽/5/險	五/三壽/5/險	五/三壽/6/險	五/三壽/7/險
五/三壽/7/險	五/三壽/8/險	七/越公/9/險	七/越公/13/險	七/子犯/7/鐱
七/趙簡/11/僉	七/趙簡/11/僉	六/管仲/7/僉	六/管仲/4/歛	七/越公/67/㮚
五/厚父/3/嚴	五/封許/3/𠼢	七/越公/22/嚴	四/筮法/45/[illegible]	六/子產/17/怲
五/湯門/9/亂	五/湯門/16/亂	五/三壽/11/亂	五/三壽/12/亂	五/命訓/8/亂

六/鄭武/4/鼺	六/鄭武/7/鼺	六/鄭武/8/鼺	六/管仲/26/鼺	五/湯丘/15/聖
五/湯丘/15/聖	五/三壽/7/聖	五/三壽/13/聽	五/三壽/19/聽	六/子產/1/聽
六/子產/13/聽	六/子產/23/聽	六/管仲/18/聽	七/子犯/9/聖	五/三壽/25/縷
六/子儀/2/嘍	五/命訓/3/唐	五/命訓/3/唐	五/命訓/4/唐	五/命訓/5/唐
五/封許/7/唐	六/子儀/1/唐	六/子產/15/唐	六/子犯/2/虎	七/趙簡/11/虎
七/子犯/4/虎	五/湯丘/16/瘏	五/湯門/1/啻	五/湯丘/5/繬	六/子產/2/周
六/鄭武/2/啞	七/越公/16/噁	七/越公/19/噁	七/越公/23/噁	七/越公/27/噁
七/越公/62/噁	四/筮法/2/哭	五/湯丘/16/器	六/鄭武/14/器	六/管仲/25/器

五/三壽/26/囂	六/子產/18/囂	七/趙簡/8/智	七/趙簡/11/智	七/越公/13/智
五/厚父/4/喙	五/湯丘/19/退	五/湯丘/14/舌	六/鄭甲/11/舌	五/命訓/1/敬
五/命訓/1/敬	五/命訓/11/哀	五/命訓/11/哀	四/筮法/63/占	四/筮法/63/占
六/子產/14/占	六/管仲/15/倡	六/管仲/15/倡	六/管仲/15/倡	六/子產/11/㕣
六/鄭武/3/㕣	五/三壽/16/晨	六/鄭甲/21/甚	五/三壽/17/愖	五/厚父/13/湛
五/湯門/6/[illegible]	五/湯丘/9/[illegible]	五/命訓/10/[illegible]	五/命訓/15/[illegible]	五/湯丘/9/[illegible]
六/子產/18/怠	六/管仲/19/[illegible]	六/鄭武/14/[illegible]	七/趙簡/3/[illegible]	七/趙簡/3/[illegible]
七/越公/13/[illegible]	七/越公/29/[illegible]	七/越公/45/[illegible]	七/越公/60/[illegible]	五/湯門/8/給

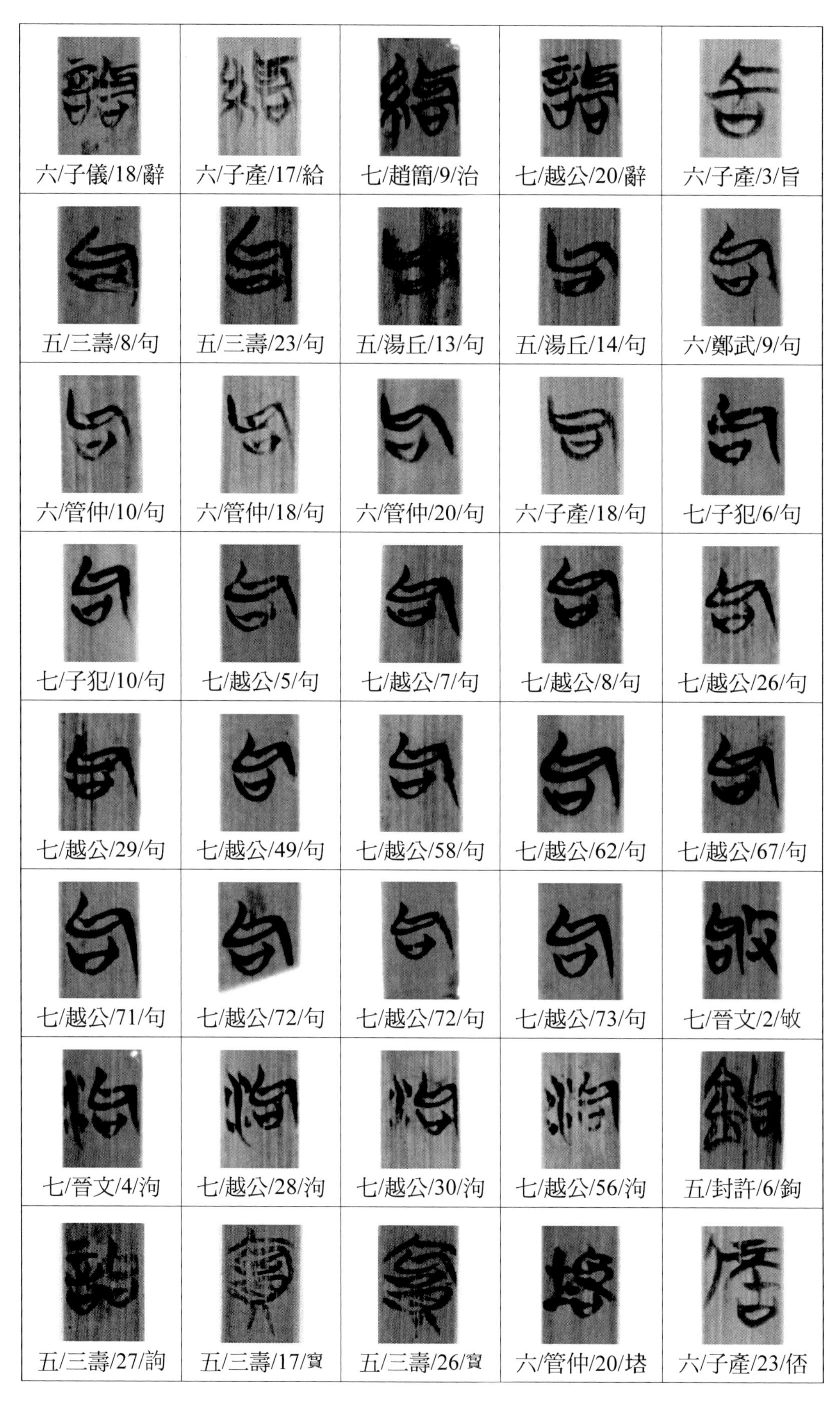
六/子儀/18/辭
六/子產/17/紿
七/趙簡/9/治
七/越公/20/辭
六/子產/3/旨
五/三壽/8/句
五/三壽/23/句
五/湯丘/13/句
五/湯丘/14/句
六/鄭武/9/句
六/管仲/10/句
六/管仲/18/句
六/管仲/20/句
六/子產/18/句
七/子犯/6/句
七/子犯/10/句
七/越公/5/句
七/越公/7/句
七/越公/8/句
七/越公/26/句
七/越公/29/句
七/越公/49/句
七/越公/58/句
七/越公/62/句
七/越公/67/句
七/越公/71/句
七/越公/72/句
七/越公/72/句
七/越公/73/句
七/晉文/2/敂
七/晉文/4/泃
七/越公/28/泃
七/越公/30/泃
七/越公/56/泃
五/封許/6/鉤
五/三壽/27/訽
五/三壽/17/寶
五/三壽/26/寶
六/管仲/20/坾
六/子產/23/佸

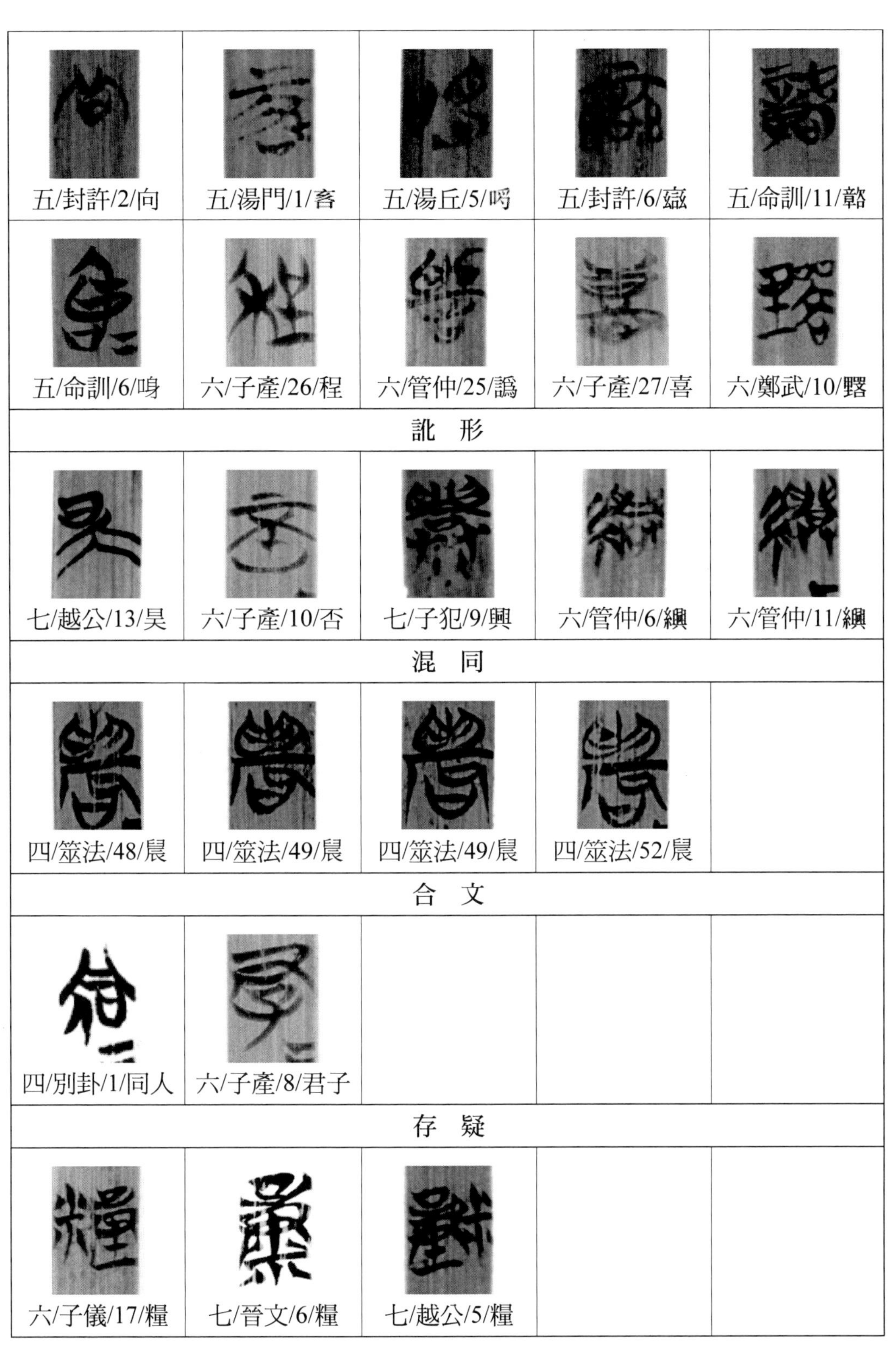

五/封許/2/向	五/湯門/1/喬	五/湯丘/5/呺	五/封許/6/谿	五/命訓/11/韜
五/命訓/6/鳴	六/子產/26/程	六/管仲/25/譌	六/子產/27/喜	六/鄭武/10/嚚
訛　形				
七/越公/13/昊	六/子產/10/否	七/子犯/9/興	六/管仲/6/纘	六/管仲/11/纘
混　同				
四/筮法/48/晨	四/筮法/49/晨	四/筮法/49/晨	四/筮法/52/晨	
合　文				
四/別卦/1/同人	六/子產/8/君子			
存　疑				
六/子儀/17/糧	七/晉文/6/糧	七/越公/5/糧		

《說文・卷二・口部》:「，人所以言食也。象形。凡口之屬皆从口。」甲骨文形體作：（《合集》20407），（《合集》26899）。金文形體作：（《寧未口爵》），（《長子口爵》），（《戉寅鼎》）。「口」字象口形。

080 曰

單字				
四/筮法/17/曰	四/筮法/20/曰	四/筮法/23/曰	四/筮法/28/曰	四/筮法/34/曰
四/筮法/35/曰	四/筮法/62/曰	四/筮法/62/曰	四/筮法/62/曰	四/筮法/62/曰
四/筮法/62/曰	四/筮法/62/曰	四/筮法/62/曰	四/筮法/62/曰	四/筮法/62/曰
四/筮法/62/曰	四/筮法/62/曰	四/筮法/62/曰	四/筮法/62/曰	四/筮法/62/曰
四/筮法/62/曰	四/筮法/62/曰	四/筮法/63/曰	五/厚父/1/曰	五/厚父/5/曰
五/厚父/5/曰	五/厚父/7/曰	五/厚父/9/曰	五/厚父/11/曰	五/厚父/11/曰
五/厚父/12/曰	五/厚父/13/曰	五/厚父/13/曰	五/封許/7/曰	五/命訓/1/曰

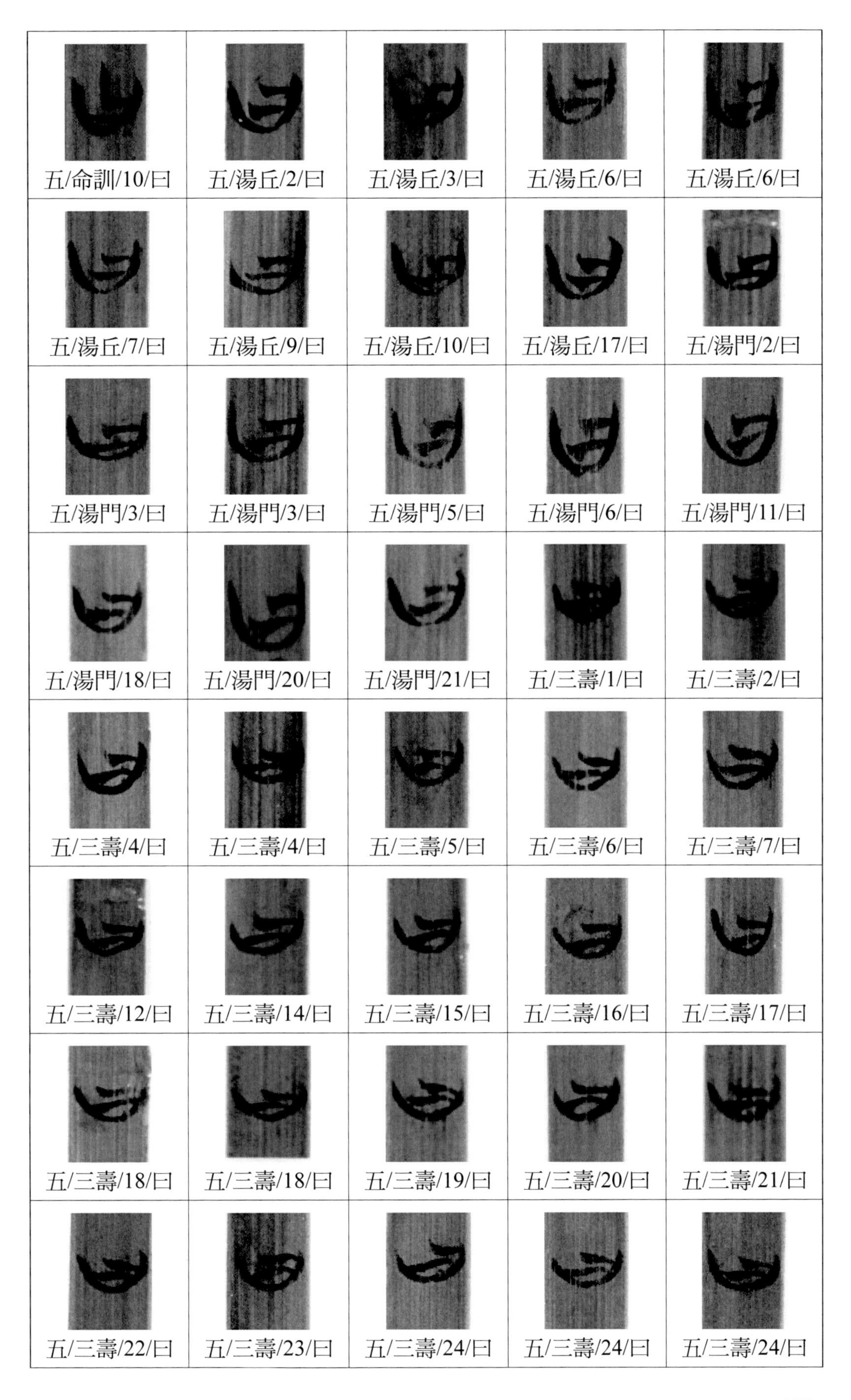

五/命訓/10/曰	五/湯丘/2/曰	五/湯丘/3/曰	五/湯丘/6/曰	五/湯丘/6/曰
五/湯丘/7/曰	五/湯丘/9/曰	五/湯丘/10/曰	五/湯丘/17/曰	五/湯門/2/曰
五/湯門/3/曰	五/湯門/3/曰	五/湯門/5/曰	五/湯門/6/曰	五/湯門/11/曰
五/湯門/18/曰	五/湯門/20/曰	五/湯門/21/曰	五/三壽/1/曰	五/三壽/2/曰
五/三壽/4/曰	五/三壽/4/曰	五/三壽/5/曰	五/三壽/6/曰	五/三壽/7/曰
五/三壽/12/曰	五/三壽/14/曰	五/三壽/15/曰	五/三壽/16/曰	五/三壽/17/曰
五/三壽/18/曰	五/三壽/18/曰	五/三壽/19/曰	五/三壽/20/曰	五/三壽/21/曰
五/三壽/22/曰	五/三壽/23/曰	五/三壽/24/曰	五/三壽/24/曰	五/三壽/24/曰

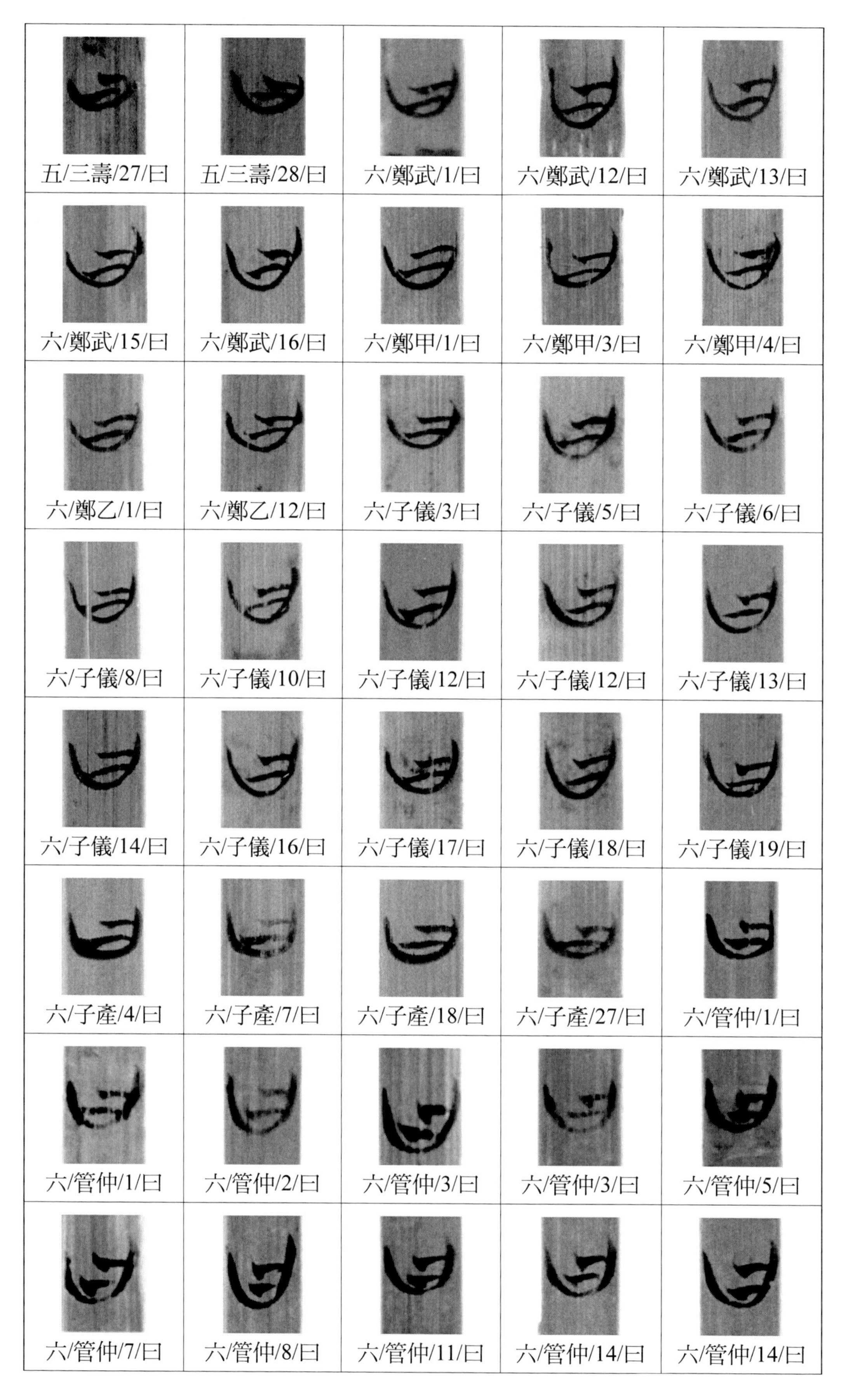

五/三壽/27/曰	五/三壽/28/曰	六/鄭武/1/曰	六/鄭武/12/曰	六/鄭武/13/曰
六/鄭武/15/曰	六/鄭武/16/曰	六/鄭甲/1/曰	六/鄭甲/3/曰	六/鄭甲/4/曰
六/鄭乙/1/曰	六/鄭乙/12/曰	六/子儀/3/曰	六/子儀/5/曰	六/子儀/6/曰
六/子儀/8/曰	六/子儀/10/曰	六/子儀/12/曰	六/子儀/12/曰	六/子儀/13/曰
六/子儀/14/曰	六/子儀/16/曰	六/子儀/17/曰	六/子儀/18/曰	六/子儀/19/曰
六/子產/4/曰	六/子產/7/曰	六/子產/18/曰	六/子產/27/曰	六/管仲/1/曰
六/管仲/1/曰	六/管仲/2/曰	六/管仲/3/曰	六/管仲/3/曰	六/管仲/5/曰
六/管仲/7/曰	六/管仲/8/曰	六/管仲/11/曰	六/管仲/14/曰	六/管仲/14/曰

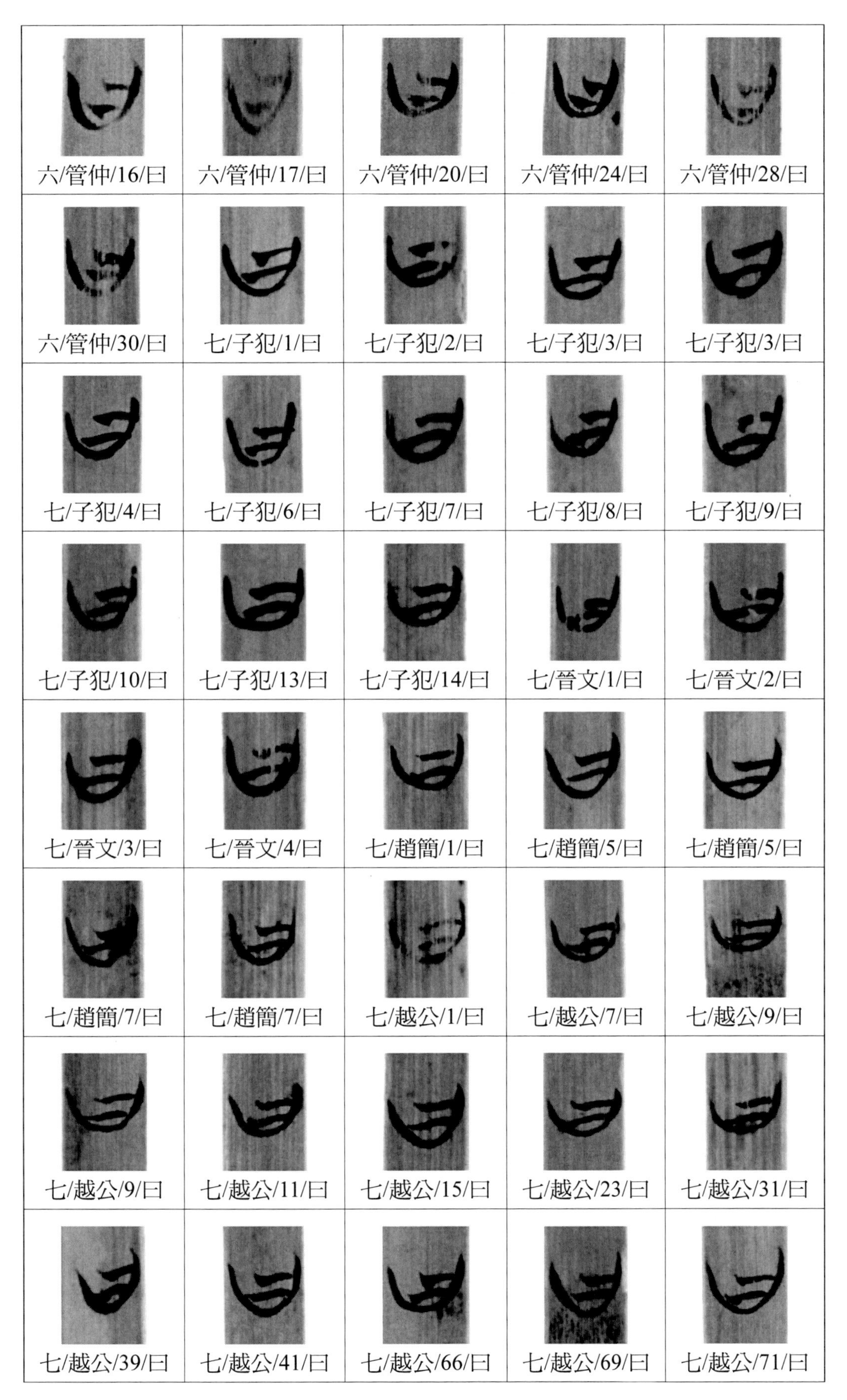

六/管仲/16/曰	六/管仲/17/曰	六/管仲/20/曰	六/管仲/24/曰	六/管仲/28/曰
六/管仲/30/曰	七/子犯/1/曰	七/子犯/2/曰	七/子犯/3/曰	七/子犯/3/曰
七/子犯/4/曰	七/子犯/6/曰	七/子犯/7/曰	七/子犯/8/曰	七/子犯/9/曰
七/子犯/10/曰	七/子犯/13/曰	七/子犯/14/曰	七/晉文/1/曰	七/晉文/2/曰
七/晉文/3/曰	七/晉文/4/曰	七/趙簡/1/曰	七/趙簡/5/曰	七/趙簡/5/曰
七/趙簡/7/曰	七/趙簡/7/曰	七/越公/1/曰	七/越公/7/曰	七/越公/9/曰
七/越公/9/曰	七/越公/11/曰	七/越公/15/曰	七/越公/23/曰	七/越公/31/曰
七/越公/39/曰	七/越公/41/曰	七/越公/66/曰	七/越公/69/曰	七/越公/71/曰

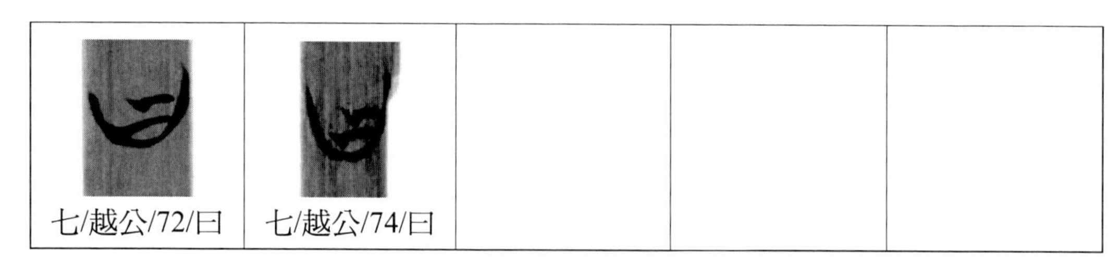

七/越公/72/曰	七/越公/74/曰			

《說文・卷五・曰部》：「，詞也。从口乙聲。亦象口气出也。凡曰之屬皆从曰。」甲骨文形體作：（《合集》20315），（《合集》6081）（《合集》38454）。金文形體作：（《矢令方彝》），（《遺卣》）。（《君夫簋蓋》），（陳侯因次敦）。季師以為曰為指事字，表口說意。「甲骨文從口，『一』形是指示符號，表示口向外的動作，即口說。與『甘』字的表示方法相同，内外相反。」〔註 87〕

081　甘

偏　旁				
五/厚父/3/智	五/命訓/8/智	五/命訓/14/智	五/命訓/15/智	五/命訓/15/智
五/命訓/15/智	五/命訓/15/智	五/湯丘/9/智	五/三壽/2/智	五/三壽/12/智
五/三壽/13/智	五/三壽/20/智	六/鄭武/6/智	六/鄭武/6/智	六/鄭武/12/智
六/鄭武/16/智	六/管仲/9/智	六/管仲/12/智	六/管仲/17/智	六/管仲/21/智

〔註 87〕季師旭昇：《說文新證》，頁 387。

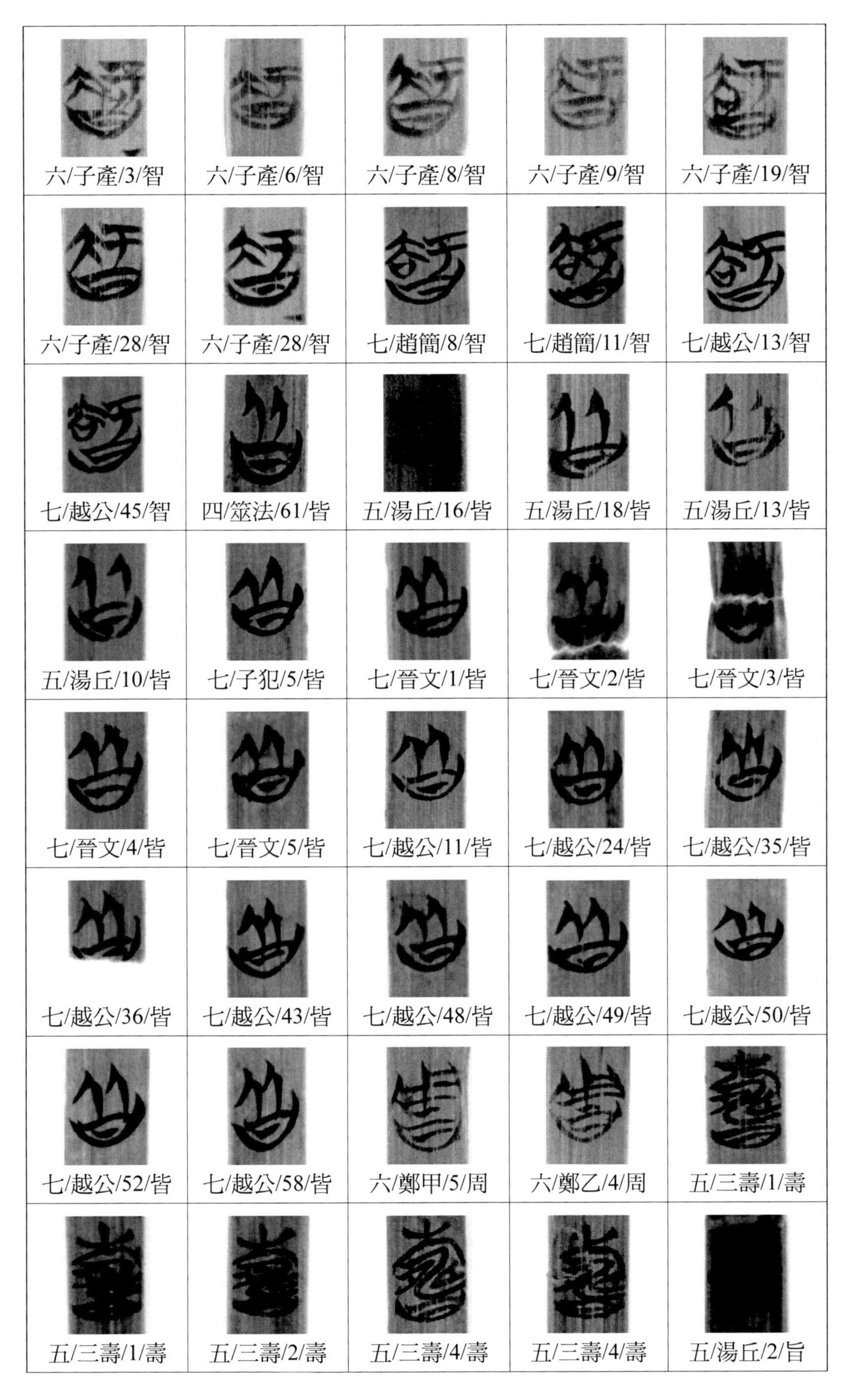

六/子產/3/智	六/子產/6/智	六/子產/8/智	六/子產/9/智	六/子產/19/智
六/子產/28/智	六/子產/28/智	七/趙簡/8/智	七/趙簡/11/智	七/越公/13/智
七/越公/45/智	四/筮法/61/皆	五/湯丘/16/皆	五/湯丘/18/皆	五/湯丘/13/皆
五/湯丘/10/皆	七/子犯/5/皆	七/晉文/1/皆	七/晉文/2/皆	七/晉文/3/皆
七/晉文/4/皆	七/晉文/5/皆	七/越公/11/皆	七/越公/24/皆	七/越公/35/皆
七/越公/36/皆	七/越公/43/皆	七/越公/48/皆	七/越公/49/皆	七/越公/50/皆
七/越公/52/皆	七/越公/58/皆	六/鄭甲/5/周	六/鄭乙/4/周	五/三壽/1/壽
五/三壽/1/壽	五/三壽/2/壽	五/三壽/4/壽	五/三壽/4/壽	五/湯丘/2/旨

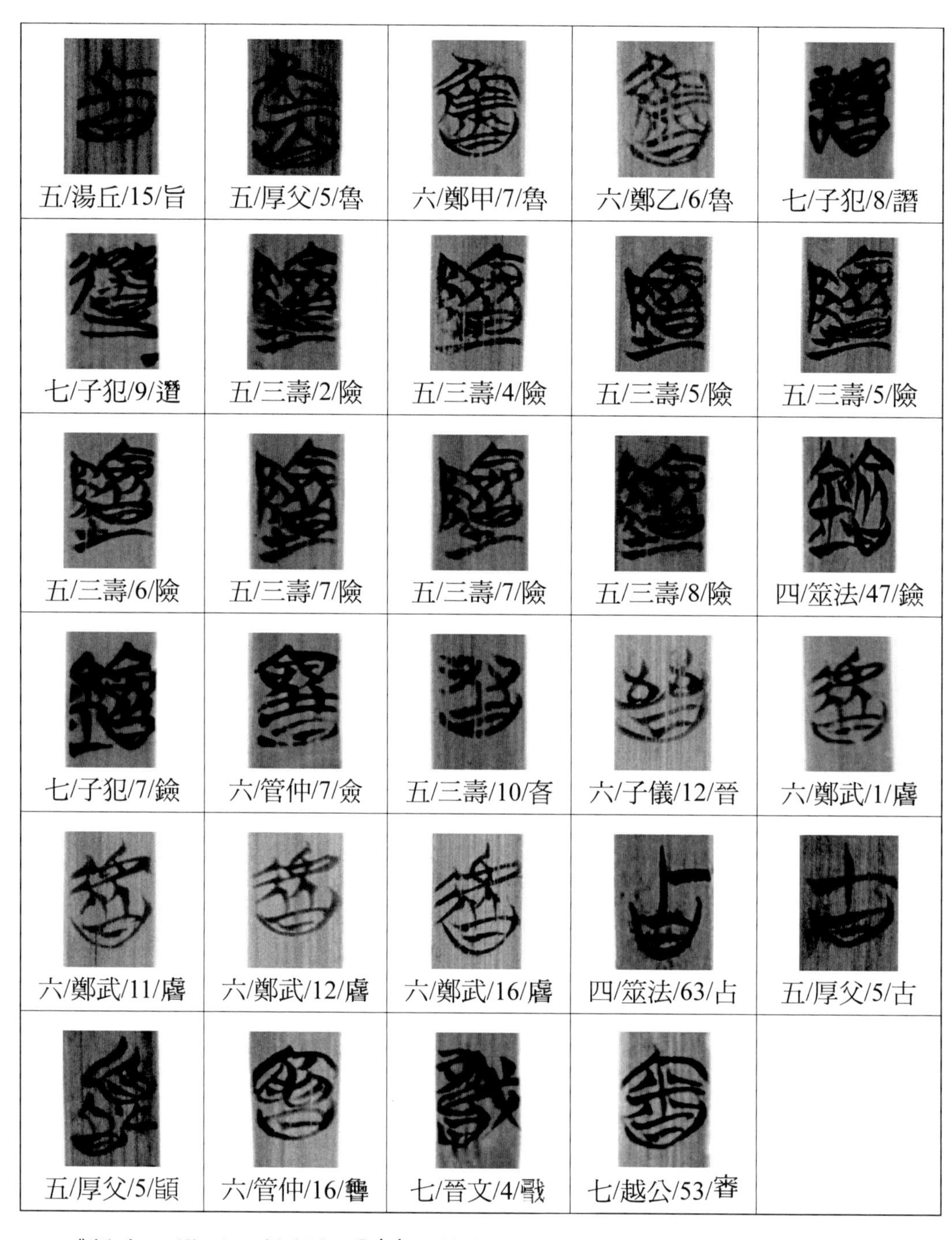

五/湯丘/15/旨	五/厚父/5/魯	六/鄭甲/7/魯	六/鄭乙/6/魯	七/子犯/8/譖
七/子犯/9/⿺辶朁	五/三壽/2/險	五/三壽/4/險	五/三壽/5/險	五/三壽/5/險
五/三壽/6/險	五/三壽/7/險	五/三壽/7/險	五/三壽/8/險	四/筮法/47/鐱
七/子犯/7/鐱	六/管仲/7/僉	五/三壽/10/⿱僉日	六/子儀/12/晉	六/鄭武/1/⿸厂魯
六/鄭武/11/⿸厂魯	六/鄭武/12/⿸厂魯	六/鄭武/16/⿸厂魯	四/筮法/63/占	五/厚父/5/古
五/厚父/5/⿰旨頁	六/管仲/16/⿱金魯	七/晉文/4/戠	七/越公/53/睿	

《說文・卷五・甘部》:「甘,美也。从口含一。一,道也。凡甘之屬皆从甘。」甲骨文形體作:甘(《合集》08002),甘(《合集》27147)。金文形體作:甘(《鄦甘享鼎》)。于省吾:「甘字的造字本意,係於口字中附加一劃,作為指事字的標誌,以別於口,而仍因口字以為聲。」〔註88〕季師謂:「甘為指事字,口中含物,其味甘美。」〔註89〕

〔註88〕于省吾:《甲骨文字釋林》,頁454。
〔註89〕季師旭昇:《說文新證》,頁386。

082　言

單　字				
四/筮法/52/言	五/厚父/8/言	五/湯丘/6/言	五/湯丘/10/言	五/湯丘/10/言
五/湯門/1/言	五/湯門/2/言	五/湯門/3/言	五/湯門/3/言	五/湯門/3/言
五/湯門/3/言	五/湯門/21/言	五/三壽/7/言	六/鄭武/7/言	六/鄭武/9/言
六/鄭武/13/言	六/鄭武/14/言	六/鄭甲/4/言	六/鄭甲/4/言	六/管仲/5/言
六/管仲/5/言	六/管仲/10/言	六/管仲/19/言	六/子儀/8/言	六/子儀/12/言
六/子儀/17/言	六/子儀/18/言	六/子儀/19/言	六/子儀/19/言	六/子儀/20/言
六/子產/6/言	六/子產/22/言	七/子犯/2/言	七/子犯/4/言	七/子犯/10/言

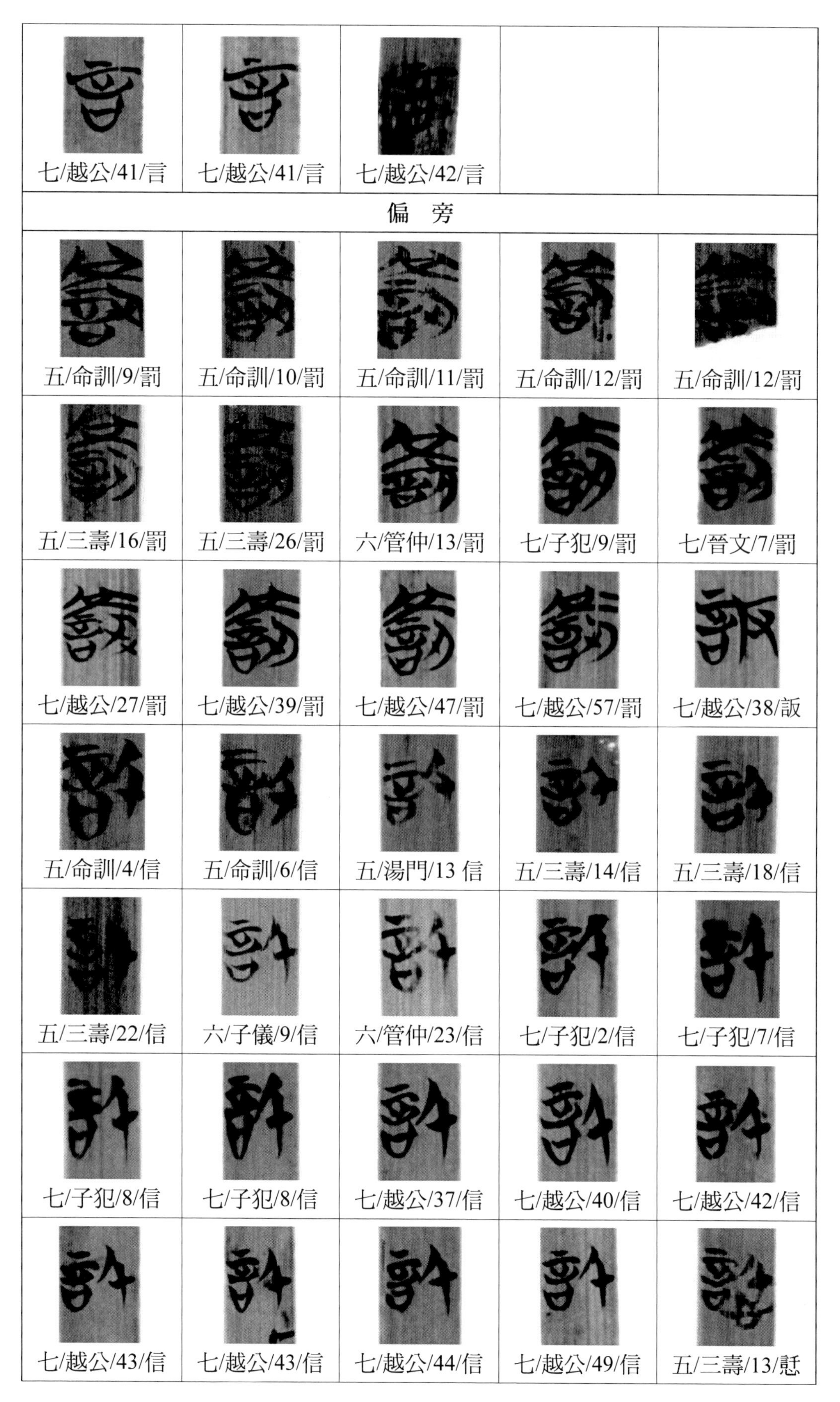

七/越公/41/言	七/越公/41/言	七/越公/42/言		
偏　旁				
五/命訓/9/罰	五/命訓/10/罰	五/命訓/11/罰	五/命訓/12/罰	五/命訓/12/罰
五/三壽/16/罰	五/三壽/26/罰	六/管仲/13/罰	七/子犯/9/罰	七/晉文/7/罰
七/越公/27/罰	七/越公/39/罰	七/越公/47/罰	七/越公/57/罰	七/越公/38/訯
五/命訓/4/信	五/命訓/6/信	五/湯門/13 信	五/三壽/14/信	五/三壽/18/信
五/三壽/22/信	六/子儀/9/信	六/管仲/23/信	七/子犯/2/信	七/子犯/7/信
七/子犯/8/信	七/子犯/8/信	七/越公/37/信	七/越公/40/信	七/越公/42/信
七/越公/43/信	七/越公/43/信	七/越公/44/信	七/越公/49/信	五/三壽/13/[illegible]

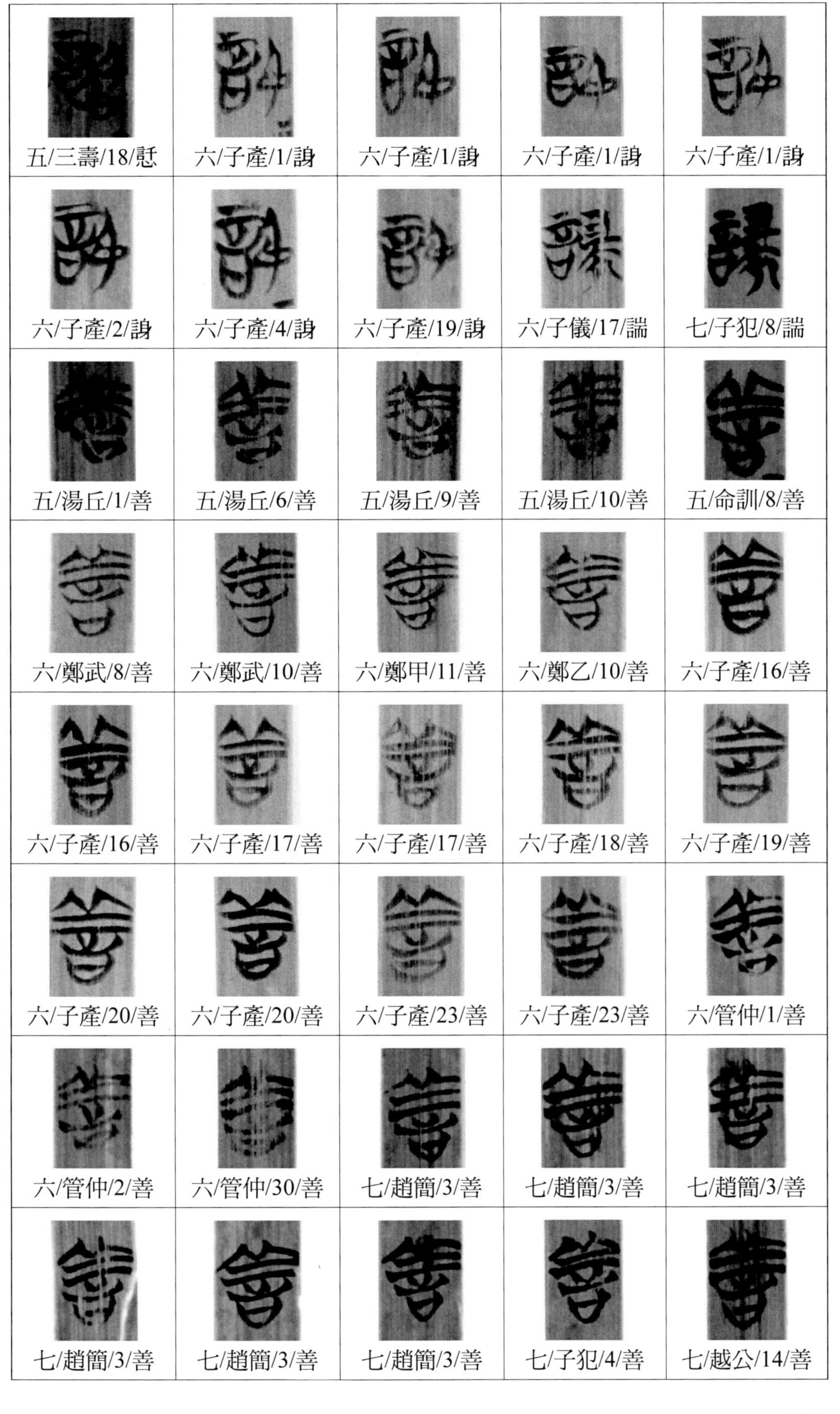

五/三壽/18/話	六/子產/1/⿰言身	六/子產/1/⿰言身	六/子產/1/⿰言身	六/子產/1/⿰言身
六/子產/2/⿰言身	六/子產/4/⿰言身	六/子產/19/⿰言身	六/子儀/17/諯	七/子犯/8/諯
五/湯丘/1/善	五/湯丘/6/善	五/湯丘/9/善	五/湯丘/10/善	五/命訓/8/善
六/鄭武/8/善	六/鄭武/10/善	六/鄭甲/11/善	六/鄭乙/10/善	六/子產/16/善
六/子產/16/善	六/子產/17/善	六/子產/17/善	六/子產/18/善	六/子產/19/善
六/子產/20/善	六/子產/20/善	六/子產/23/善	六/子產/23/善	六/管仲/1/善
六/管仲/2/善	六/管仲/30/善	七/趙簡/3/善	七/趙簡/3/善	七/趙簡/3/善
七/趙簡/3/善	七/趙簡/3/善	七/趙簡/3/善	七/子犯/4/善	七/越公/14/善

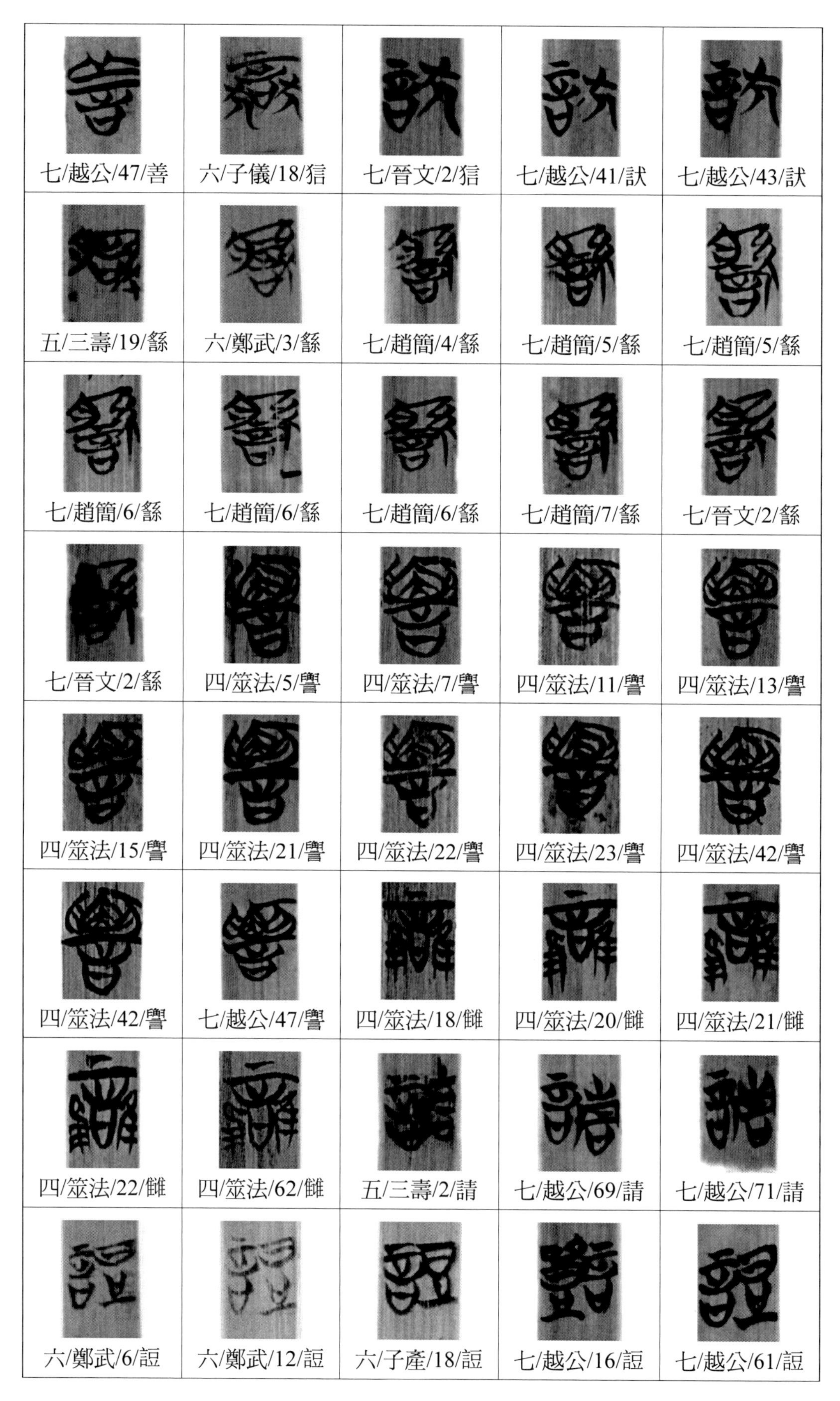

七/越公/47/善	六/子儀/18/狺	七/晉文/2/狺	七/越公/41/⿰言犬	七/越公/43/⿰言犬
五/三壽/19/⿰⿱爫言系	六/鄭武/3/⿰⿱爫言系	七/趙簡/4/⿰⿱爫言系	七/趙簡/5/⿰⿱爫言系	七/趙簡/5/⿰⿱爫言系
七/趙簡/6/⿰⿱爫言系	七/趙簡/6/⿰⿱爫言系	七/趙簡/6/⿰⿱爫言系	七/趙簡/7/⿰⿱爫言系	七/晉文/2/⿰⿱爫言系
七/晉文/2/⿰⿱爫言系	四/筮法/5/譽	四/筮法/7/譽	四/筮法/11/譽	四/筮法/13/譽
四/筮法/15/譽	四/筮法/21/譽	四/筮法/22/譽	四/筮法/23/譽	四/筮法/42/譽
四/筮法/42/譽	七/越公/47/譽	四/筮法/18/讎	四/筮法/20/讎	四/筮法/21/讎
四/筮法/22/讎	四/筮法/62/讎	五/三壽/2/請	七/越公/69/請	七/越公/71/請
六/鄭武/6/⿰言豆	六/鄭武/12/⿰言豆	六/子產/18/⿰言豆	七/越公/16/⿰言豆	七/越公/61/⿰言豆

五/三壽/11/語	六/鄭武/8/語	六/鄭甲/13/語	六/鄭甲/14/語	六/鄭乙/12/語
六/鄭乙/12/語	六/子產/22/語	七/子犯/10/語	七/越公/42/語	七/越公/53/訏
七/越公/9/許	七/越公/9/許	七/越公/15/許	七/越公/24/許	七/越公/70/許
七/越公/71/許	七/越公/72/許	五/三壽/1/訟	七/晉文/2/訟	七/越公/41/訟
七/趙簡/1/訛	七/趙簡/2/訛	七/趙簡/2/訛	七/子犯/5/訛	七/子犯/6/訛
五/湯門/15/訓	五/湯丘/11/訓	六/管仲/12/訓	七/越公/32/訓	七/越公/33/訓
五/三壽/20/諫	六/鄭甲/4/諫	六/鄭甲/12/諫	六/鄭乙/10/諫	七/趙簡/1/諫
五/湯門/14/譌	五/三壽/15/譌	六/管仲/25/譌	五/封許/6/[言茲]	七/越公/56/[言茲]

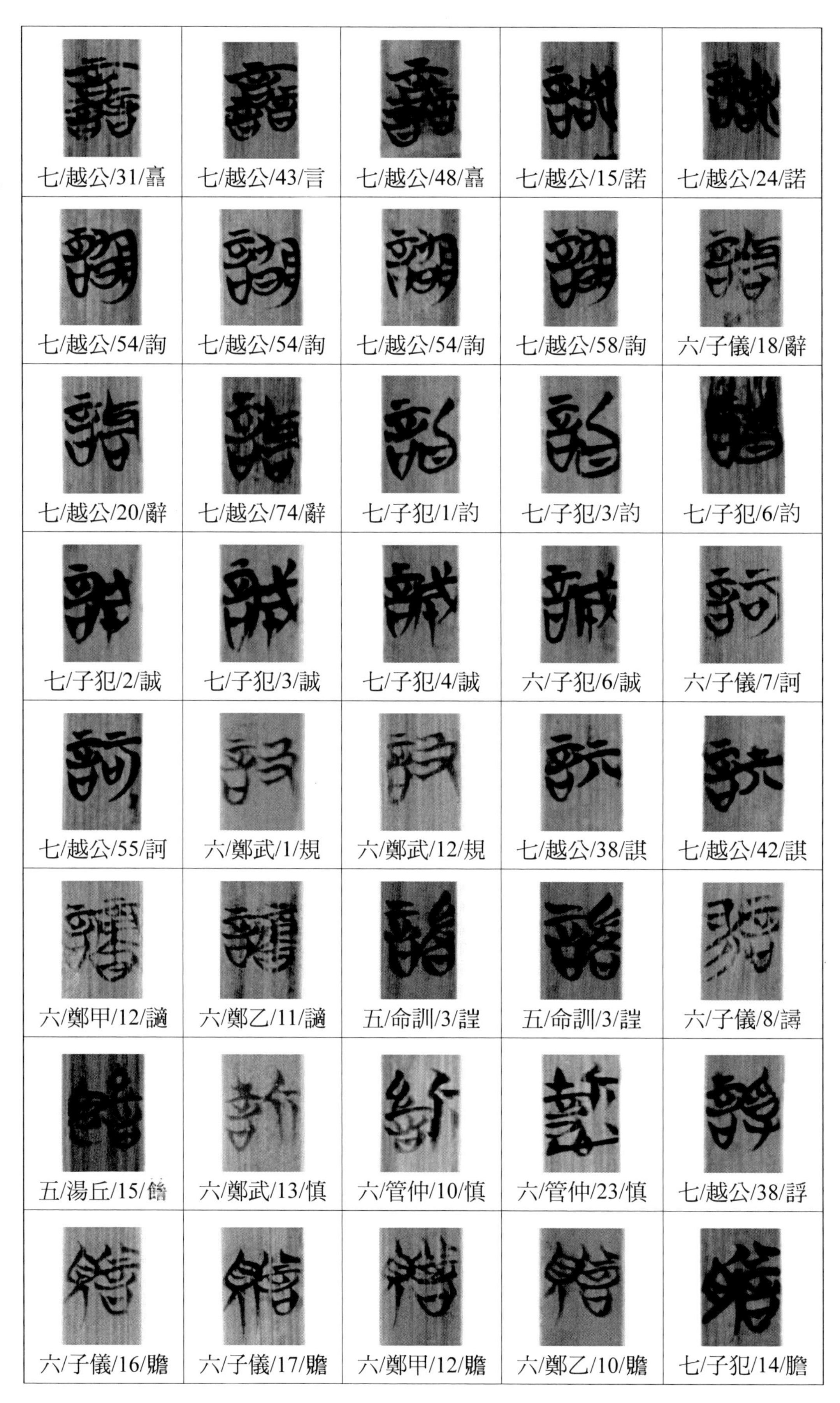

 七/越公/31/譶	 七/越公/43/言	 七/越公/48/譶	 七/越公/15/諾	 七/越公/24/諾
 七/越公/54/詢	 七/越公/54/詢	 七/越公/54/詢	 七/越公/58/詢	 六/子儀/18/辭
 七/越公/20/辭	 七/越公/74/辭	 七/子犯/1/�	 七/子犯/3/訑	 七/子犯/6/訑
 七/子犯/2/誠	 七/子犯/3/誠	 七/子犯/4/誠	 六/子犯/6/誠	 六/子儀/7/訶
 七/越公/55/訶	 六/鄭武/1/規	 六/鄭武/12/規	 七/越公/38/諆	 七/越公/42/諆
 六/鄭甲/12/讁	 六/鄭乙/11/讁	 五/命訓/3/諻	 五/命訓/3/諻	 六/子儀/8/詩
 五/湯丘/15/[illegible]	 六/鄭武/13/慎	 六/管仲/10/慎	 六/管仲/23/慎	 七/越公/38/諍
 六/子儀/16/贍	 六/子儀/17/贍	 六/鄭甲/12/贍	 六/鄭乙/10/贍	 七/子犯/14/膽

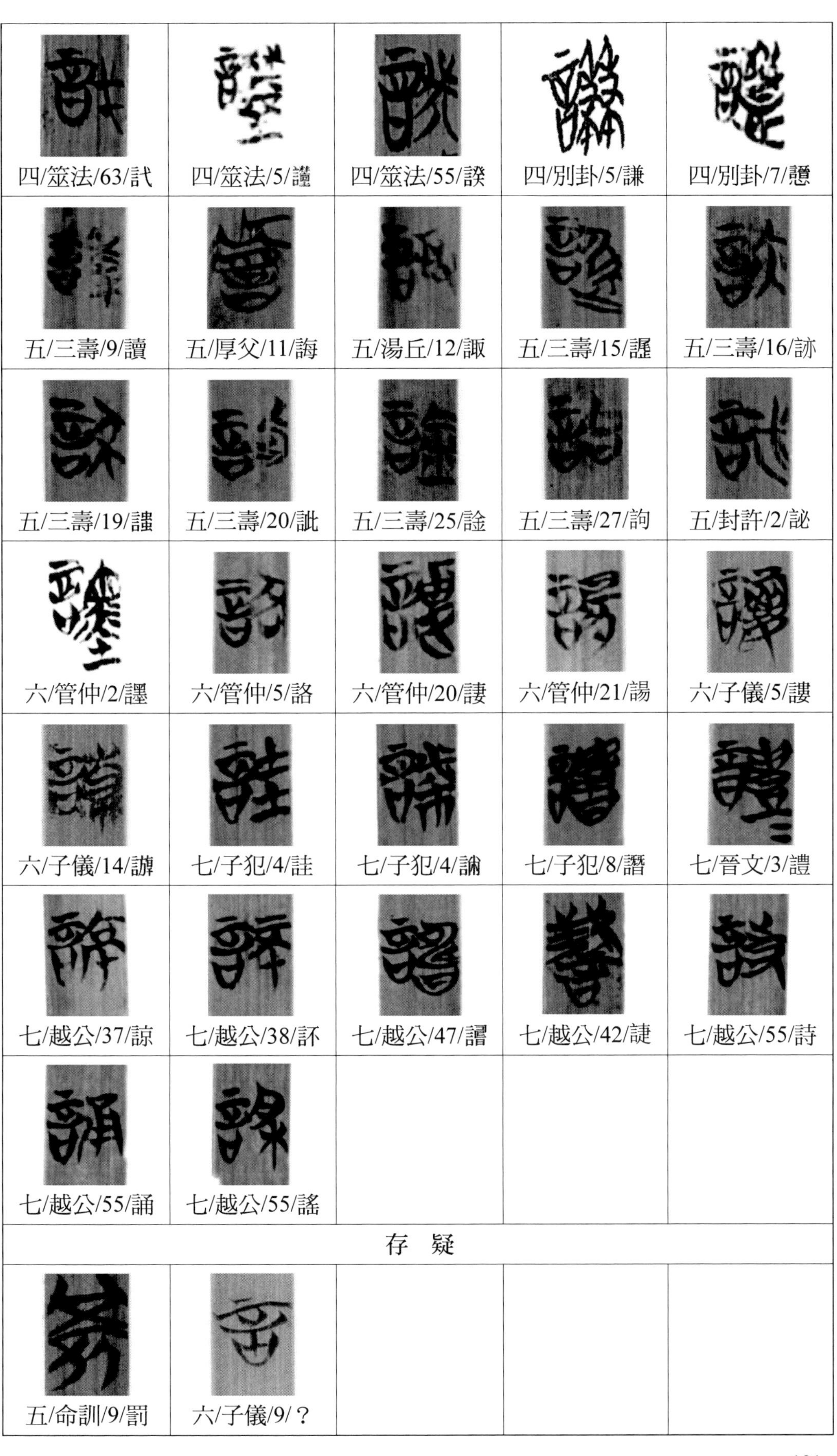

四/筮法/63/試	四/筮法/5/譴	四/筮法/55/諓	四/別卦/5/謙	四/別卦/7/譩
五/三壽/9/讀	五/厚父/11/誨	五/湯丘/12/諏	五/三壽/15/謳	五/三壽/16/訸
五/三壽/19/譿	五/三壽/20/訛	五/三壽/25/諗	五/三壽/27/詢	五/封許/2/謐
六/管仲/2/譨	六/管仲/5/詻	六/管仲/20/諻	六/管仲/21/諹	六/子儀/5/謱
六/子儀/14/譁	七/子犯/4/誈	七/子犯/4/諵	七/子犯/8/譖	七/晉文/3/譠
七/越公/37/諒	七/越公/38/訴	七/越公/47/譅	七/越公/42/謔	七/越公/55/詩
七/越公/55/誦	七/越公/55/謠			
存　疑				
五/命訓/9/罰	六/子儀/9/？			

《說文・卷三・言部》:「 ，直言曰言，論難曰語。从口辛聲。凡言之屬皆从言。」甲骨文形體寫作： （《合集》4521）， （《合集》13639）， （《合集》21631）。金文寫作： （《伯矩鼎》）。姚孝遂釋形言：「言之初形從舌，加一於上，示言出於舌，為指事字。」〔註90〕季師：「從舌，上加一表示舌頭向外的動作。」〔註91〕

083　音

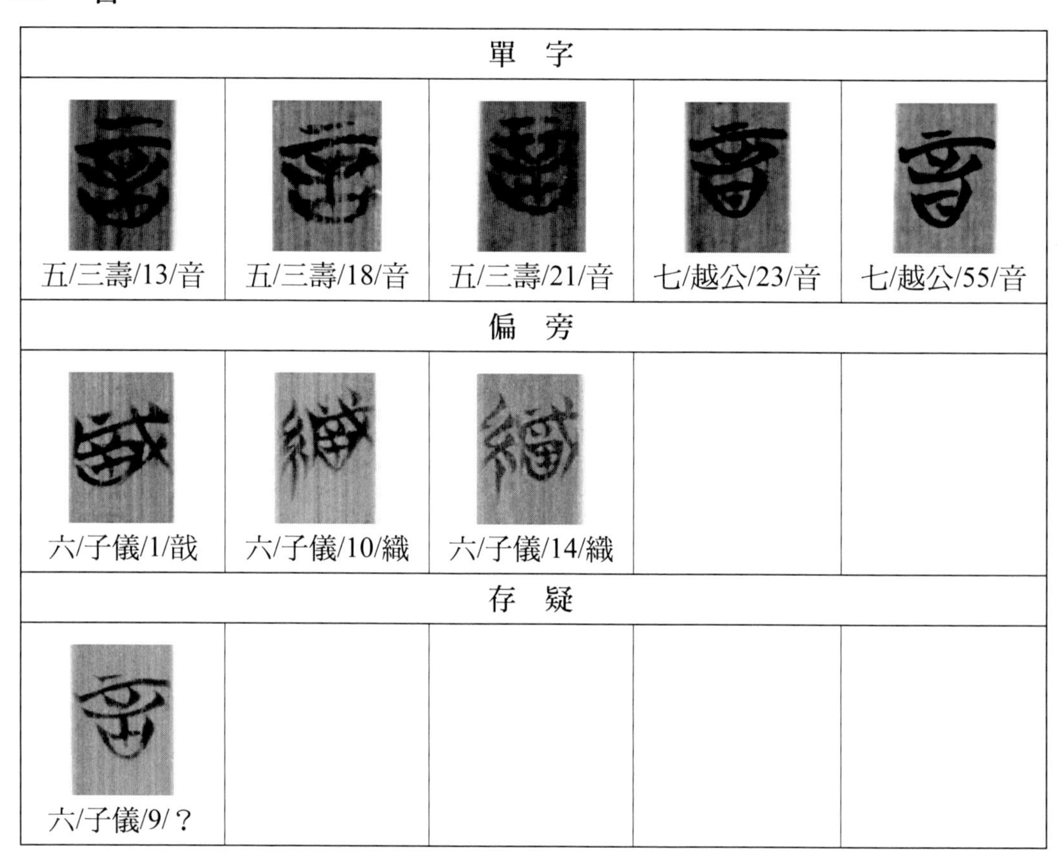

單　字				
五/三壽/13/音	五/三壽/18/音	五/三壽/21/音	七/越公/23/音	七/越公/55/音
偏　旁				
六/子儀/1/戠	六/子儀/10/織	六/子儀/14/織		
存　疑				
六/子儀/9/？				

《說文・卷三・音部》:「 ，聲也。生於心，有節於外，謂之音。宮商角徵羽，聲；絲竹金石匏土革木，音也。从言含一。凡音之屬皆从音。」金文形體寫作： （《戎生編鍾》）， （《秦公鐘》）。金文的「音」字是「言」字的分化字，字從言，於「口」形中加一短橫作分化符號。「音」字以「言」字為聲。二字常常可以互用。〔註92〕

〔註90〕于省吾：《甲骨文字釋林》，頁687。
〔註91〕季師旭昇：《說文新證》，頁160。
〔註92〕于省吾：《甲骨文字釋林》，頁458～459。

084　意

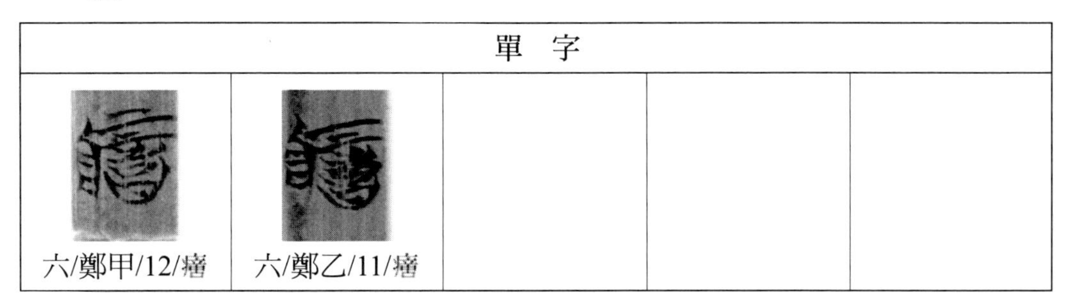

單字				
六/鄭甲/12/癔	六/鄭乙/11/癔			

《說文・卷十・心部》:「意，志也。从心察言而知意也。从心从音。」《說文・卷三・言部》:「音，快也。从言从中。」金文形體寫作：(《啻簋》)，(《九年衛鼎》)，(《牆盤》)。

085　亼

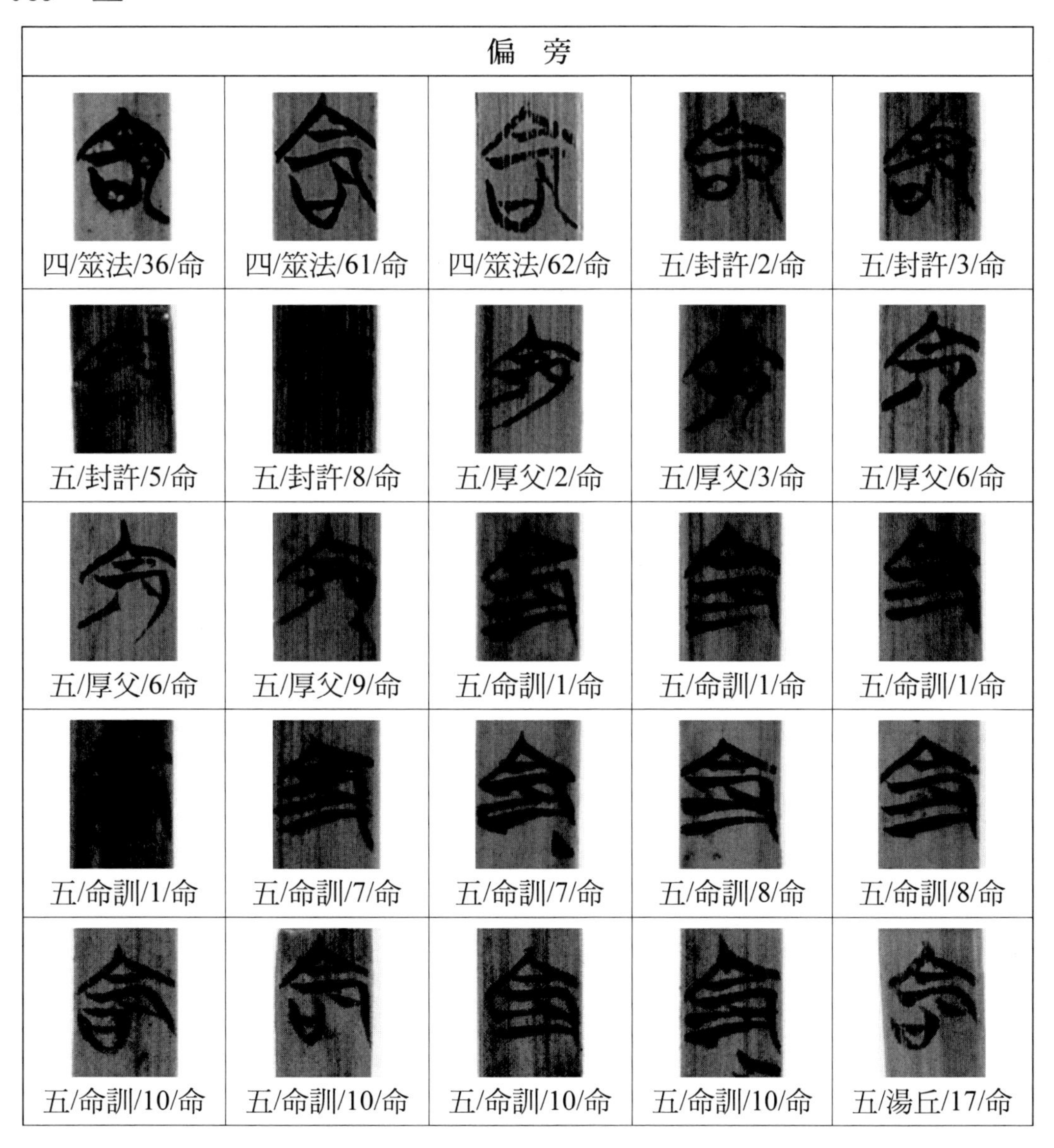

偏旁				
四/筮法/36/命	四/筮法/61/命	四/筮法/62/命	五/封許/2/命	五/封許/3/命
五/封許/5/命	五/封許/8/命	五/厚父/2/命	五/厚父/3/命	五/厚父/6/命
五/厚父/6/命	五/厚父/9/命	五/命訓/1/命	五/命訓/1/命	五/命訓/1/命
五/命訓/1/命	五/命訓/7/命	五/命訓/7/命	五/命訓/8/命	五/命訓/8/命
五/命訓/10/命	五/命訓/10/命	五/命訓/10/命	五/命訓/10/命	五/湯丘/17/命

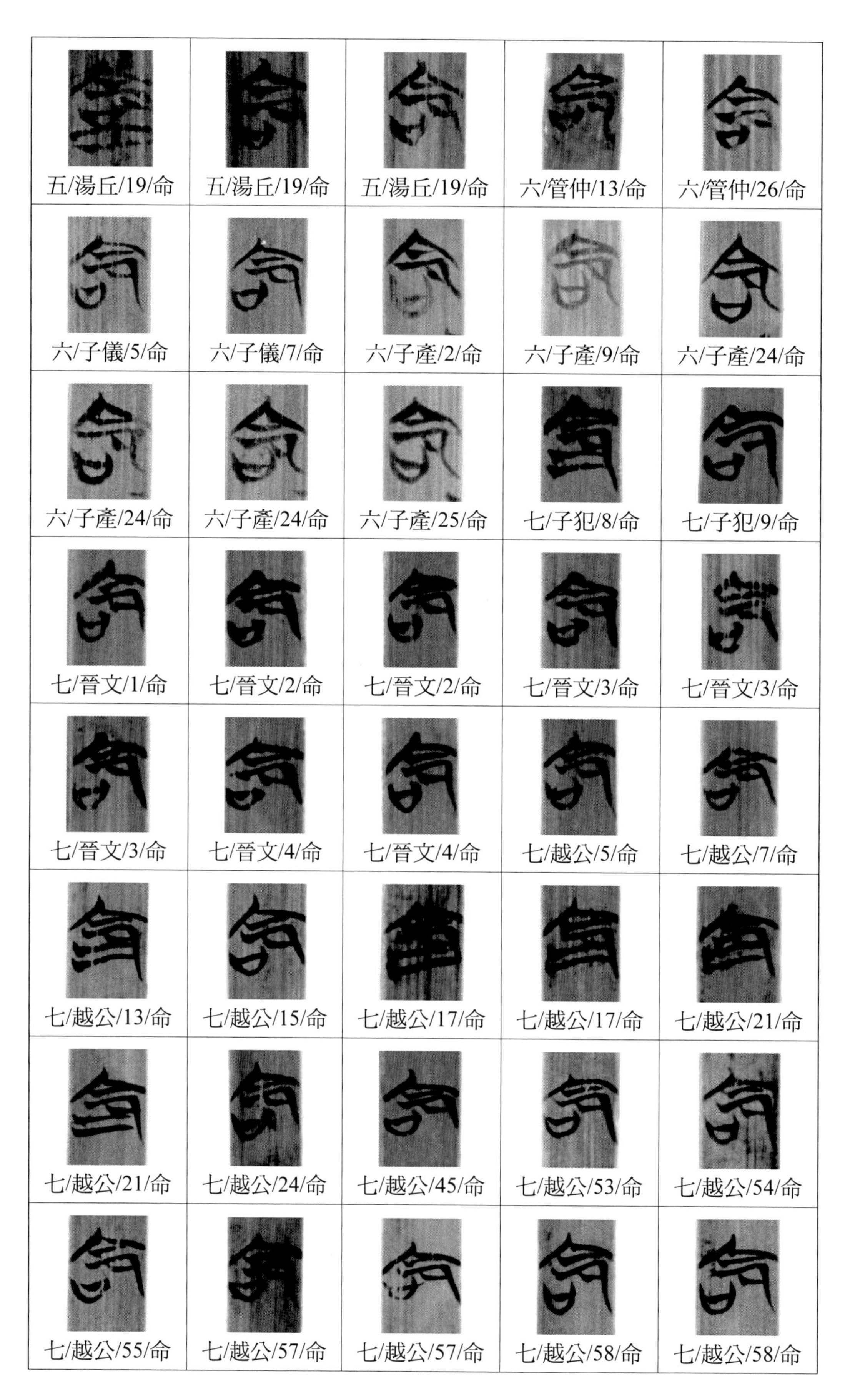

五/湯丘/19/命	五/湯丘/19/命	五/湯丘/19/命	六/管仲/13/命	六/管仲/26/命
六/子儀/5/命	六/子儀/7/命	六/子產/2/命	六/子產/9/命	六/子產/24/命
六/子產/24/命	六/子產/24/命	六/子產/25/命	七/子犯/8/命	七/子犯/9/命
七/晉文/1/命	七/晉文/2/命	七/晉文/2/命	七/晉文/3/命	七/晉文/3/命
七/晉文/3/命	七/晉文/4/命	七/晉文/4/命	七/越公/5/命	七/越公/7/命
七/越公/13/命	七/越公/15/命	七/越公/17/命	七/越公/17/命	七/越公/21/命
七/越公/21/命	七/越公/24/命	七/越公/45/命	七/越公/53/命	七/越公/54/命
七/越公/55/命	七/越公/57/命	七/越公/57/命	七/越公/58/命	七/越公/58/命

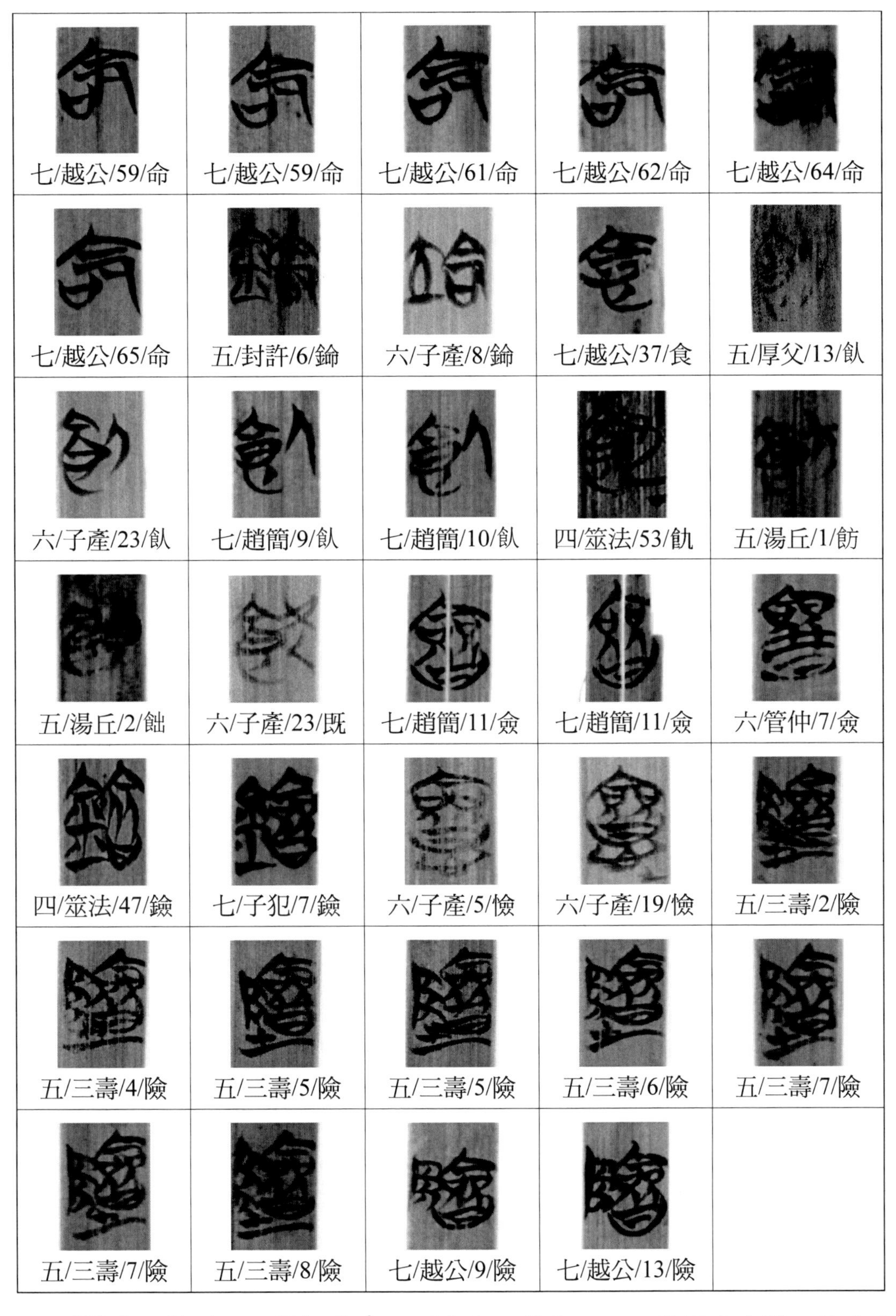

《說文・卷五・亼部》：「亼，三合也。从入、一，象三合之形。凡亼之屬皆从亼。讀若集。」甲骨文形體作亼（《後》1.11.9），亼（《乙》317，食字偏旁）。金文亼字形體上承甲骨，變化並不明顯。《秦公鐘》中的合字字形

作：，上部的亼字倒口形依然明顯。林義光《文源》根據金文「食」字上部象倒口形在皀上，而認為亼字象倒口之形。〔註 93〕季師從之。〔註 94〕

086　今

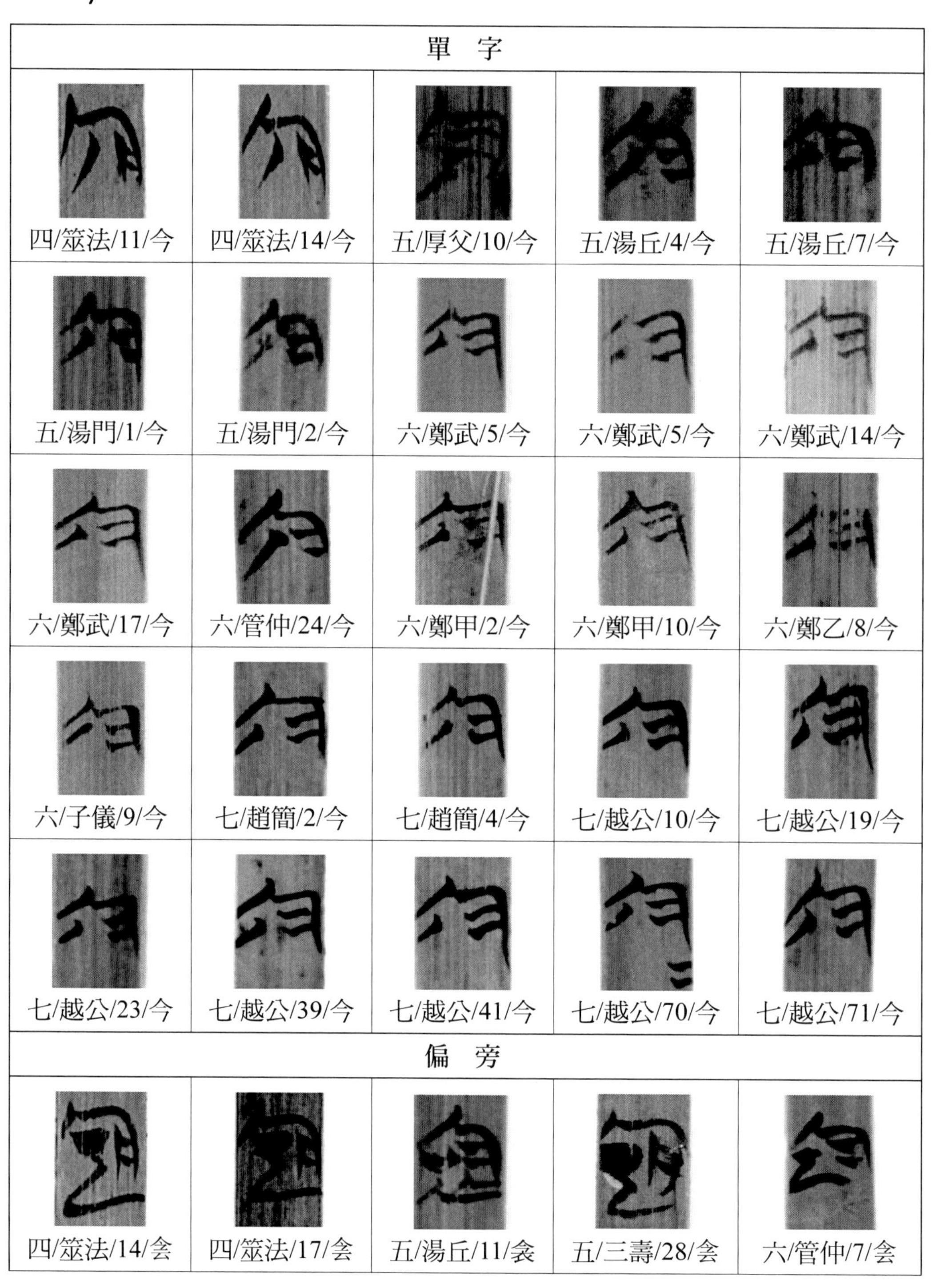

單字				
四/筮法/11/今	四/筮法/14/今	五/厚父/10/今	五/湯丘/4/今	五/湯丘/7/今
五/湯門/1/今	五/湯門/2/今	六/鄭武/5/今	六/鄭武/5/今	六/鄭武/14/今
六/鄭武/17/今	六/管仲/24/今	六/鄭甲/2/今	六/鄭甲/10/今	六/鄭乙/8/今
六/子儀/9/今	七/趙簡/2/今	七/趙簡/4/今	七/越公/10/今	七/越公/19/今
七/越公/23/今	七/越公/39/今	七/越公/41/今	七/越公/70/今	七/越公/71/今
偏旁				
四/筮法/14/侌	四/筮法/17/侌	五/湯丘/11/衾	五/三壽/28/侌	六/管仲/7/侌

〔註 93〕林義光：《文源》，頁 59。

〔註 94〕季師旭昇：《說文新證》，頁 437。

六/管仲/8/会	六/子儀/15/陰	六/子儀/15/陰	五/厚父/8/念	五/封許/8/念
五/三壽/8/念	七/子犯/11/念	五/湯丘/4/吟	五/湯丘/13/㦤	六/子產/23/酓
七/趙簡/10/酓	七/越公/32/酓	七/越公/33/酓	七/越公/46/酓	七/越公/46/酓
七/越公/58/酓	五/厚父/12/貪			

《說文・卷五・亼部》：「，是時也。从亼从乛。乛，古文及。」甲骨文形體作（《合集》06834），（《合集》32854）。金文形體作：（《虎簋蓋》），（《𤼈鍾》），（《夨尊》）。裘錫圭提出，甲骨文今字當是「吟」字的初文，象顛倒的「曰」形，表示閉口不言之意。〔註95〕

087　只

單　字				
五/命訓/9/只				

〔註95〕裘錫圭：〈說字小記・說去今〉《裘錫圭學術文集（卷三）》，頁420。

偏　旁				
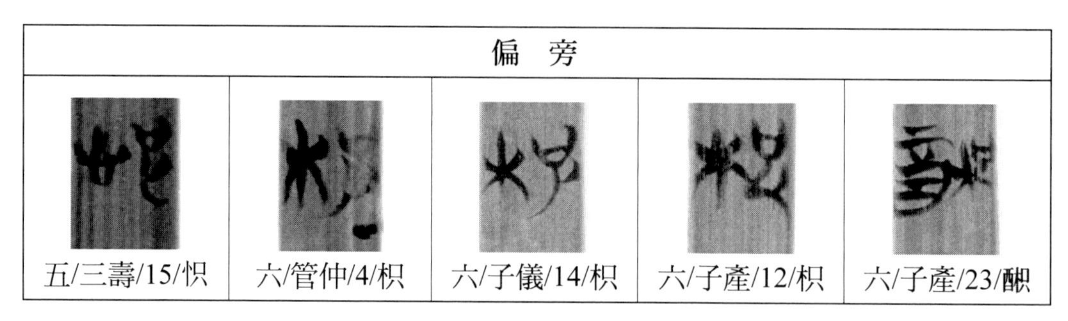				
五/三壽/15/⿰忄只	六/管仲/4/枳	六/子儀/14/枳	六/子產/12/枳	六/子產/23/⿰酉只

《說文．卷三．只部》：「𠮡，語巳詞也。从口，象气下引之形。凡只之屬皆从只。」李家浩認為：「象子張口啼號之形，疑是『嗁』字的象形初文。……疑『只』是由『也』分化出來的一個字。也就是說，『只』是省去早期『也』字寫法的左臂筆畫而成。」〔註96〕

088　倉

單　字				
五/湯丘/3/倉	五/湯丘/12/倉	五/湯丘/13/倉	五/湯丘/15/倉	五/湯丘/17/倉
五/湯丘/17/倉	五/湯丘/19/倉	五/湯門/1/倉	五/湯門/3/倉	五/湯門/6/管
五/湯門/11/倉	五/湯門/13/倉	五/湯門/18/倉	五/湯門/20/倉	六/鄭武/15/倉
六/管仲/1/倉	六/管仲/3/倉	六/管仲/3/倉	六/管仲/6/倉	六/管仲/7/倉

〔註96〕李家浩：〈釋老簋銘文中的「濾」字〉《安徽大學漢語言文字研究叢書．李家浩卷》，頁21。

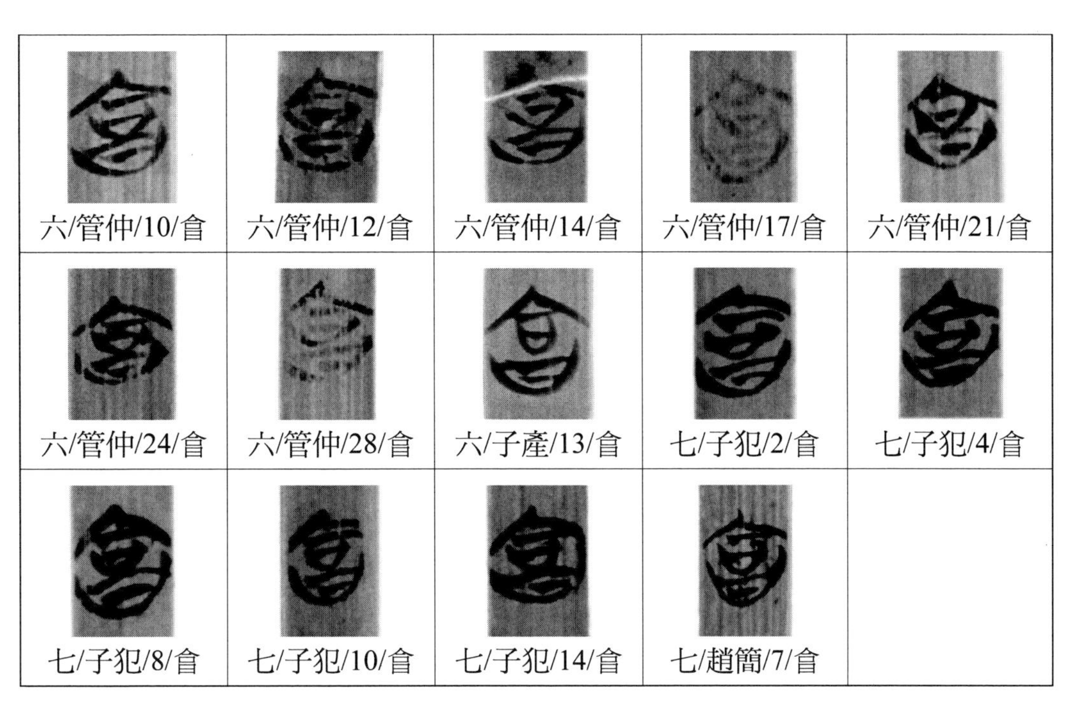

六/管仲/10/𠓗	六/管仲/12/𠓗	六/管仲/14/𠓗	六/管仲/17/𠓗	六/管仲/21/𠓗
六/管仲/24/𠓗	六/管仲/28/𠓗	六/子產/13/𠓗	七/子犯/2/𠓗	七/子犯/4/𠓗
七/子犯/8/𠓗	七/子犯/10/𠓗	七/子犯/14/𠓗	七/趙簡/7/𠓗	

《說文・卷五・亼部》:「，合口也。从亼从口。」甲骨文形體寫作：（《合集》22066），（《合集》3297）。金文形體寫作：（《秦公鐘》）。「合」字會上下兩口對答情形。戰國文字形體下部「口」形變為「甘」形，中部纍增口形體。

十一、齒　類

089　牙

偏　旁				
五/湯丘/3/與	五/湯丘/7/與	五/湯丘/11/與	五/湯丘/11/與	五/湯丘/16/與
五/三壽/1/與	五/三壽/8/與	六/鄭武/1/與	六/鄭武/2/與	六/鄭武/5/與
六/管仲/1/與	六/管仲/25/與	六/管仲/25/與	六/管仲/27/與	六/鄭甲/2/與
六/鄭甲/2/與	六/鄭乙/2/與	六/子儀/9/與	六/子儀/10/與	六/子產/16/與
七/子犯/11/與	七/子犯/14/與	七/趙簡/6/與	七/越公/23/與	七/越公/33/與
七/越公/35/與	七/越公/41/與	七/越公/43/與	七/越公/48/與	七/越公/52/與
七/越公/60/與	七/越公/73/與			

混　同				
五/厚父/4/𤔲	五/厚父/9/𤔲	五/命訓/8/𤔲	五/命訓/10/𤔲	五/命訓/15/𤔲
五/湯丘/9/𤔲	五/湯丘/9/𤔲	五/湯丘/13/𤔲	五/湯門/6/𤔲	五/湯門/8/紿
六/鄭武/14/𤔲	六/管仲/9/𤔲	六/管仲/19/𤔲	六/子儀/18/辭	六/自產/17/治
六/子產/18/怠	七/趙簡/3/𤔲	七/趙簡/3/𤔲	七/趙簡/9/治	七/越公/29/𤔲
七/越公/45/𤔲				

《說文・卷二・牙部》:「𤘪，牡齒也。象上下相錯之形。凡牙之屬皆从牙。𤘫古文牙。」《說文・卷十四・勺部》:「与，賜予也。一勺為与。此与與同。」甲骨文未見「牙」字。金文字形作：[金文]（《師克盨》），[金文]《弔牙父鬲》。季師釋形作：「象形字，象上下大臼齒相錯之形。」〔註 97〕

〔註 97〕季師旭昇：《說文新證》，頁 139～140。

090　齒

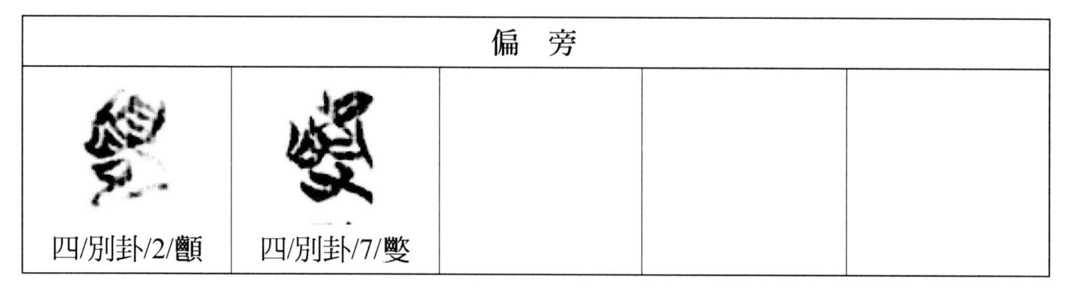

偏　旁				
四/別卦/2/齴	四/別卦/7/斁			

《說文·卷二·齒部》:「，口斷骨也。象口齒之形，止聲。凡齒之屬皆从齒。，古文齒字。」甲骨文形體寫作：(《合集》13655)，(《合集》17306)。金文形體寫作：(《齒木觚》)，(《中山王鼎》)。「齒」字原本為象形字，後增加「止」聲，為形聲字。

十二、須　類

091　須

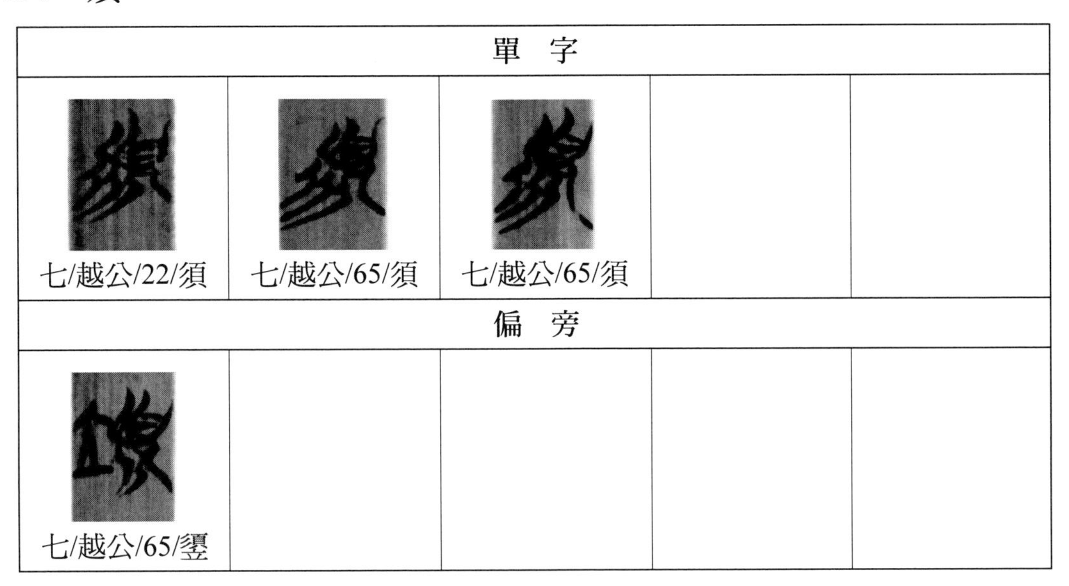

單　字				
七/越公/22/須	七/越公/65/須	七/越公/65/須		
偏　旁				
七/越公/65/盨				

《說文．卷九．須部》：「，面毛也。从頁从彡。凡須之屬皆从須。」甲骨文形體寫作：（《合集》588 正），（《合補》6167）。金文寫作：（《遣弔吉父盨》），（《伯多父盨》）。初文為象形字，象面頰鬚髮。〔註 98〕

092　嗌

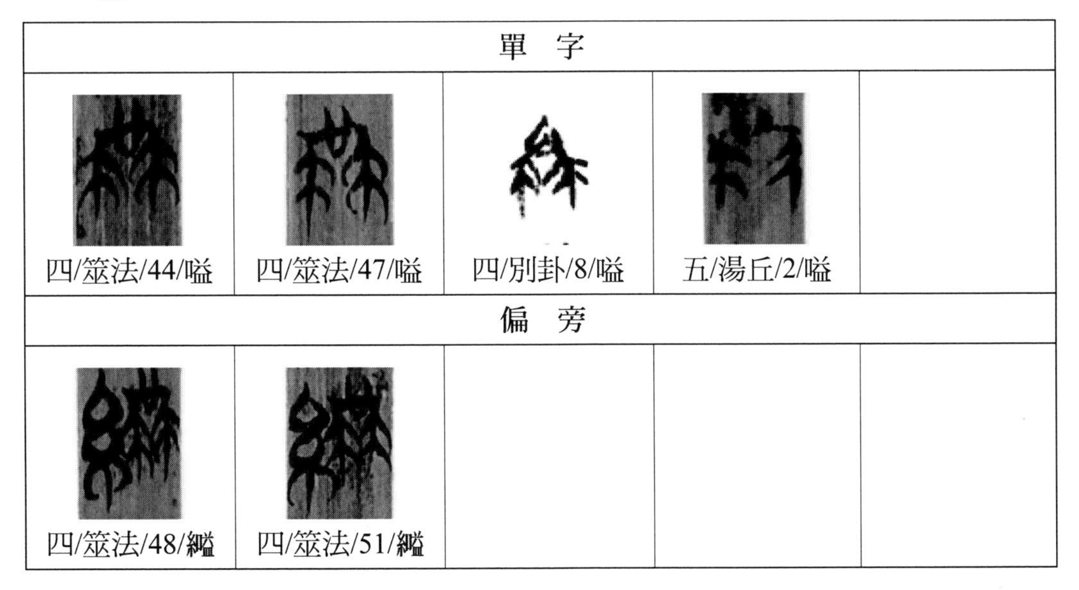

單　字				
四/筮法/44/嗌	四/筮法/47/嗌	四/別卦/8/嗌	五/湯丘/2/嗌	
偏　旁				
四/筮法/48/縊	四/筮法/51/縊			

《說文．卷二．口部》：「，咽也。从口益聲。，籀文嗌上象口，下象

〔註 98〕季師旭昇：《說文新證》，頁 703。

頸脈理也。」甲骨未見。金文作：（《尸伯尸簋》），（《曶鼎》）。舊說以為「上象口，下象脈理。」〔註 99〕季師：「嗌」為指示字，從髯，用小圈表示咽喉部位。〔註 100〕

093　而

單　字				
 四/筮法/5/而	 四/筮法/7/而	 四/筮法/13/而	 四/筮法/15/而	 四/筮法/25/而
 四/筮法/32/而	 四/筮法/42/而	 四/筮法/46/而	 五/命訓/1/而	 五/命訓/2/而
 五/命訓/2/而	 五/命訓/2/而	 五/命訓/3/而	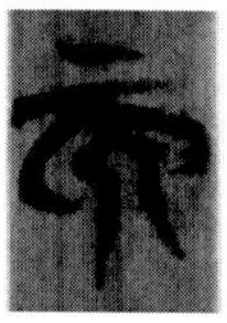 五/命訓/3/而	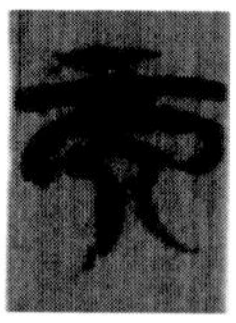 五/命訓/3/而
 五/命訓/4/而	 五/命訓/4/而	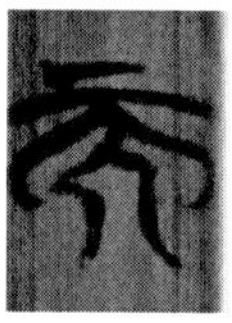 五/命訓/5/而	 五/命訓/13/而	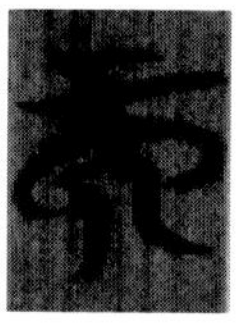 五/命訓/14/而
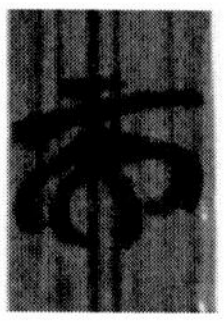 五/命訓/15/而	 五/湯丘/5/而	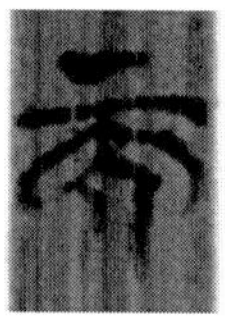 五/湯丘/6/而	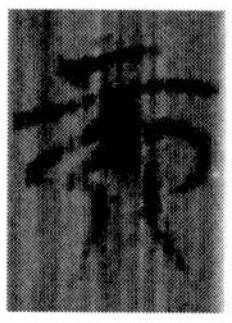 五/湯丘/7/而	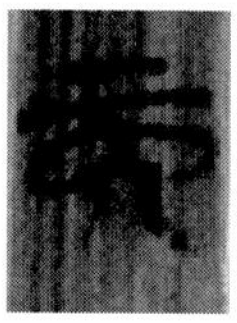 五/湯丘/9/而
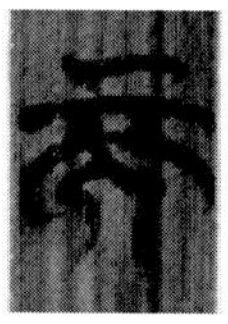 五/湯丘/10/而	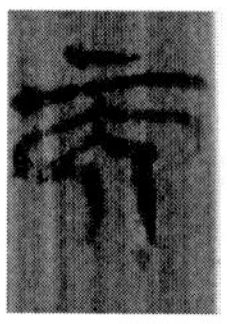 五/湯丘/10/而	 五/湯門/5/而	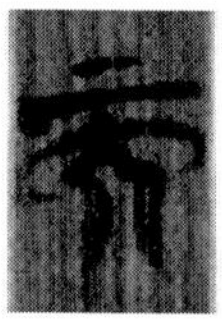 五/湯門/5/而	 五/三壽/9/而

〔註 99〕周法高、張日昇、李孝定：《金文詁林附錄》，頁 2534。

〔註 100〕季師旭昇：《說文新證》，頁 96。

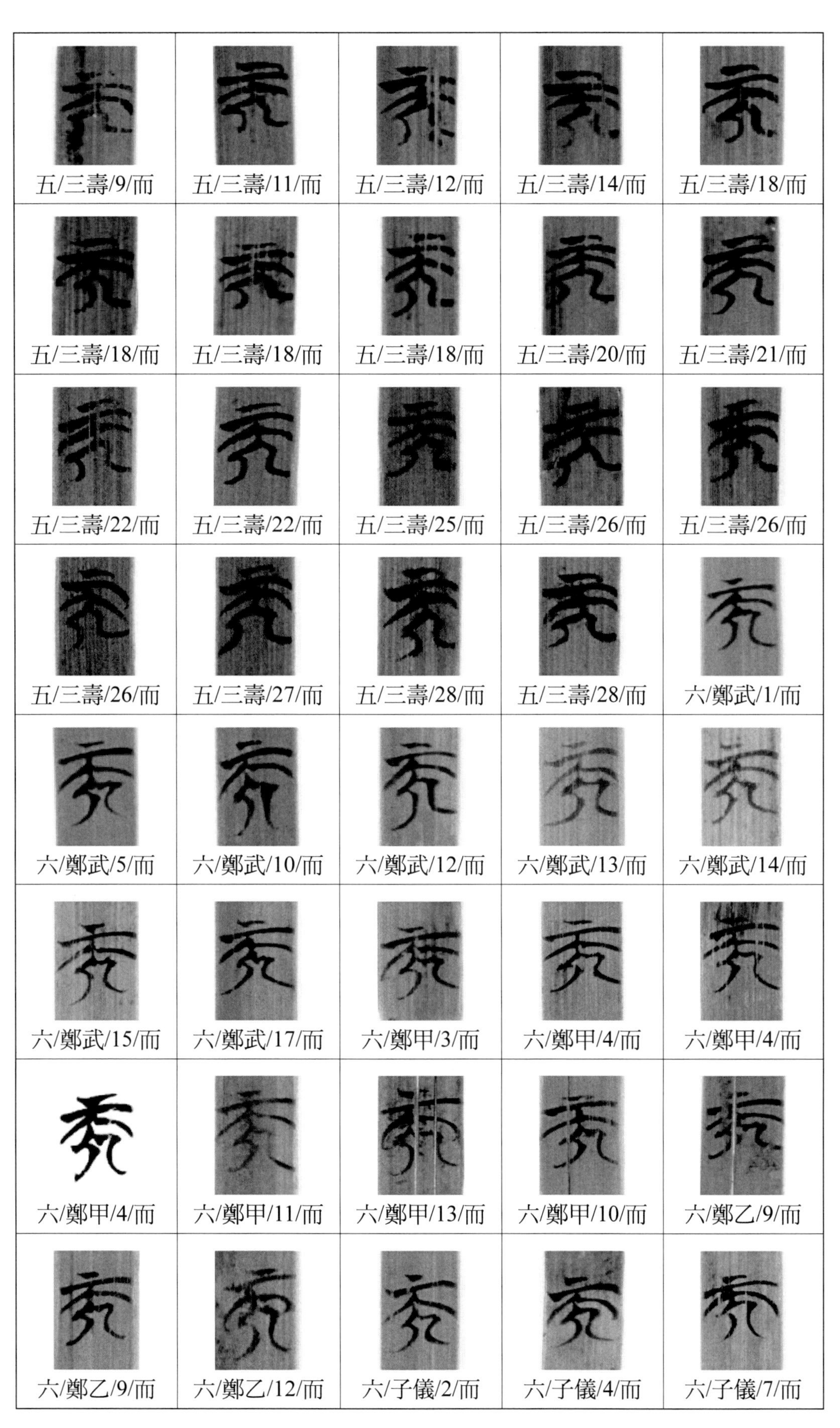

五/三壽/9/而	五/三壽/11/而	五/三壽/12/而	五/三壽/14/而	五/三壽/18/而
五/三壽/18/而	五/三壽/18/而	五/三壽/18/而	五/三壽/20/而	五/三壽/21/而
五/三壽/22/而	五/三壽/22/而	五/三壽/25/而	五/三壽/26/而	五/三壽/26/而
五/三壽/26/而	五/三壽/27/而	五/三壽/28/而	五/三壽/28/而	六/鄭武/1/而
六/鄭武/5/而	六/鄭武/10/而	六/鄭武/12/而	六/鄭武/13/而	六/鄭武/14/而
六/鄭武/15/而	六/鄭武/17/而	六/鄭甲/3/而	六/鄭甲/4/而	六/鄭甲/4/而
六/鄭甲/4/而	六/鄭甲/11/而	六/鄭甲/13/而	六/鄭甲/10/而	六/鄭乙/9/而
六/鄭乙/9/而	六/鄭乙/12/而	六/子儀/2/而	六/子儀/4/而	六/子儀/7/而

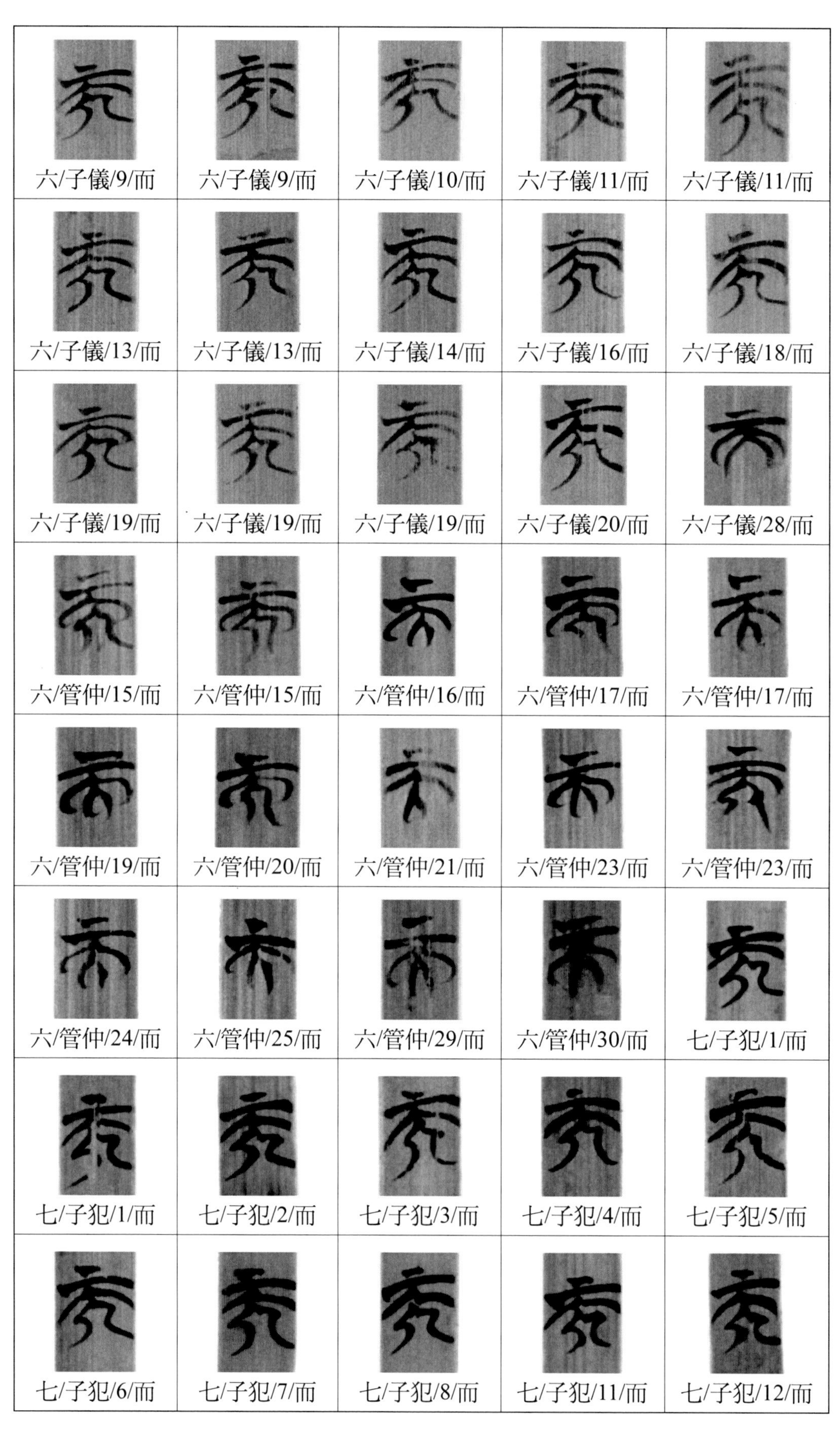

六/子儀/9/而	六/子儀/9/而	六/子儀/10/而	六/子儀/11/而	六/子儀/11/而
六/子儀/13/而	六/子儀/13/而	六/子儀/14/而	六/子儀/16/而	六/子儀/18/而
六/子儀/19/而	六/子儀/19/而	六/子儀/19/而	六/子儀/20/而	六/子儀/28/而
六/管仲/15/而	六/管仲/15/而	六/管仲/16/而	六/管仲/17/而	六/管仲/17/而
六/管仲/19/而	六/管仲/20/而	六/管仲/21/而	六/管仲/23/而	六/管仲/23/而
六/管仲/24/而	六/管仲/25/而	六/管仲/29/而	六/管仲/30/而	七/子犯/1/而
七/子犯/1/而	七/子犯/2/而	七/子犯/3/而	七/子犯/4/而	七/子犯/5/而
七/子犯/6/而	七/子犯/7/而	七/子犯/8/而	七/子犯/11/而	七/子犯/12/而

七/越公/14/而	七/越公/15/而	七/越公/17/而	七/越公/32/而	七/越公/33/而
七/越公/38/而	七/越公/38/而	七/越公/40/而	七/越公/40/而	七/越公/42/而
七/越公/49/而	七/越公/60/而			
訛　混				
六/子儀/3/繻	六/子儀/3/繻	六/子儀/18/需		

《說文・卷九・而部》：「，頰毛也。象毛之形。《周禮》曰：『作其鱗之而。』凡而之屬皆从而。」甲骨文形體作：（《乙》1948）。金文形體作：（《盂鼎》），（《中山王鼎》）。對「而」字甲骨文形體的釋讀，學者存在一些爭議。唐蘭〔註101〕、于省吾〔註102〕釋作「而」，認為象形字，象人面部頰毛形。李圃根據金文「馘」字形體，釋作「馘」字初文。〔註103〕季師認為二說並不衝突，「馘」、「而」存在同文的可能。人在斷首的時候，面部頰毛更為凸顯。〔註104〕

〔註101〕唐蘭：《天壤閣甲骨文存考釋》，頁58。
〔註102〕于省吾：《甲骨文字釋林》，頁144～145。
〔註103〕李圃：《甲骨文選注》，頁168。
〔註104〕季師旭昇：《說文新證》，頁732。

094 巤

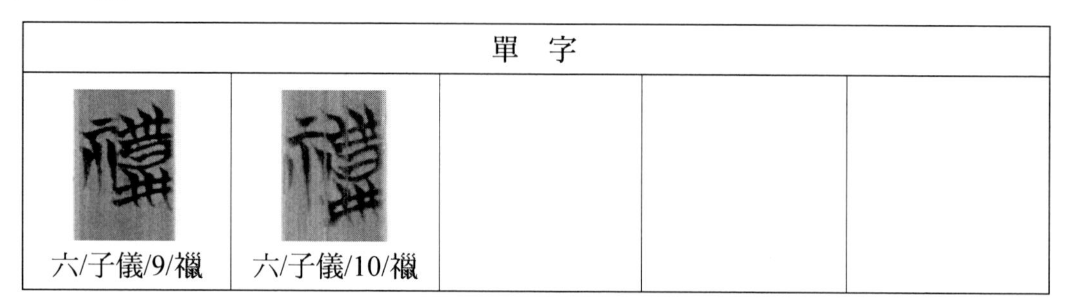

單　字				
六/子儀/9/獵	六/子儀/10/獵			

《說文・卷十・囟部》:「，毛巤也。象髮在囟上及毛髮巤巤之形。此與籀文子字同。」金文「巤」字形體寫作：(《巤季簋》)，(《師袁簋》)。「巤」字當象囟上有毛巤的形態。〔註 105〕

《子儀》中的兩例字形所從與「扁」形相似，有學者主張字當釋從「扁」。〔註 106〕「扁」字同「巤」字形體近似，存在混同的現象。簡文此字若認為從「扁」，則於文意不好解釋。此兩則字例從季師讀為「獵」，簡文所在文句可解為「昔之獵可（兮）余不與，今茲之獵余或（又）不與。」〔註 107〕意為從前的狩獵我沒有參與，現在的狩獵我也沒有參與。

〔註 105〕季師旭昇：《說文新證》，頁 785。

〔註 106〕單育辰：〈清華六《子儀》初讀〉，簡帛網：http://www.bsm.org.cn/forum/forum.php?mod=forumdisplay&fid=2&page=15，2016 年 4 月 17 日。

〔註 107〕季師旭昇：〈《清華六・子儀》「鳥飛之歌」試解〉，簡帛網：http://www.bsm.org.cn/show_article.php?id=2536，2016 年 4 月 27 日。

十三、手　類

095　手

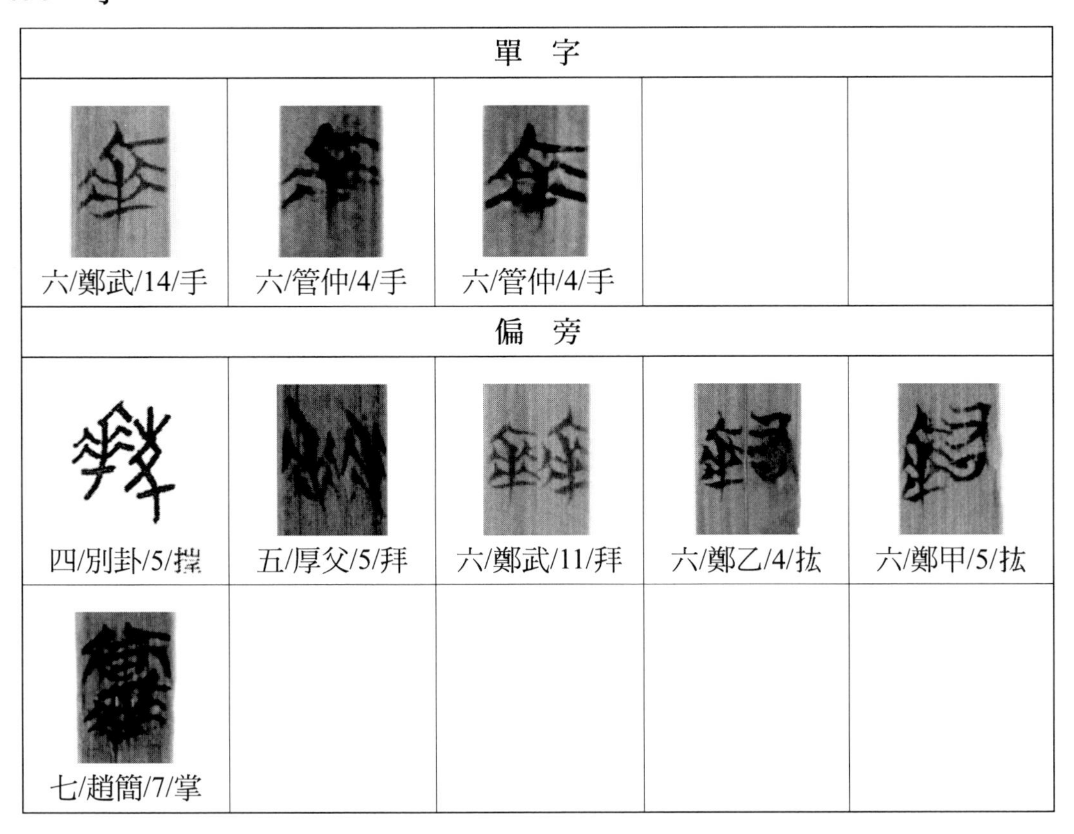

單　字				
 六/鄭武/14/手	 六/管仲/4/手	 六/管仲/4/手		
偏　旁				
 四/別卦/5/揲	 五/厚父/5/拜	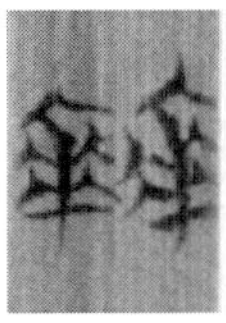 六/鄭武/11/拜	 六/鄭乙/4/抾	 六/鄭甲/5/抾
 七/趙簡/7/掌				

《說文．卷十二．手部》:「，拳也。象形。凡手之屬皆从手。古文手。」甲骨文未見「手」字形體，金文「手」形寫作：（《揚簋》），（《柞鐘》），（《�卣》）。對於手字形體，林義光釋為:「象掌及五指之形，或象覆手之形。」〔註 108〕季師在《說文新證》中提出:「象手自指至臂之形。」〔註 109〕

096　又

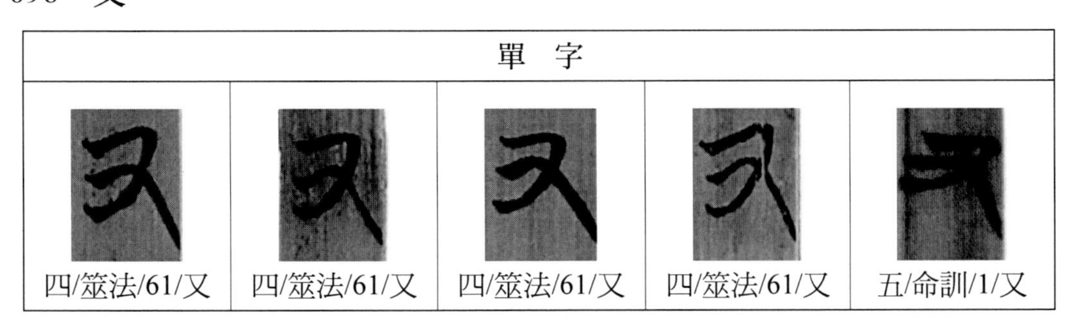

單　字				
 四/筮法/61/又	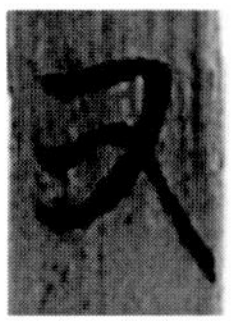 四/筮法/61/又	 四/筮法/61/又	 四/筮法/61/又	 五/命訓/1/又

〔註 108〕林義光：《文源》，頁 61。
〔註 109〕季師旭昇：《說文新證》，頁 183。

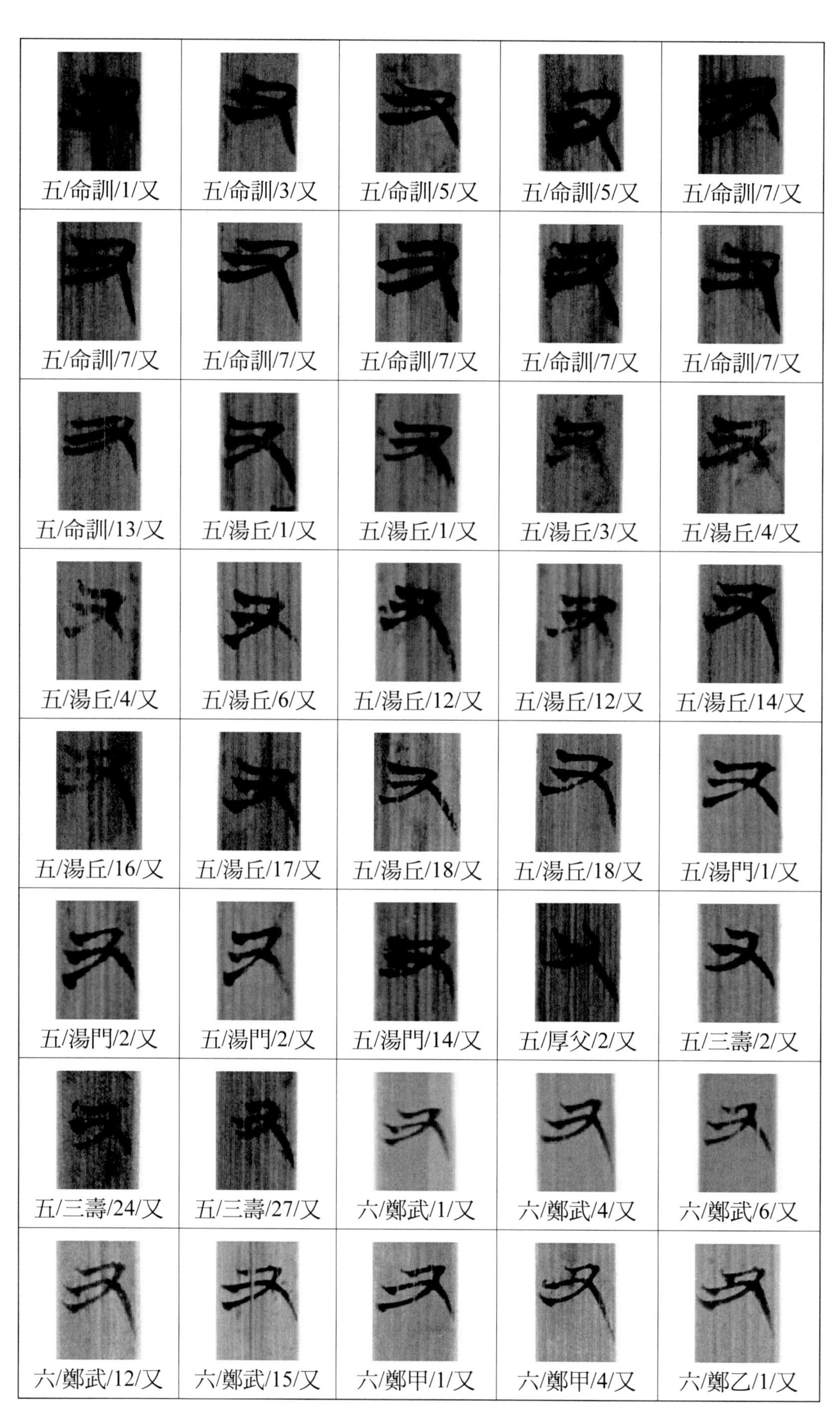

五/命訓/1/又	五/命訓/3/又	五/命訓/5/又	五/命訓/5/又	五/命訓/7/又
五/命訓/7/又	五/命訓/7/又	五/命訓/7/又	五/命訓/7/又	五/命訓/7/又
五/命訓/13/又	五/湯丘/1/又	五/湯丘/1/又	五/湯丘/3/又	五/湯丘/4/又
五/湯丘/4/又	五/湯丘/6/又	五/湯丘/12/又	五/湯丘/12/又	五/湯丘/14/又
五/湯丘/16/又	五/湯丘/17/又	五/湯丘/18/又	五/湯丘/18/又	五/湯門/1/又
五/湯門/2/又	五/湯門/2/又	五/湯門/14/又	五/厚父/2/又	五/三壽/2/又
五/三壽/24/又	五/三壽/27/又	六/鄭武/1/又	六/鄭武/4/又	六/鄭武/6/又
六/鄭武/12/又	六/鄭武/15/又	六/鄭甲/1/又	六/鄭甲/4/又	六/鄭乙/1/又

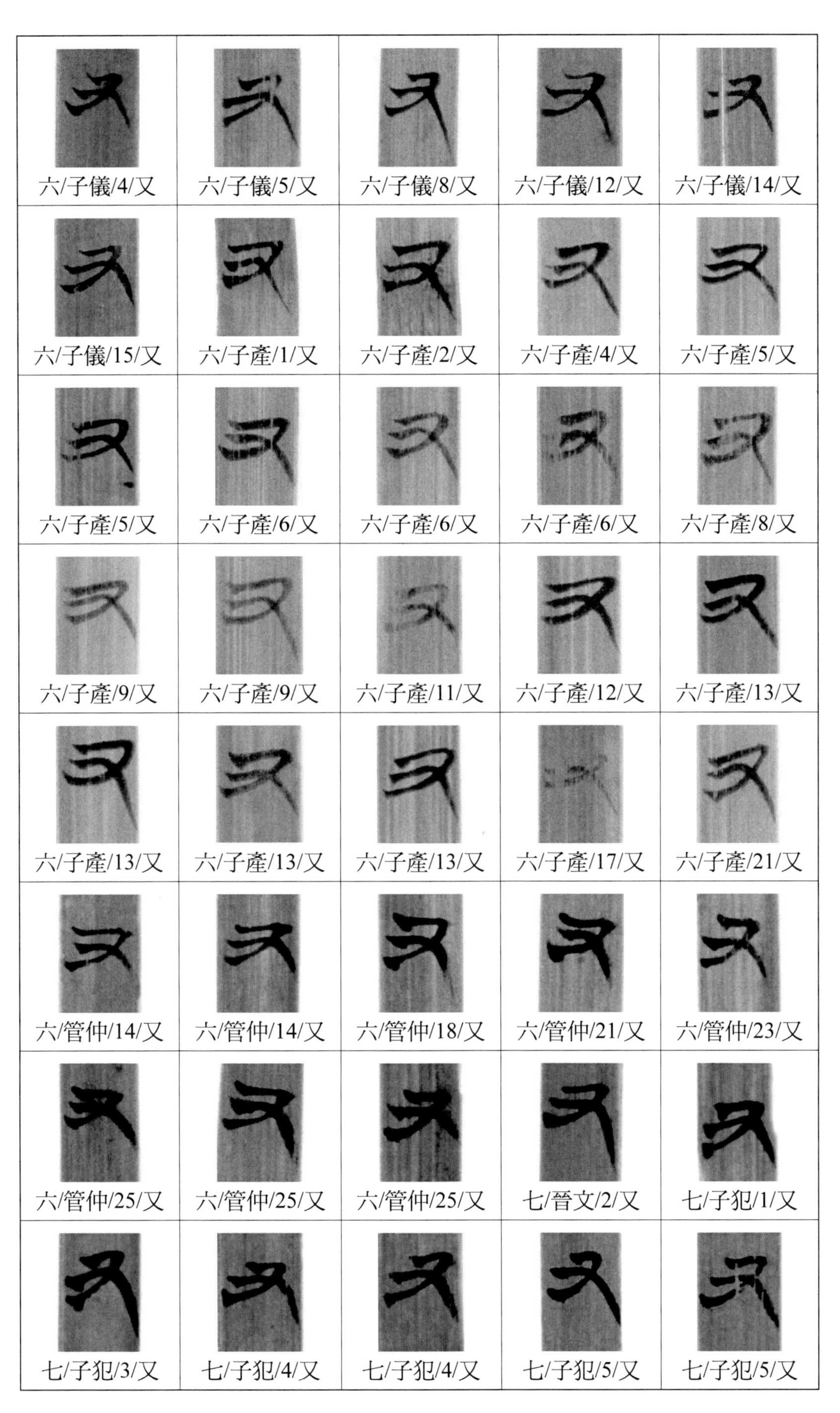

六/子儀/4/又	六/子儀/5/又	六/子儀/8/又	六/子儀/12/又	六/子儀/14/又
六/子儀/15/又	六/子產/1/又	六/子產/2/又	六/子產/4/又	六/子產/5/又
六/子產/5/又	六/子產/6/又	六/子產/6/又	六/子產/6/又	六/子產/8/又
六/子產/9/又	六/子產/9/又	六/子產/11/又	六/子產/12/又	六/子產/13/又
六/子產/13/又	六/子產/13/又	六/子產/13/又	六/子產/17/又	六/子產/21/又
六/管仲/14/又	六/管仲/14/又	六/管仲/18/又	六/管仲/21/又	六/管仲/23/又
六/管仲/25/又	六/管仲/25/又	六/管仲/25/又	七/晉文/2/又	七/子犯/1/又
七/子犯/3/又	七/子犯/4/又	七/子犯/4/又	七/子犯/5/又	七/子犯/5/又

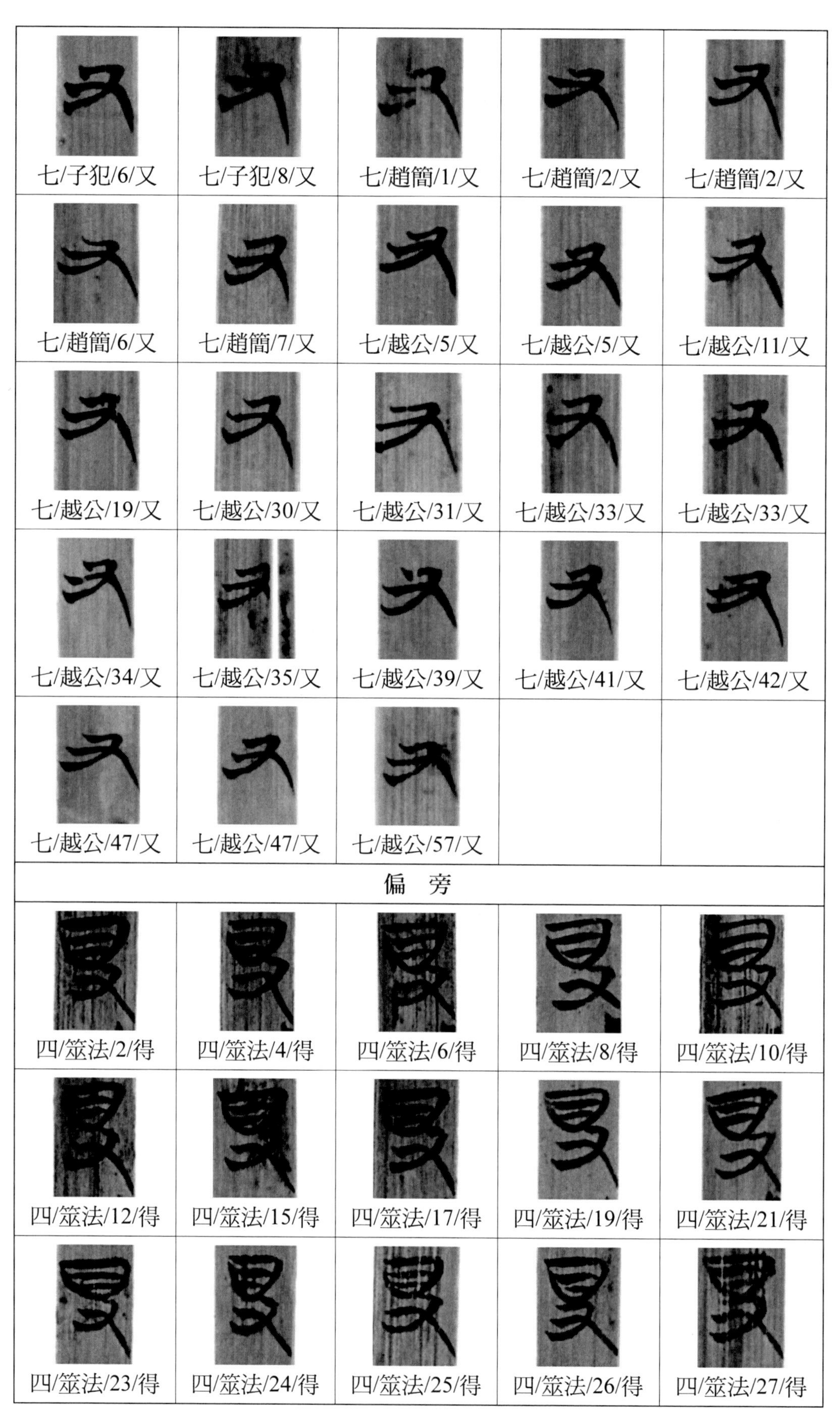

七/子犯/6/又	七/子犯/8/又	七/趙簡/1/又	七/趙簡/2/又	七/趙簡/2/又
七/趙簡/6/又	七/趙簡/7/又	七/越公/5/又	七/越公/5/又	七/越公/11/又
七/越公/19/又	七/越公/30/又	七/越公/31/又	七/越公/33/又	七/越公/33/又
七/越公/34/又	七/越公/35/又	七/越公/39/又	七/越公/41/又	七/越公/42/又
七/越公/47/又	七/越公/47/又	七/越公/57/又		
偏　旁				
四/筮法/2/得	四/筮法/4/得	四/筮法/6/得	四/筮法/8/得	四/筮法/10/得
四/筮法/12/得	四/筮法/15/得	四/筮法/17/得	四/筮法/19/得	四/筮法/21/得
四/筮法/23/得	四/筮法/24/得	四/筮法/25/得	四/筮法/26/得	四/筮法/27/得

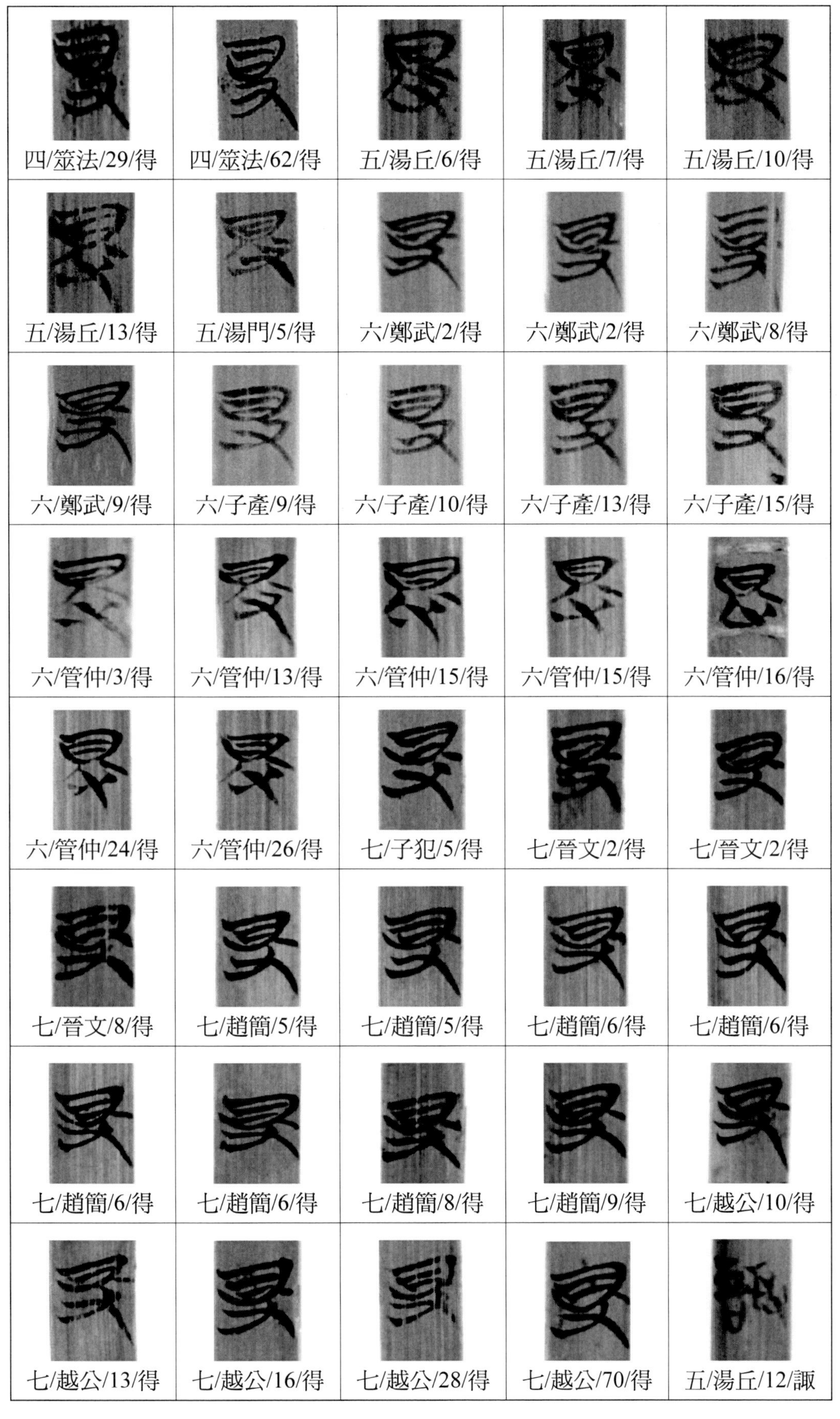

四/筮法/29/得	四/筮法/62/得	五/湯丘/6/得	五/湯丘/7/得	五/湯丘/10/得
五/湯丘/13/得	五/湯門/5/得	六/鄭武/2/得	六/鄭武/2/得	六/鄭武/8/得
六/鄭武/9/得	六/子產/9/得	六/子產/10/得	六/子產/13/得	六/子產/15/得
六/管仲/3/得	六/管仲/13/得	六/管仲/15/得	六/管仲/15/得	六/管仲/16/得
六/管仲/24/得	六/管仲/26/得	七/子犯/5/得	七/晉文/2/得	七/晉文/2/得
七/晉文/8/得	七/趙簡/5/得	七/趙簡/5/得	七/趙簡/6/得	七/趙簡/6/得
七/趙簡/6/得	七/趙簡/6/得	七/趙簡/8/得	七/趙簡/9/得	七/越公/10/得
七/越公/13/得	七/越公/16/得	七/越公/28/得	七/越公/70/得	五/湯丘/12/諏

四/筮法/14/取	四/筮法/16/取	四/筮法/62/取	五/厚父/10/取	六/子儀/2/取
五/湯丘/1/取	六/子產/1/取	七/越公/14/取	七/越公/54/取	七/越公/56/取
七/越公/56/取	七/越公/57/取	七/越公/43/趣	七/越公/44/趣	七/越公/48/徹
七/越公/54/徹	七/越公/54/徹	七/越公/54/徹	七/越公/56/徹	七/越公/56/徹
七/越公/56/徹	七/越公/56/徹	七/越公/57/徹	七/越公/17/趣	七/越公/62/葴
五/厚父/10/及	六/鄭甲/6/及	六/鄭甲/7/及	六/鄭武/8/及	六/鄭甲/9/及
六/鄭甲/10/及	六/鄭甲/12/及	六/鄭乙/6/及	六/鄭乙/7/及	六/鄭乙/8/及
六/子儀/1/及	六/子儀/2/及	六/子儀/4/及	六/子儀/15/及	六/管仲/18/及

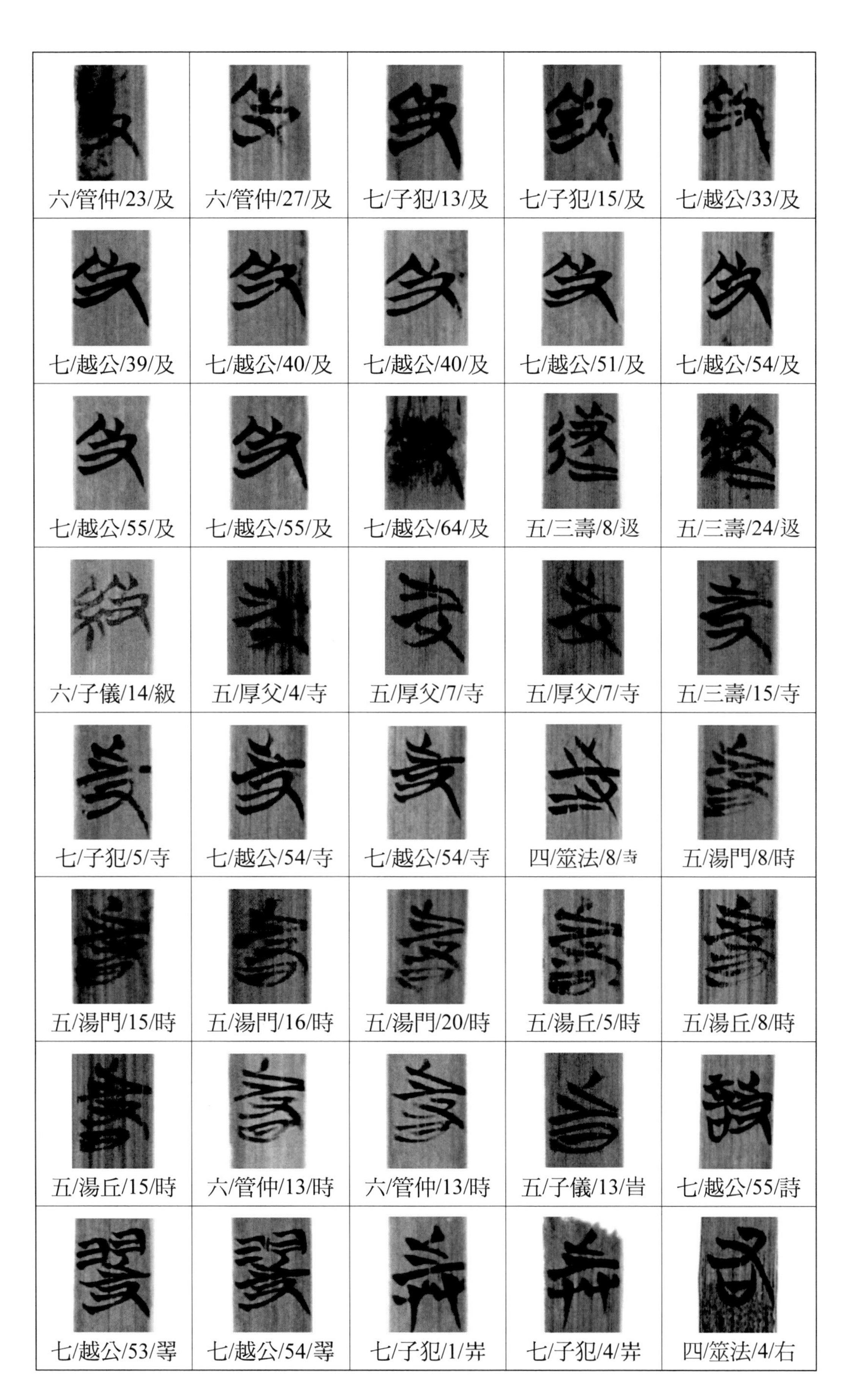

六/管仲/23/及	六/管仲/27/及	七/子犯/13/及	七/子犯/15/及	七/越公/33/及
七/越公/39/及	七/越公/40/及	七/越公/40/及	七/越公/51/及	七/越公/54/及
七/越公/55/及	七/越公/55/及	七/越公/64/及	五/三壽/8/返	五/三壽/24/返
六/子儀/14/級	五/厚父/4/寺	五/厚父/7/寺	五/厚父/7/寺	五/三壽/15/寺
七/子犯/5/寺	七/越公/54/寺	七/越公/54/寺	四/筮法/8/寺	五/湯門/8/時
五/湯門/15/時	五/湯門/16/時	五/湯門/20/時	五/湯丘/5/時	五/湯丘/8/時
五/湯丘/15/時	六/管仲/13/時	六/管仲/13/時	五/子儀/13/峕	七/越公/55/詩
七/越公/53/[illegible]	七/越公/54/[illegible]	七/子犯/1/[illegible]	七/子犯/4/[illegible]	四/筮法/4/右

四/筮法/5/右	六/子儀/3/右	六/子儀/3/右	六/子儀/4/右	七/子犯/4/右
七/子犯/6/右	七/越公/12/右	七/越公/33/右	七/越公/35/右	七/越公/43/右
七/越公/45/右	七/越公/48/右	七/越公/50/右	七/越公/52/右	七/越公/67/右
七/越公/67/右	七/越公/65/右	七/越公/65/右	五/三壽/10/[illegible]	五/三壽/26/鼃
四/筮法/54/兵	四/筮法/61/兵	五/三壽/11/兵	五/三壽/19/兵	六/子產/26/兵
六/子產/27/兵	七/越公/4/兵	七/越公/20/兵	七/越公/21/兵	七/越公/50/兵
七/越公/50/兵	七/越公/51/兵	七/越公/51/兵	七/越公/51/兵	七/越公/52/兵
七/越公/52/兵	七/越公/52/兵	七/越公/52/兵	七/越公/53/兵	七/越公/61/兵

六/鄭武/15/辱	七/越公/4/辱	七/越公/15/辱	七/越公/28/蓐	七/越公/30/蓐
七/越公/30/蓐	七/越公/31/蓐	七/越公/32/蓐	七/越公/32/蓐	七/越公/37/蓐
四/筮法/26/奴	四/筮法/35/奴	四/筮法/41/奴	四/筮法/41/奴	四/筮法/61/奴
四/筮法/61/奴	六/管仲/10/奴	七/越公/68/奴	五/湯門/4/梫	五/湯門/10/梫
五/湯丘/3/與	五/湯丘/7/與	五/湯丘/11/與	五/湯丘/11/與	五/湯丘/16/與
五/三壽/1/與	五/三壽/8/與	六/鄭武/1/與	六/鄭武/2/與	六/鄭武/5/與
六/管仲/1/與	六/管仲/25/與	六/管仲/25/與	六/管仲/27/與	六/鄭甲/2/與
六/鄭甲/2/與	六/鄭乙/2/與	六/子儀/9/與	六/子儀/10/與	六/子產/16/與

七/子犯/11/與	七/子犯/14/與	七/趙簡/6/與	七/越公/23/與	七/越公/33/與
七/越公/35/與	七/越公/41/與	七/越公/43/與	七/越公/48/與	七/越公/52/與
七/越公/60/與	七/越公/73/與	五/厚父/4/服	五/厚父/7/服	五/厚父/12/服
五/三壽/11/反	五/湯丘/3/反	六/子儀/17/反	六/子儀/19/反	六/子產/11/反
七/晉文/8/反	七/越公/13/反	七/越公/24/反	七/越公/42/反	四/筮法/40/彶
七/越公/38/訯	七/趙簡/1/𡫻	七/趙簡/2/𡫻	四/別卦/2/僕	七/晉文/8/僕
四/筮法/13/叏	四/筮法/61/叏	四/筮法/61/叏	五/三壽/10/叏	五/三壽/21/叏
五/厚父/5/叏	五/厚父/5/叏	六/子儀/7/怍	六/子產/28/叏	七/越公/29/叏

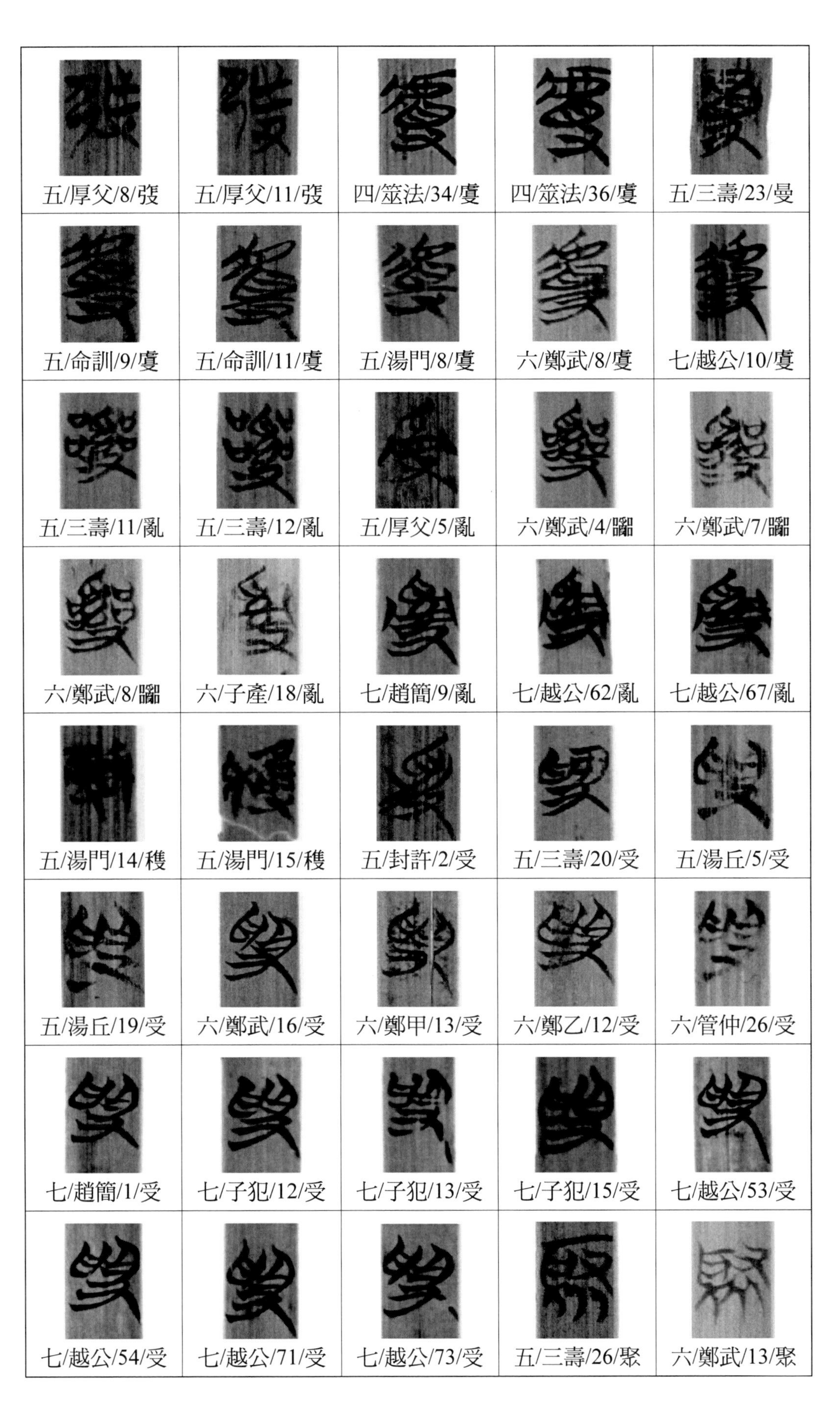
五/厚父/8/敡
五/厚父/11/敡
四/筮法/34/叓
四/筮法/36/叓
五/三壽/23/曼
五/命訓/9/叓
五/命訓/11/叓
五/湯門/8/叓
六/鄭武/8/叓
七/越公/10/叓
五/三壽/11/亂
五/三壽/12/亂
五/厚父/5/亂
六/鄭武/4/𤔲
六/鄭武/7/𤔲
六/鄭武/8/𤔲
六/子產/18/亂
七/趙簡/9/亂
七/越公/62/亂
七/越公/67/亂
五/湯門/14/稄
五/湯門/15/稄
五/封許/2/受
五/三壽/20/受
五/湯丘/5/受
五/湯丘/19/受
六/鄭武/16/受
六/鄭甲/13/受
六/鄭乙/12/受
六/管仲/26/受
七/趙簡/1/受
七/子犯/12/受
七/子犯/13/受
七/子犯/15/受
七/越公/53/受
七/越公/54/受
七/越公/71/受
七/越公/73/受
五/三壽/26/聚
六/鄭武/13/聚

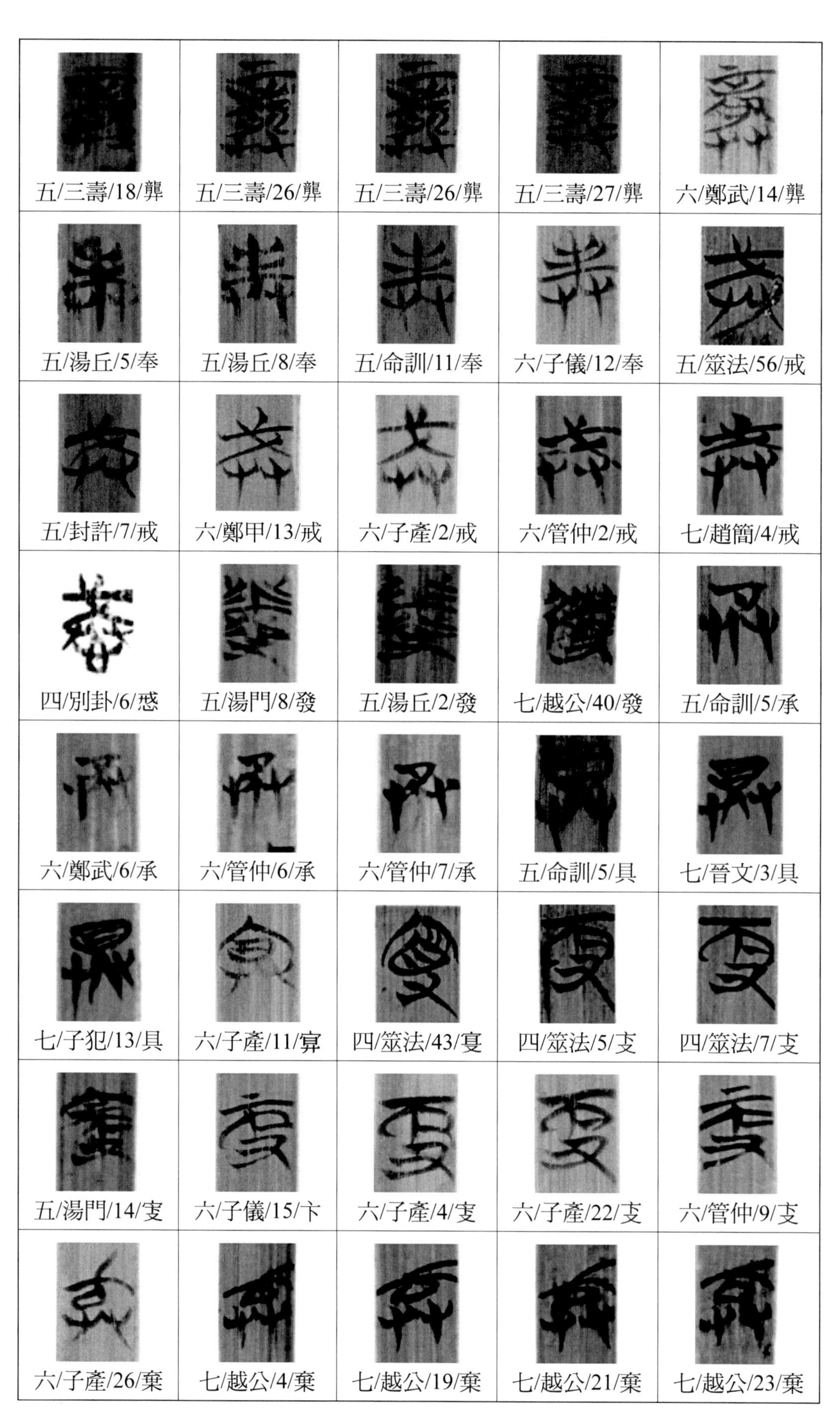

五/三壽/18/龏	五/三壽/26/龏	五/三壽/26/龏	五/三壽/27/龏	六/鄭武/14/龏
五/湯丘/5/奉	五/湯丘/8/奉	五/命訓/11/奉	六/子儀/12/奉	五/筮法/56/戒
五/封許/7/戒	六/鄭甲/13/戒	六/子產/2/戒	六/管仲/2/戒	七/趙簡/4/戒
四/別卦/6/惑	五/湯門/8/發	五/湯丘/2/發	七/越公/40/發	五/命訓/5/承
六/鄭武/6/承	六/管仲/6/承	六/管仲/7/承	五/命訓/5/具	七/晉文/3/具
七/子犯/13/具	六/子產/11/寡	四/筮法/43/叓	四/筮法/5/叓	四/筮法/7/叓
五/湯門/14/叓	六/子儀/15/卞	六/子產/4/叓	六/子產/22/叓	六/管仲/9/叓
六/子產/26/棄	七/越公/4/棄	七/越公/19/棄	七/越公/21/棄	七/越公/23/棄

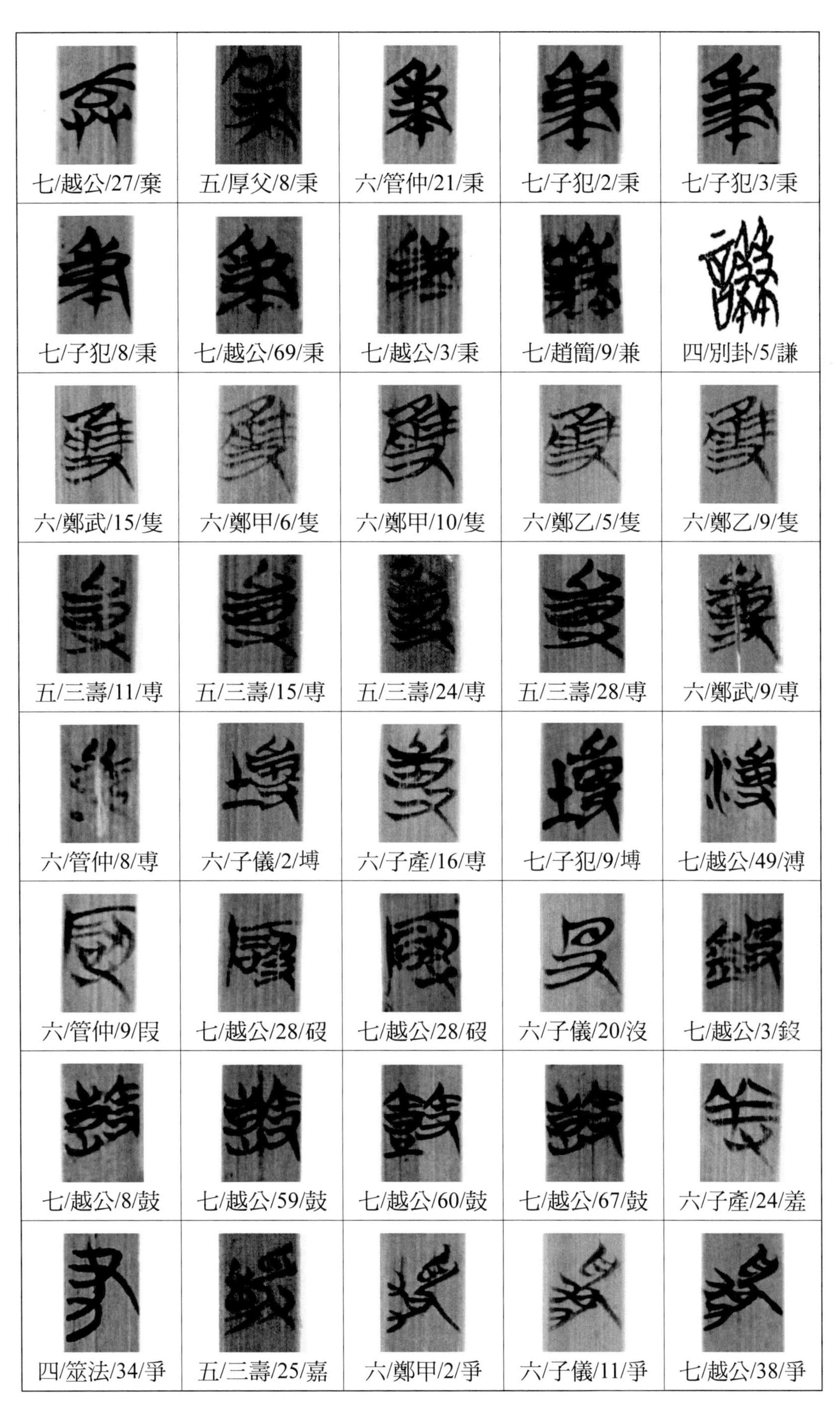
七/越公/27/棄
五/厚父/8/秉
六/管仲/21/秉
七/子犯/2/秉
七/子犯/3/秉
七/子犯/8/秉
七/越公/69/秉
七/越公/3/秉
七/趙簡/9/兼
四/別卦/5/謙
六/鄭武/15/隻
六/鄭甲/6/隻
六/鄭甲/10/隻
六/鄭乙/5/隻
六/鄭乙/9/隻
五/三壽/11/専
五/三壽/15/専
五/三壽/24/専
五/三壽/28/専
六/鄭武/9/専
六/管仲/8/専
六/子儀/2/塼
六/子產/16/専
七/子犯/9/塼
七/越公/49/溥
六/管仲/9/叚
七/越公/28/碬
七/越公/28/碬
六/子儀/20/浸
七/越公/3/鋟
七/越公/8/鼓
七/越公/59/鼓
七/越公/60/鼓
七/越公/67/鼓
六/子產/24/羞
四/筮法/34/爭
五/三壽/25/嘉
六/鄭甲/2/爭
六/子儀/11/爭
七/越公/38/爭

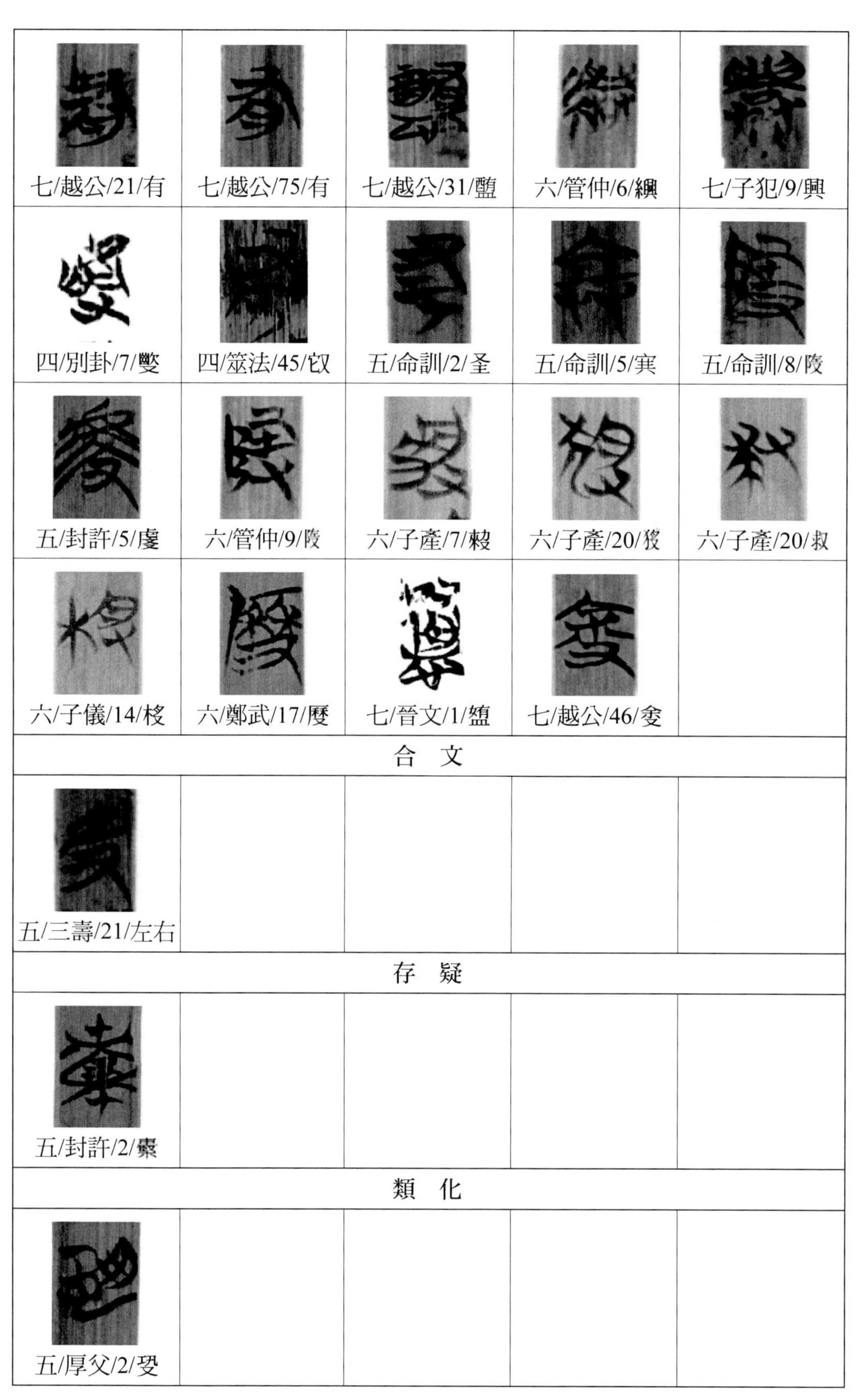

七/越公/21/有	七/越公/75/有	七/越公/31/醢	六/管仲/6/纈	七/子犯/9/興
四/別卦/7/嬖	四/筮法/45/叹	五/命訓/2/圣	五/命訓/5/寅	五/命訓/8/陵
五/封許/5/虔	六/管仲/9/陵	六/子產/7/穀	六/子產/20/猨	六/子產/20/叔
六/子儀/14/椶	六/鄭武/17/歷	七/晉文/1/盨	七/越公/46/夋	
合　文				
五/三壽/21/左右				
存　疑				
五/封許/2/橐				
類　化				
五/厚父/2/叜				

《說文・卷三・又部》:「ㄡ,手也。象形。三指者,手之刿多略不過三也。

凡又之屬皆从又。」甲骨文形體作（《合集》376），（《合集》14199），（《合集》26186）。金文形體作：（《又方彝》），（《大盂鼎》），（《禽簋》）。又字為象形字，象右手形。

097　厷

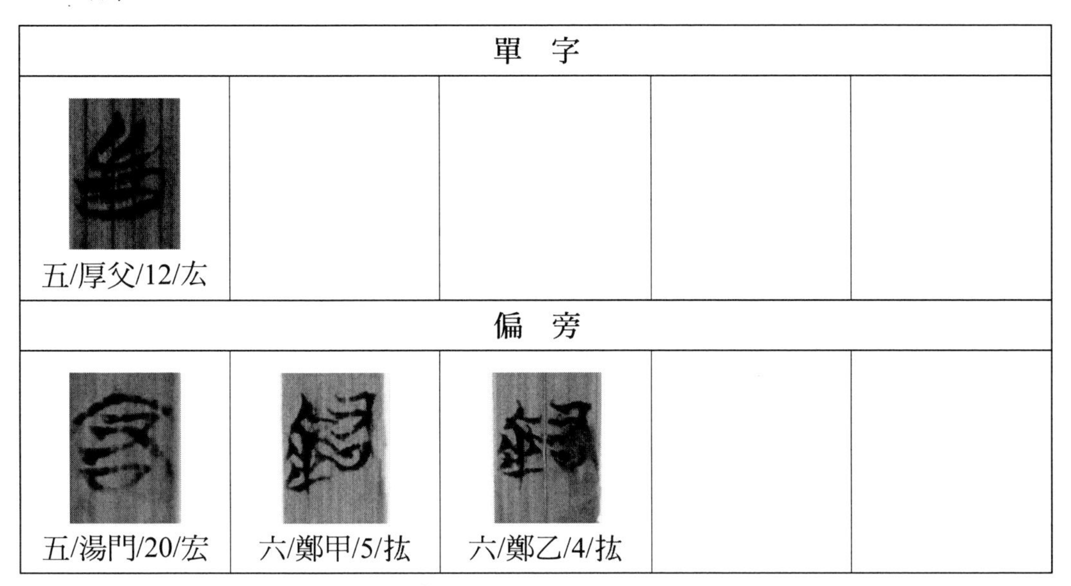

單　字				
五/厚父/12/厷				
偏　旁				
五/湯門/20/宏	六/鄭甲/5/拡	六/鄭乙/4/拡		

《說文・卷三・又部》：「，臂上也。从又，从古文。古文厷，象形。厷或从肉。」甲骨文形體寫作：（《合集》21565），（《合集》10420），（《合集》5532）。金文形體寫作：（《亞肱方鼎》），（《多友鼎》），（《番生簋蓋》）。季師釋形作：「當為合體指事字，即肱字之初文。甲骨文、商銅器銘文從又，以半圓形的指示符號指示肱部所在，與甲骨文肘、身、尻、𠨬、膺等字造字法相同。西周晚期金文指示符號已經與『又』形分離，並寫成圓圈形。」〔註110〕

098　朮

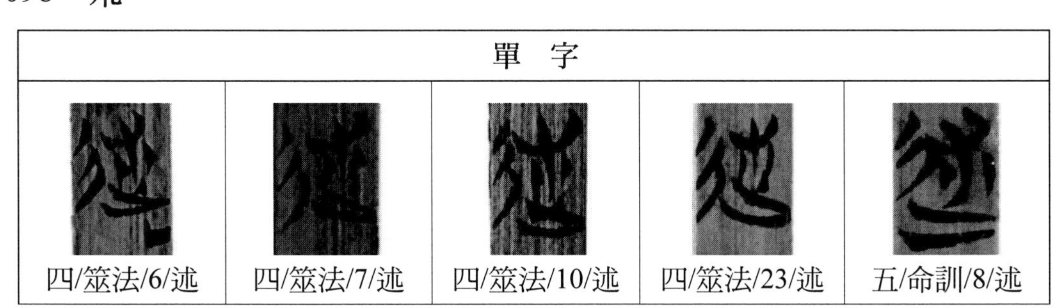

單　字				
四/筮法/6/述	四/筮法/7/述	四/筮法/10/述	四/筮法/23/述	五/命訓/8/述

〔註110〕季師旭昇：《說文新證》，頁200。

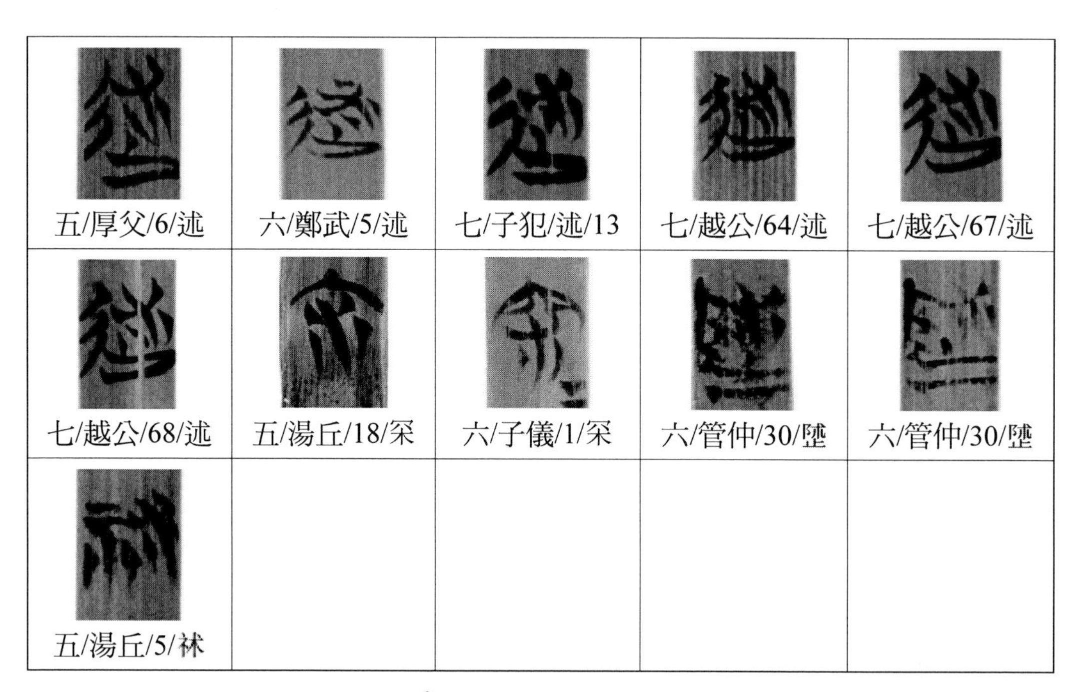

五/厚父/6/述	六/鄭武/5/述	七/子犯/述/13	七/越公/64/述	七/越公/67/述
七/越公/68/述	五/湯丘/18/冞	六/子儀/1/冞	六/管仲/30/墜	六/管仲/30/墜
五/湯丘/5/秫				

《說文．卷七．禾部》:「，稷之黏者。从禾；朮，象形。，秫或省禾。」甲骨文形體寫作：（《合集》16267），（《合集》03238 正）。金文中從「朮」的「述」寫作：。朱芳圃謂：「朮為初文，秫為後起字。金文作，象稷黏手之形。」〔註 111〕

099 夬

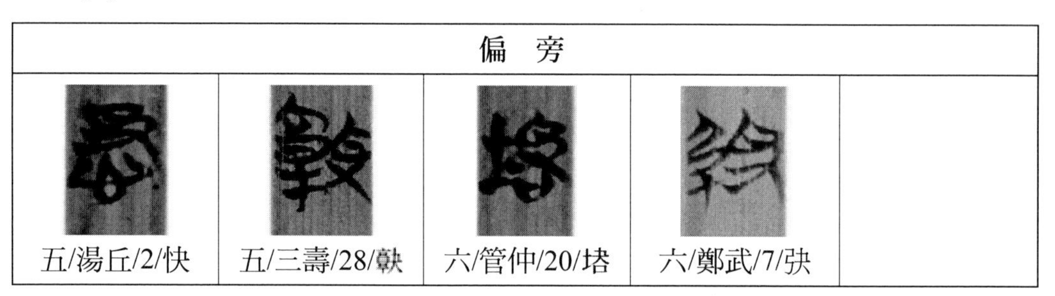

偏旁				
五/湯丘/2/快	五/三壽/28/𩏑	六/管仲/20/堷	六/鄭武/7/弫	

《說文．卷三．又部》:「，分決也。从又，象決形。」甲骨文形體寫作：（《前》4.1.2），（《甲》449）。金文形體寫作：（《段簋》）。朱駿聲謂「本義當為引弦彄也。从又，象彄，丨象弦。今俗謂之扳指，字亦作觖。《周禮．繕人》抉拾注：『挾矢時所以持弦飾也，著右手巨指以抉為之。』《詩．車工》『決拾既佽』釋文：『夬本作抉。』」〔註 112〕其釋義為是，然釋形據《說文》篆文為說，不可從。何琳儀謂甲骨「象右手套扳指之形。」〔註 113〕

〔註 111〕朱芳圃：《殷周文字釋叢》，頁 131。
〔註 112〕〔清〕朱駿聲：《說文通訓定聲》，頁 662。
〔註 113〕何琳儀：《戰國古文字典》，頁 905。

100　攴

單　字				
 七/越公/47/攴				
偏　旁				
 四/筮法/30/政	 五/厚父/8/政	 五/三壽/19/政	 五/命訓/12/政	 六/子產/3/政
 六/子產/5/政	 六/子產/5/政	 六/子產/5/政	 六/子產/5/政	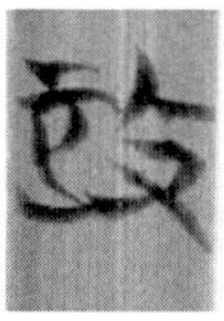 六/子產/6/政
 六/子產/12/政	 六/子產/16/政	 六/子產/27/政	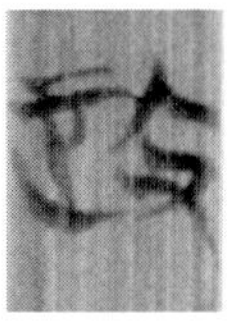 六/子產/27/政	 七/子犯/9/政
 七/子犯/11/政	 七/趙簡/5/政	 七/晉文/2/政	 七/越公/29/政	 七/越公/30/政
 七/越公/37/政	 七/越公/39/政	 七/越公/39/政	 七/越公/41/政	 七/越公/49/政
 七/越公/61/政	 四/筮法/46/收	 五/湯門/7/收	 七/越公/49/收	 五/厚父/2/啓

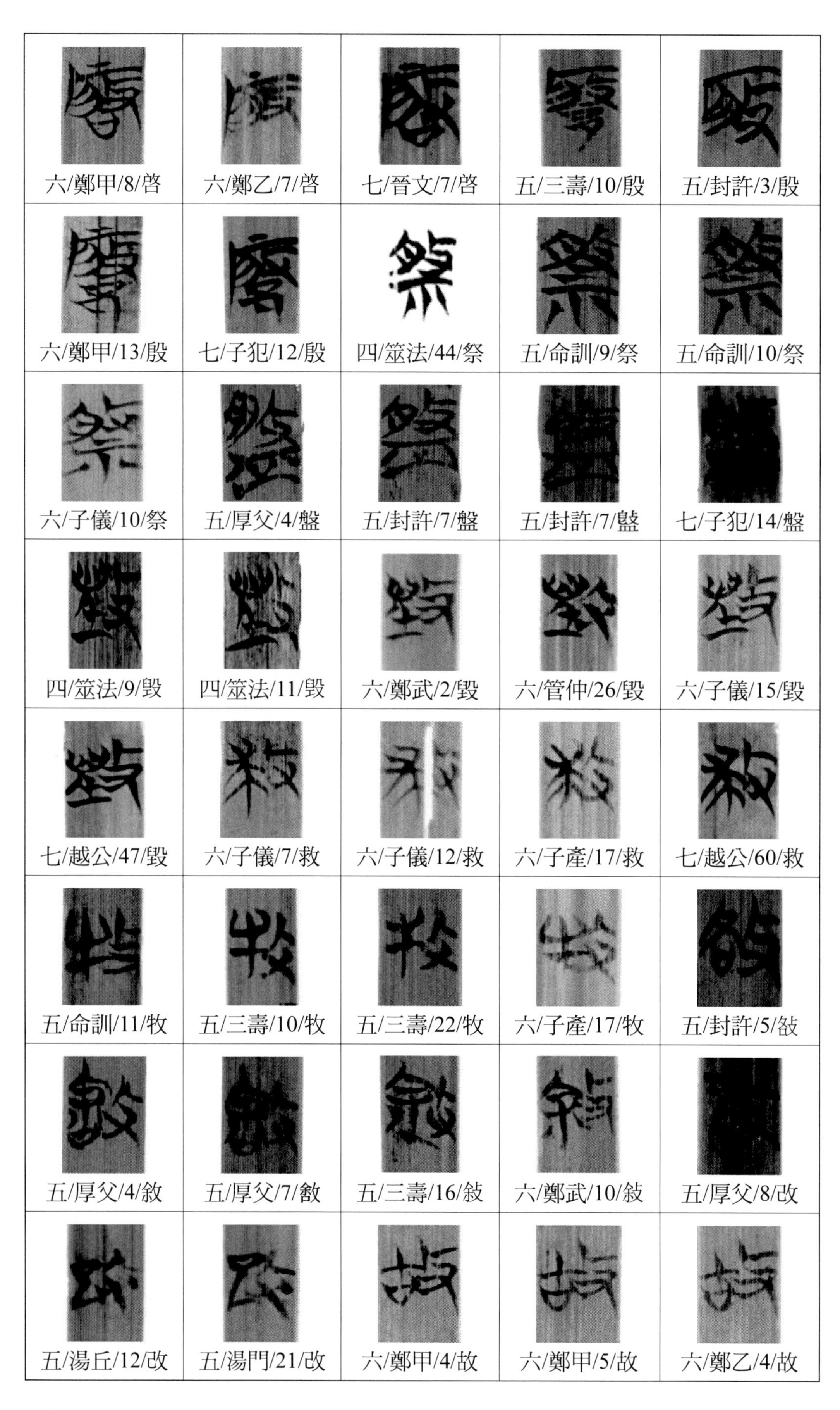

六/鄭甲/8/啓	六/鄭乙/7/啓	七/晉文/7/啓	五/三壽/10/殷	五/封許/3/殷
六/鄭甲/13/殷	七/子犯/12/殷	四/筮法/44/祭	五/命訓/9/祭	五/命訓/10/祭
六/子儀/10/祭	五/厚父/4/盤	五/封許/7/盤	五/封許/7/盤	七/子犯/14/盤
四/筮法/9/毀	四/筮法/11/毀	六/鄭武/2/毀	六/管仲/26/毀	六/子儀/15/毀
七/越公/47/毀	六/子儀/7/救	六/子儀/12/救	六/子產/17/救	七/越公/60/救
五/命訓/11/牧	五/三壽/10/牧	五/三壽/22/牧	六/子產/17/牧	五/封許/5/敆
五/厚父/4/敘	五/厚父/7/敍	五/三壽/16/敍	六/鄭武/10/敍	五/厚父/8/改
五/湯丘/12/改	五/湯門/21/改	六/鄭甲/4/故	六/鄭甲/5/故	六/鄭乙/4/故

七/越公/11/故
五/封許/3/玫
六/管仲/21/玫
六/子儀/7/玫
七/越公/20/玫
六/子產/5/整
六/子產/5/整
七/越公/53/整
七/越公/59/整
六/子產/18/蓫
六/管仲/27/攸
六/子儀/10/攸
五/命訓/6/攻
五/命訓/14/攻
七/越公/50/攻
七/越公/67/攻
五/厚父/9/教
五/命訓/12/教
六/鄭武/8/教
七/越公/48/寇
五/三壽/9/敬
五/三壽/14/敬
五/三壽/19/敬
五/三壽/27/敬
五/命訓/1/敬
五/命訓/1/敬
五/封許/8/敬
七/子犯/2/敬
七/子犯/7/敬
六/子產/22/飲
七/越公/44/廄
七/越公/44/攺
七/越公/45/攺
七/越公/48/攺
七/越公/48/攺
五/湯門/19/穀
五/命訓/4/穀
五/命訓/4/穀
六/子儀/3/穀
六/子儀/4/穀

六/子儀/11/㱿	六/子儀/13/㱿	六/子儀/16/㱿	六/子儀/17/㱿	六/管仲/30/㱿
五/厚父/13/敗	六/鄭武/15/敗	六/子產/8/損	六/子儀/1/敗	七/晉文/8/敗
七/趙簡/10/攸	七/趙簡/11/攸	六/子儀/11/豉	六/子儀/12/豉	六/子儀/20/豉
七/越公/13/豉	五/厚父/12/𢻎	五/厚父/12/𢻎	五/厚父/14/𢻎	五/三壽/19/𢽳
五/三壽/21/𢽳	六/鄭甲/9/殹	六/鄭甲/9/殹	六/鄭乙/8/殹	六/鄭乙/8/殹
七/子犯/6/殹	七/子犯/8/殹	七/越公/73/殹	六/子產/22/𣫧	六/子產/22/𣫧
六/子產/25/𣫧	七/越公/55/𣫧	七/越公/58/𣫧	六/鄭甲/8/𣪍	六/鄭甲/10/𣪍
六/鄭乙/7/𣪍	六/鄭乙/9/𣪍	六/鄭甲/11/𣫋	六/鄭乙/9/𣫋	六/管仲/26/𢿢

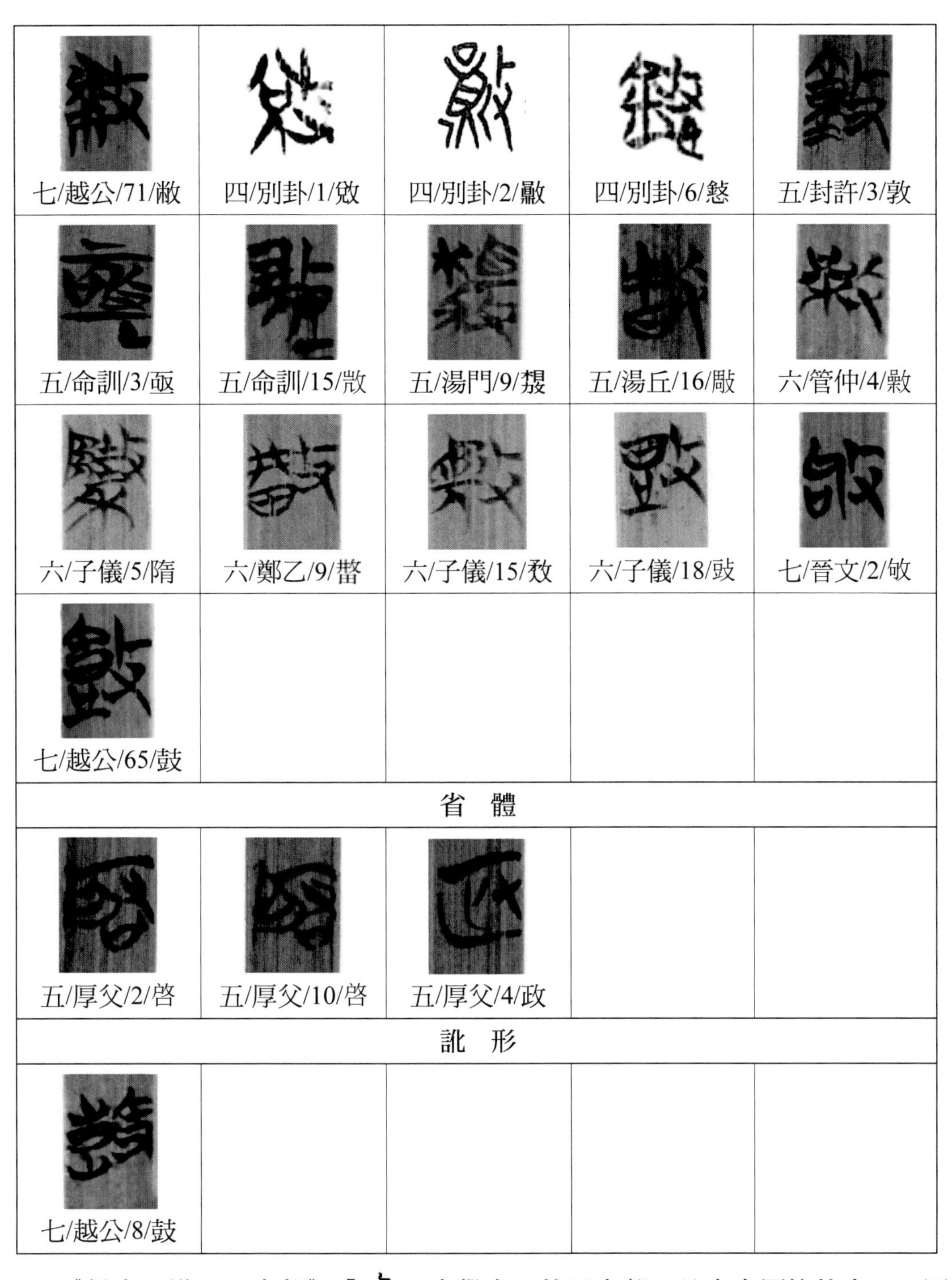

七/越公/71/敝	四/別卦/1/敓	四/別卦/2/斀	四/別卦/6/慜	五/封許/3/敦
五/命訓/3/亟	五/命訓/15/敚	五/湯門/9/[illegible]	五/湯丘/16/敳	六/管仲/4/敹
六/子儀/5/隋	六/鄭乙/9/[illegible]	六/子儀/15/敹	六/子儀/18/豉	七/晉文/2/敀
七/越公/65/鼓				
省　體				
五/厚父/2/啓	五/厚父/10/啓	五/厚父/4/政		
訛　形				
七/越公/8/鼓				

《說文．卷三．攴部》：「𢼄，小擊也。从又卜聲。凡攴之屬皆从攴。」甲骨文「攴」字形體寫作：𢻫（《英藏》1330）；在甲骨文中「攴」字作為偏旁的寫法：𢻫（《合集》00148）。金文形体作：𢻫（《亞牧髙》），𢻫（《南宮柳鼎》）。季師釋形作：「本從又持鞭杖，為合體象形。其後聲化為從又卜聲。」〔註 114〕駱珍伊學姐在論文中提出：甲骨文「攴」字的形體象手持棍棒形，實際上一些

〔註 114〕季師旭昇：《說文新證》，頁 239。

「支」字形體木棒形上也有增加一向右橫筆的形體，例如「改」字：（《前編》4.31.6。）「支」上所從形體即有橫筆。所以「支」上的卜形在聲化上也有形體上的源頭。〔註115〕

101　爪

偏　旁				
 四/筮法/43/系	 四/筮法/43/系	 四/筮法/54/系	 四/筮法/54/系	 五/湯丘/16/系
 五/湯丘/17/系	 五/湯門/12/系	 五/湯門/12/系	 五/湯門/12/系	 五/湯門/12/系
 五/湯門/12/系	 五/湯門/12/系	 五/湯門/13/系	 五/湯門/13/系	 五/湯門/13/系
 五/湯門/13/系	 七/子犯/10/系	 七/子犯/14/系	 七/子犯/14/系	 七/子犯/15/系
 七/趙簡/5/系	 七/趙簡/5/系	 七/越公/75/系	 七/越公/37/採	 七/越公/55/採
 五/湯丘/3/與	 五/湯丘/7/與	 五/湯丘/11/與	 五/湯丘/11/與	 五/湯丘/16/與

〔註115〕駱珍伊：《〈上海博物館藏戰國楚竹書（七）～（九）〉與〈清華大學藏戰國竹簡〉（壹）～（叁）字根研究》，頁205

五/三壽/1/與
五/三壽/8/與
六/鄭武/1/與
六/鄭武/2/與
六/鄭武/5/與
六/管仲/1/與
六/管仲/25/與
六/管仲/25/與
六/管仲/27/與
六/鄭甲/2/與
六/鄭甲/2/與
六/鄭乙/2/與
六/子儀/9/與
六/子儀/10/與
六/子產/16/與
七/子犯/11/與
七/子犯/14/與
七/趙簡/6/與
七/越公/23/與
七/越公/33/與
七/越公/35/與
七/越公/41/與
七/越公/43/與
七/越公/48/與
七/越公/52/與
七/越公/60/與
七/越公/73/與
六/管仲/9/㞷
七/越公/47/㞷
五/封許/2/受
五/湯丘/5/受
五/三壽/20/受
五/湯丘/19/受
六/鄭武/16/受
六/鄭甲/13/受
六/鄭乙/12/受
六/管仲/26/受
七/趙簡/1/受
七/子犯/12/受
七/子犯/13/受

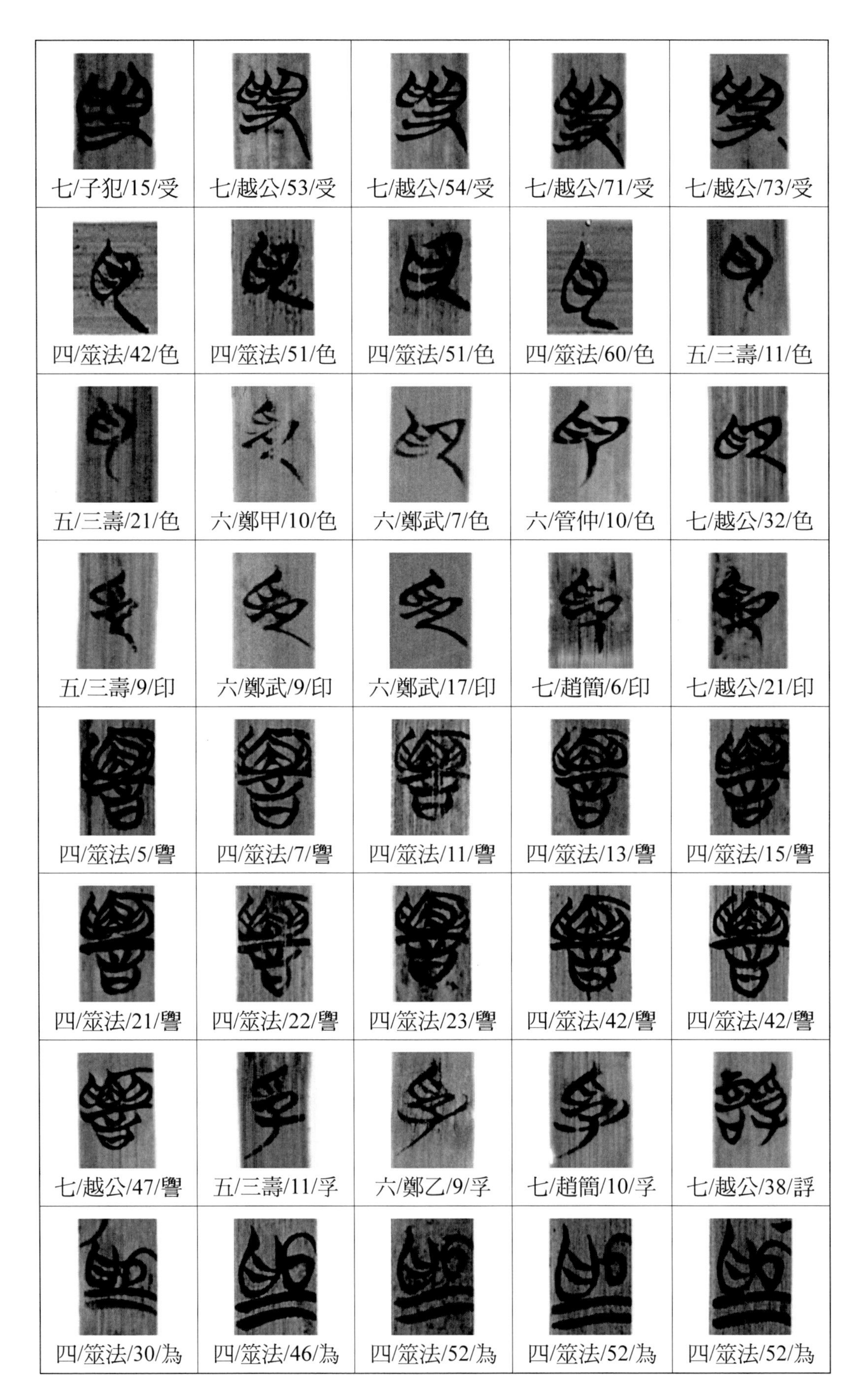

七/子犯/15/受	七/越公/53/受	七/越公/54/受	七/越公/71/受	七/越公/73/受
四/筮法/42/色	四/筮法/51/色	四/筮法/51/色	四/筮法/60/色	五/三壽/11/色
五/三壽/21/色	六/鄭甲/10/色	六/鄭武/7/色	六/管仲/10/色	七/越公/32/色
五/三壽/9/印	六/鄭武/9/印	六/鄭武/17/印	七/趙簡/6/印	七/越公/21/印
四/筮法/5/譽	四/筮法/7/譽	四/筮法/11/譽	四/筮法/13/譽	四/筮法/15/譽
四/筮法/21/譽	四/筮法/22/譽	四/筮法/23/譽	四/筮法/42/譽	四/筮法/42/譽
七/越公/47/譽	五/三壽/11/孚	六/鄭乙/9/孚	七/趙簡/10/孚	七/越公/38/諪
四/筮法/30/為	四/筮法/46/為	四/筮法/52/為	四/筮法/52/為	四/筮法/52/為

四/筮法/52/為	四/筮法/53/為	四/筮法/53/為	四/筮法/53/為	四/筮法/53/為
四/筮法/54/為	四/筮法/54/為	四/筮法/54/為	四/筮法/54/為	四/筮法/54/為
四/筮法/54/為	四/筮法/54/為	四/筮法/55/為	四/筮法/55/為	四/筮法/56/為
四/筮法/56/為	四/筮法/56/為	四/筮法/56/為	四/筮法/56/為	四/筮法/57/為
四/筮法/57/為	四/筮法/57/為	四/筮法/57/為	四/筮法/57/為	四/筮法/58/為
四/筮法/58/為	四/筮法/58/為	四/筮法/58/為	四/筮法/58/為	四/筮法/59/為
四/筮法/59/為	四/筮法/59/為	四/筮法/59/為	五/厚父/2/為	五/湯丘/1 為
五/湯丘/8/為	五/湯丘/9/為	五/湯丘/9/為	五/湯丘/16/為	五/湯丘/17/為

五/湯丘/17/為	五/湯丘/17/為	五/湯門/6/為	五/湯門/8/為	五/湯門/9/為
五/湯門/9/為	五/湯門/10/為	五/湯門/14/譌	五/三壽/15/譌	六/鄭武/2/為
六/鄭武/10/為	六/鄭武/14/為	六/鄭武/15/為	六/鄭武/17/為	六/鄭甲/2/為
六/鄭甲/4/為	六/鄭甲/8/為	六/鄭甲/9/為	六/鄭甲/13/為	六/鄭甲/13/為
六/鄭乙/7/為	六/鄭乙/8/為	六/鄭乙/12/為	六/鄭乙/12/為	六/鄭乙/12/為
六/子儀/4/為	六/子產/16/為	六/子產/17/為	六/子產/24/為	六/子產/25/為
六/子產/26/為	六/管仲/10/為	六/管仲/13/為	六/管仲/16/為	六/管仲/16/為
六/管仲/17/為	六/管仲/18/為	六/管仲/20/為	六/管仲/22/為	六/管仲/23/為

六/管仲/25/譌	六/管仲/27/為	六/管仲/27/為	六/管仲/28/為	六/管仲/29/為
六/管仲/30/為	六/管仲/30/為	六/管仲/30/為	七/晉文/3/為	七/晉文/5/為
七/晉文/5/為	七/晉文/5/為	七/晉文/5/為	七/晉文/6/為	七/晉文/6/為
七/晉文/7/為	七/晉文/6/為	七/晉文/6/為	七/晉文/6/為	七/趙簡/2/為
七/子犯/12/為	七/子犯/12/為	七/子犯/12/為	七/越公/5/為	七/越公/17/為
七/越公/20/為	七/越公/24/為	七/越公/38/為	七/越公/41/為	七/越公/63/為
七/越公/64/為	七/越公/66/為	六/鄭甲/11/斅	六/鄭乙/9/斅	六/子儀/5/譌
六/鄭武/10/婁	六/子儀/2/嘍	六/子儀/5/謱	五/三壽/25/縷	五/命訓/5/家

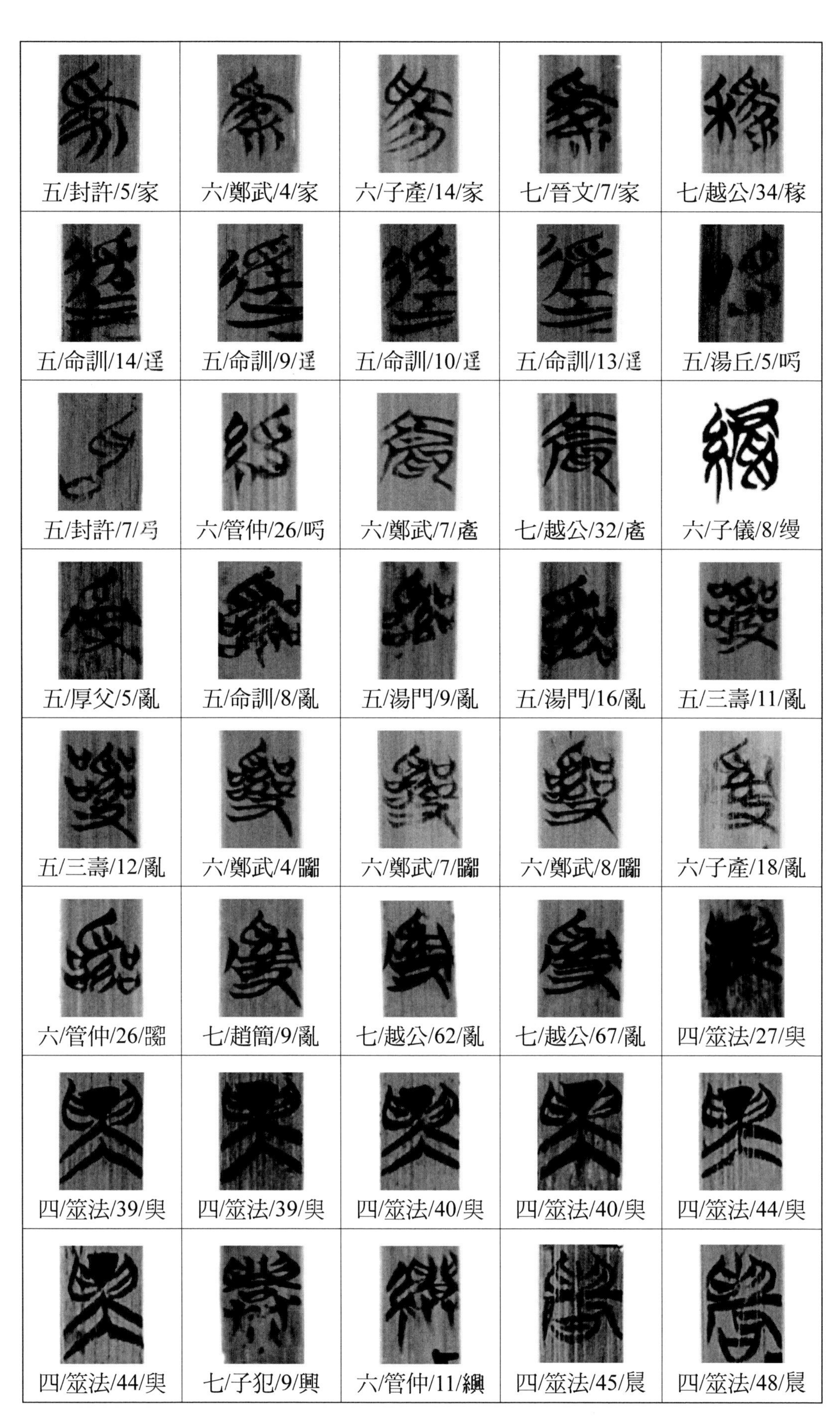

五/封許/5/家	六/鄭武/4/家	六/子產/14/家	七/晉文/7/家	七/越公/34/稼
五/命訓/14/逕	五/命訓/9/逕	五/命訓/10/逕	五/命訓/13/逕	五/湯丘/5/呺
五/封許/7/㝵	六/管仲/26/呺	六/鄭武/7/𢉖	七/越公/32/𢉖	六/子儀/8/縵
五/厚父/5/亂	五/命訓/8/亂	五/湯門/9/亂	五/湯門/16/亂	五/三壽/11/亂
五/三壽/12/亂	六/鄭武/4/䜌	六/鄭武/7/䜌	六/鄭武/8/䜌	六/子產/18/亂
六/管仲/26/䜌	七/趙簡/9/亂	七/越公/62/亂	七/越公/67/亂	四/筮法/27/臾
四/筮法/39/臾	四/筮法/39/臾	四/筮法/40/臾	四/筮法/40/臾	四/筮法/44/臾
四/筮法/44/臾	七/子犯/9/興	六/管仲/11/纕	四/筮法/45/晨	四/筮法/48/晨

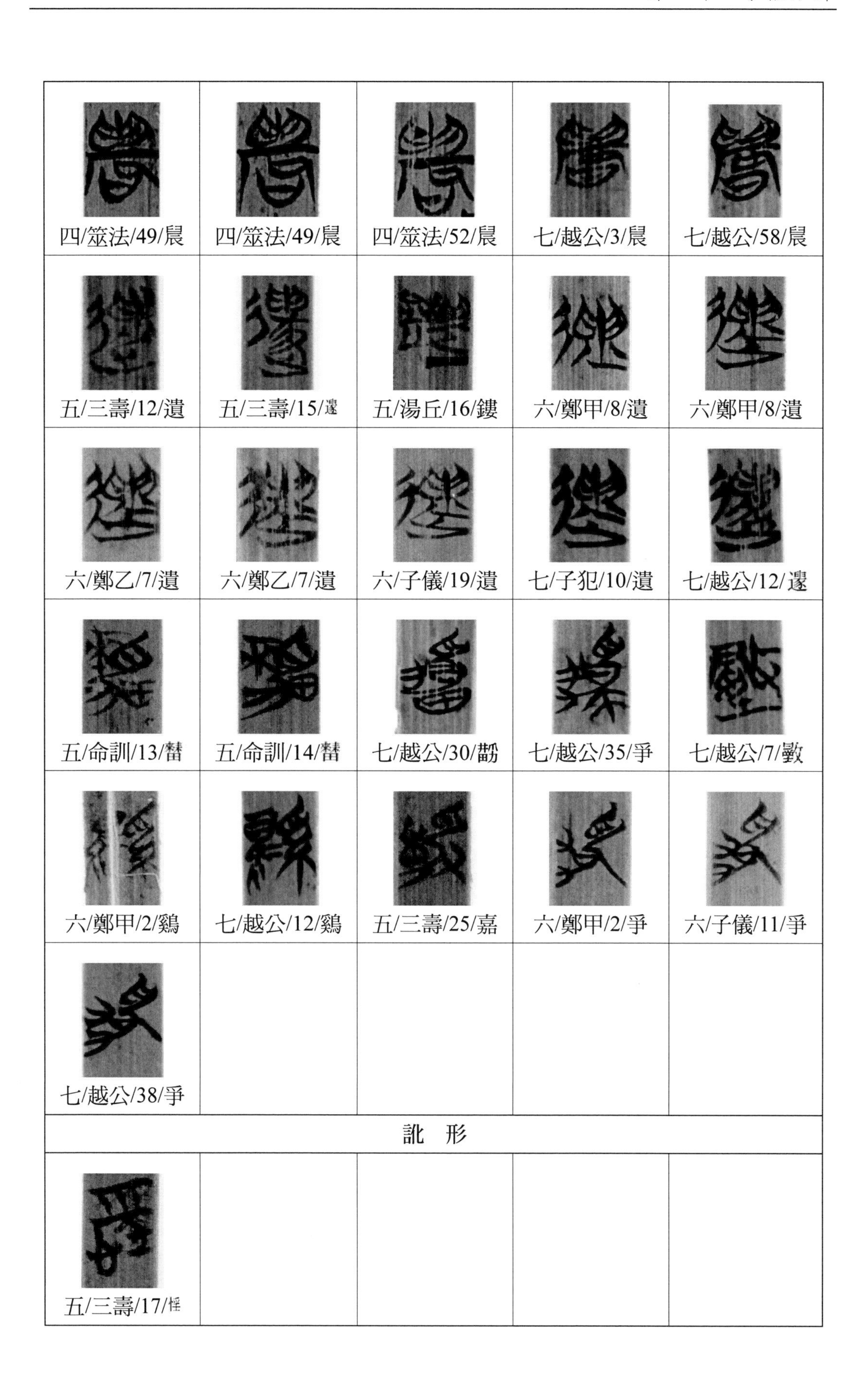

四/筮法/49/晨	四/筮法/49/晨	四/筮法/52/晨	七/越公/3/晨	七/越公/58/晨
五/三壽/12/遺	五/三壽/15/遷	五/湯丘/16/鏤	六/鄭甲/8/遺	六/鄭甲/8/遺
六/鄭乙/7/遺	六/鄭乙/7/遺	六/子儀/19/遺	七/子犯/10/遺	七/越公/12/遷
五/命訓/13/髻	五/命訓/14/髻	七/越公/30/鬎	七/越公/35/爭	七/越公/7/數
六/鄭甲/2/鷄	七/越公/12/鷄	五/三壽/25/嘉	六/鄭甲/2/爭	六/子儀/11/爭
七/越公/38/爭				
訛　形				
五/三壽/17/怪				

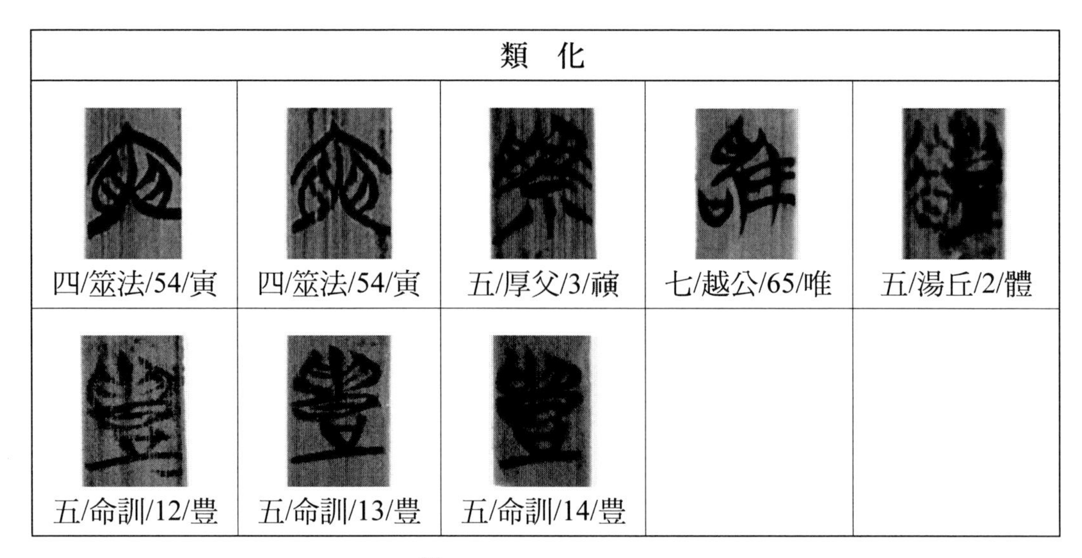

類化				
四/筮法/54/寅	四/筮法/54/寅	五/厚父/3/禛	七/越公/65/唯	五/湯丘/2/體
五/命訓/12/豊	五/命訓/13/豊	五/命訓/14/豊		

《說文．卷三．爪部》：「，丮也。覆手曰爪。象形。凡爪之屬皆从爪。」「，亦丮也。从反爪。闕。」甲骨文形體作：（《乙編》3471）。金文形體作：（「孚」字偏旁，《貞簋》）。「爪」字為象形字，象覆手之形。

102　丑

單字				
四/筮法/53/丑	四/筮法/53/丑			
偏旁				
七/晉文/1/妞				

《說文．卷十四．丑部》：「，紐也。十二月，萬物動，用事。象手之形。時加丑，亦舉手時也。凡丑之屬皆从丑。」甲骨文寫作：（《花東》459），（《合集》18132 正），（《合集》35576）。金文寫作：（《作冊大方鼎》），（《同簋蓋》）。本義為叉，即手爪。假借為地支名。〔註 116〕

〔註 116〕季師旭昇：《說文新證》，頁 975。

103　ナ

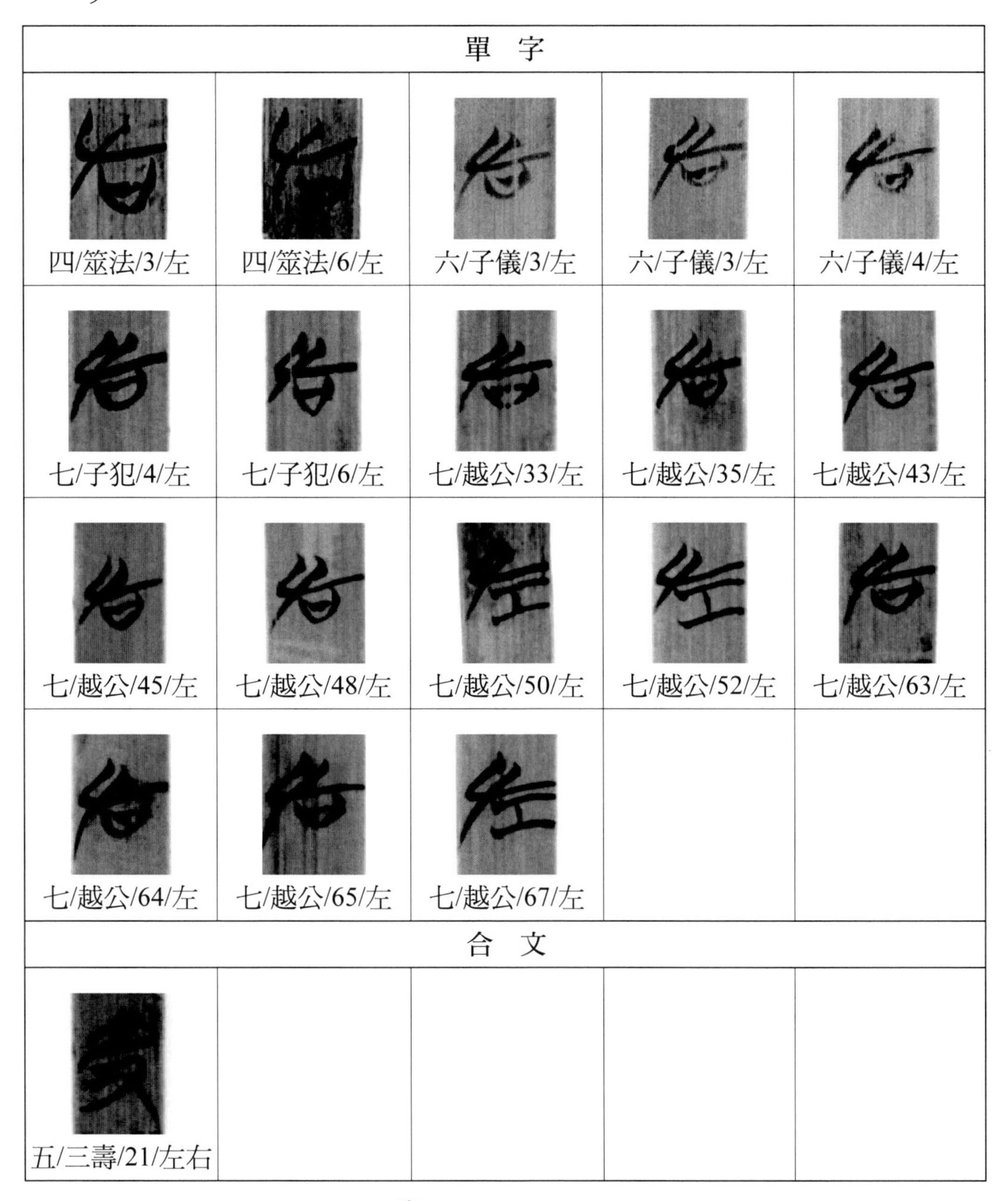

單字				
四/筮法/3/左	四/筮法/6/左	六/子儀/3/左	六/子儀/3/左	六/子儀/4/左
七/子犯/4/左	七/子犯/6/左	七/越公/33/左	七/越公/35/左	七/越公/43/左
七/越公/45/左	七/越公/48/左	七/越公/50/左	七/越公/52/左	七/越公/63/左
七/越公/64/左	七/越公/65/左	七/越公/67/左		
合文				
五/三壽/21/左右				

《說文・卷三・ナ部》：「，ナ手也。象形。凡ナ之屬皆从ナ。」甲骨文形體作：（《粹編》597）。金文形體作：（《小盂鼎》），（《散盤》）。季師釋形作：「象左手形，後世加『工』形或『口』形，分化出『左』字，『左』行而『ナ』廢矣。」〔註117〕

〔註117〕季師旭昇：《說文新證》，頁212。

104 臤

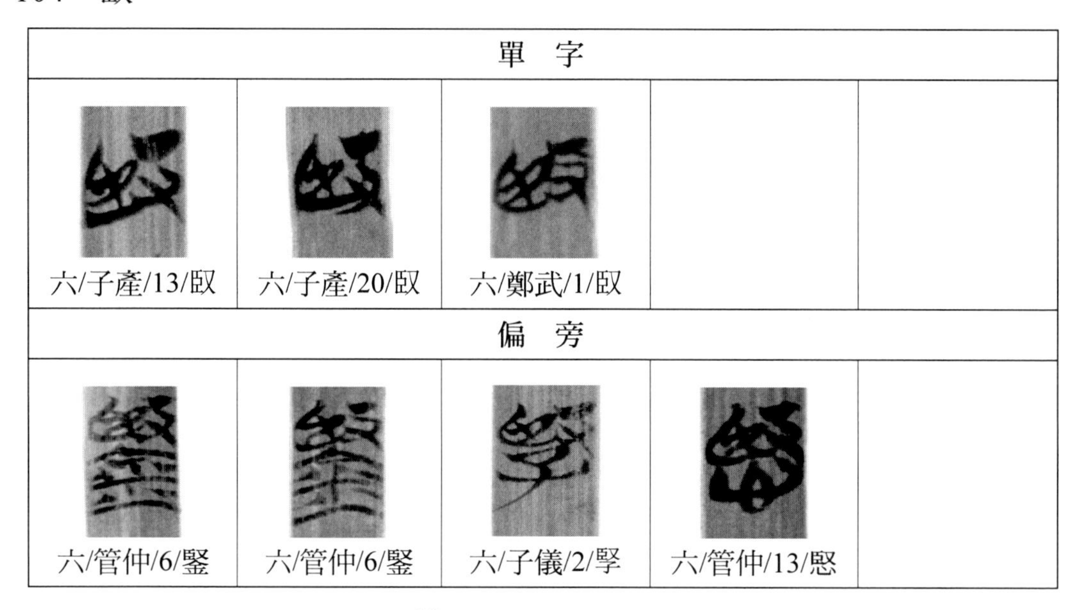

單字				
六/子產/13/臤	六/子產/20/臤	六/鄭武/1/臤		
偏旁				
六/管仲/6/鑒	六/管仲/6/鑒	六/子儀/2/掔	六/管仲/13/慤	

《說文・卷三・臤部》:「，堅也。从又臣聲。凡臤之屬皆从臤。讀若鏗鏘之鏗。古文以為賢字。」《說文・卷十二・手部》:「，固也。从手臤聲。讀若《詩》『赤舄掔掔』。」「搴」字《說文》所無，見於《楚辭・九歌・湘君》:「朝搴阰之木蘭兮。」王逸注:「搴，手取也。」

本批簡文材料中見「臤」字，隸定從臣從又。但細審字形，其右部所從「又」形上部寫有一團畫，且幾乎沒有省略的情況。陳劍在〈柞伯簋銘文補釋〉一文中對「臤」字右部所從形體有過較為詳細的論述:「『搴』與『掔』的表意初文。嚴格地說與同樣表示『賢』的『臤』字並不是一個字。不過，△字早在西周前期的柞伯簋銘文中就已經用作『臤（賢)』，它在戰國時代也有可能已經不再用來表示它的本義和引申義即搴、掔等義，而衹用來表示『臤』和『賢』。像郭店楚簡的整理者那樣把它看作『臤』的異體，直接釋為『臤（賢)』，應該說也未嘗不可。」〔註118〕依照陳文意見，我們將「臤」字右部所從形體視為「臤」。根據陳文，其右部形演進規律做如下歸納:

（《合集》23708）→（《柞伯簋》）→（《郭店・唐虞之道》簡6）→（《郭店・語叢三》簡53）/（《中山方壺》）

〔註118〕陳劍:〈柞伯簋銘文補釋〉《甲骨金文考釋論集》，頁6。

105　肘

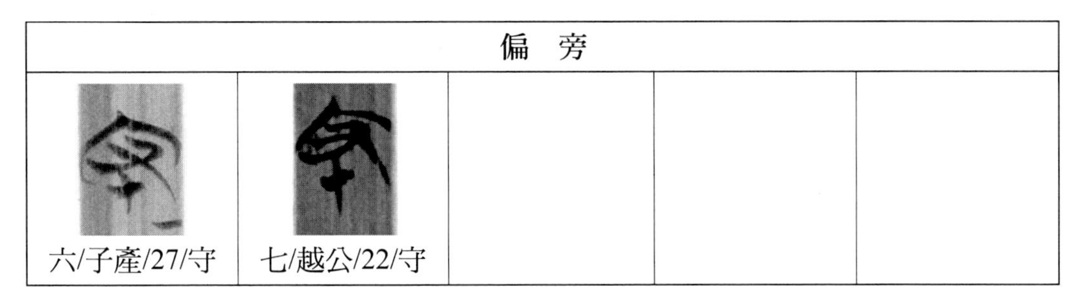

偏　旁				
六/子產/27/守	七/越公/22/守			

《說文・卷四・肉部》：「，臂節也。从肉从寸。寸，手寸口也。」甲骨文形體寫作：（《合集》04899）。李天虹認為「肘」字在「寸」字上增加一「丿」，從而在形體上將「寸」和「肘」字區別。但這樣的區別也並不絕對，在《侯馬盟書》中，有的「肘」字也寫作從一點。〔註 119〕

106　支

單　字				
四/筮法/25/支				

《說文・卷三・支部》：「，去竹之枝也。从手持半竹。凡支之屬皆从支。，古文支。」陳劍：甲骨文（《合集》4834）字即是「枝」字的初文：「表手大拇指旁所『枝生』、『歧生』出的一指。另外還應就所謂『枝指』之『枝』」。〔註 120〕

107　規

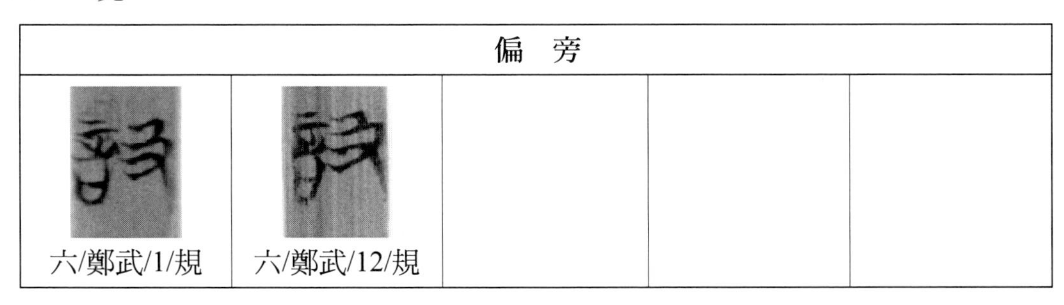

偏　旁				
六/鄭武/1/規	六/鄭武/12/規			

〔註 119〕李天虹：〈釋郭店楚簡《成之聞之》篇中的「肘」〉《古文字研究（第 22 輯）》，頁 265。

〔註 120〕陳劍：〈說「規」等字並論一些特別的形聲字意符〉《源遠流長：漢字國際學術研討會暨 AEARU 第三屆漢字文化研討會論文集》，頁 21。

《說文・卷十・夫部》：「規，有法度也。从夫从見。」「規」字同「支」字古音較近，支的諧聲字大多與規同音或讀音極近。〔註121〕支同「枝」係同源而出，用為「規」者係出於假借。〔註122〕

〔註121〕李守奎：〈釋楚簡中的『規』——兼說『支』亦『規』之表意初文〉《復旦學報》（社會科學版）2016年第3期，頁80～86。

〔註122〕陳劍：〈說「規」等字並論一些特別的形聲字意符〉《源遠流長：漢字國際學術研討會暨AEARU第三屆漢字文化研討會論文集》，頁21。

十四、事 類

108 事

單 字				
 四/筮法/25/事	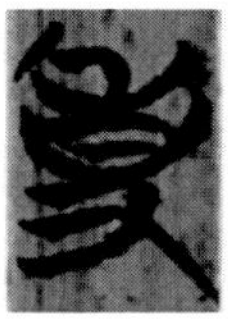 四/筮法/32/事	 四/筮法/38/事	 四/筮法/40/事	 四/筮法/41/事
 四/筮法/41/事	 四/筮法/41/事	 四/筮法/42/事	 五/厚父/2/事	 五/厚父/8/事
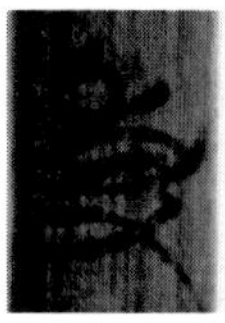 五/封許/3/事	 五/命訓/6/事	 五/命訓/12/事	 五/命訓/13/事	 五/命訓/14/事
 五/湯丘/7/事	 五/湯丘/7/事	 五/湯丘/8/事	 五/湯丘/9/事	 五/湯丘/9/事
 五/湯門/11/事	 五/湯門/12/事	 五/湯門/12/事	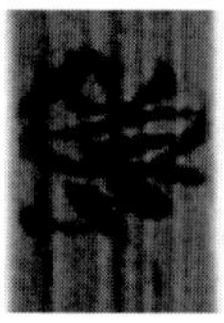 五/湯門/14/事	 五/湯門/15/事
 五/湯門/15/事	 五/湯門/15/事	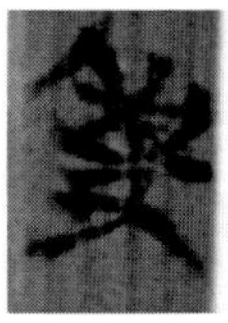 五/湯門/20/事	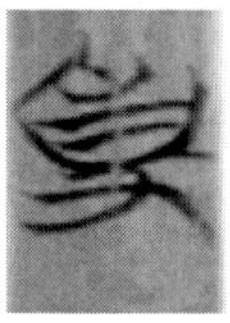 六/鄭武/1/事	 六/鄭武/12/事
 六/鄭乙/7/事	 六/管仲/2/事	 六/管仲/5/事	 六/管仲/8/事	 六/管仲/9/事

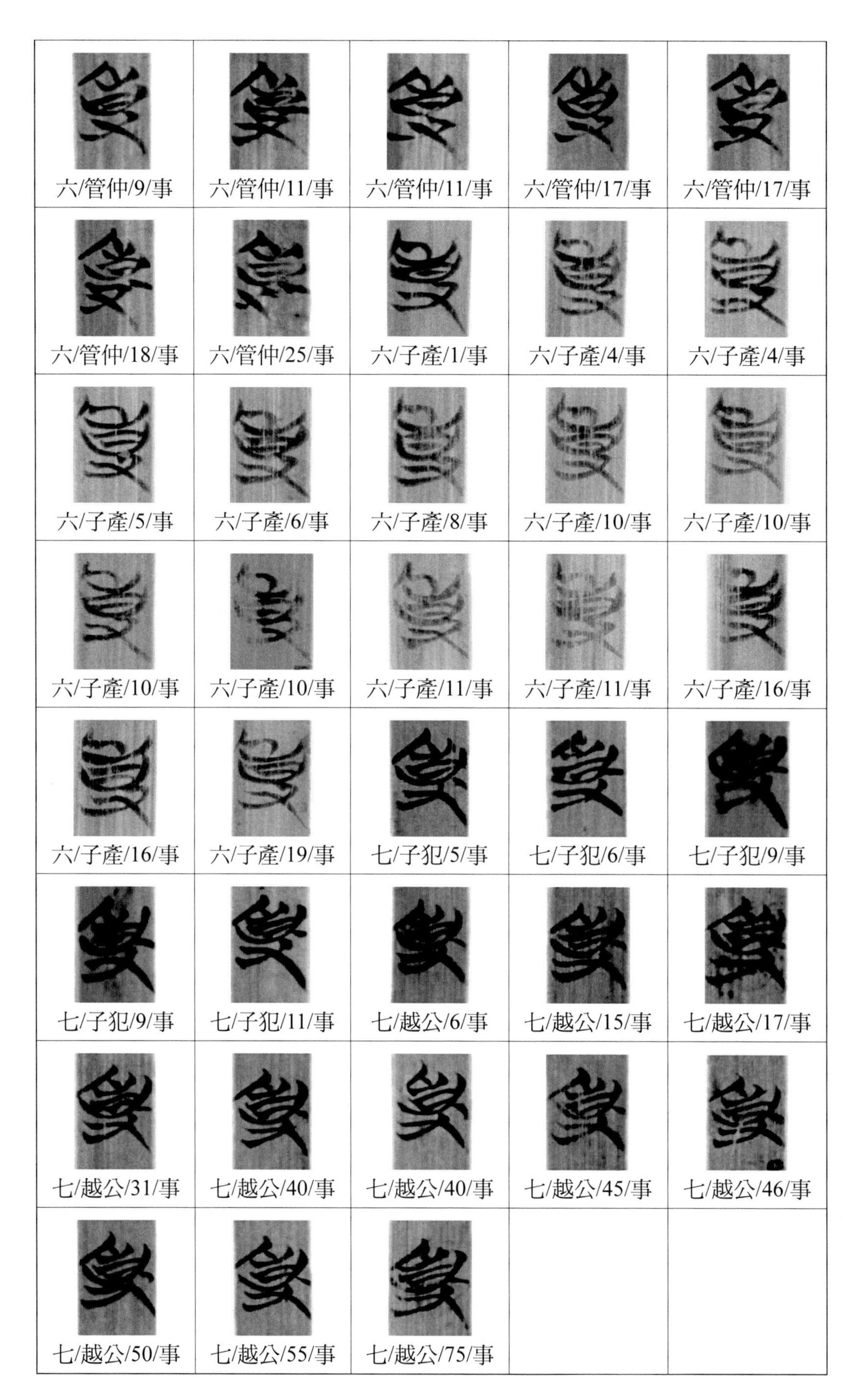

六/管仲/9/事	六/管仲/11/事	六/管仲/11/事	六/管仲/17/事	六/管仲/17/事
六/管仲/18/事	六/管仲/25/事	六/子產/1/事	六/子產/4/事	六/子產/4/事
六/子產/5/事	六/子產/6/事	六/子產/8/事	六/子產/10/事	六/子產/10/事
六/子產/10/事	六/子產/10/事	六/子產/11/事	六/子產/11/事	六/子產/16/事
六/子產/16/事	六/子產/19/事	七/子犯/5/事	七/子犯/6/事	七/子犯/9/事
七/子犯/9/事	七/子犯/11/事	七/越公/6/事	七/越公/15/事	七/越公/17/事
七/越公/31/事	七/越公/40/事	七/越公/40/事	七/越公/45/事	七/越公/46/事
七/越公/50/事	七/越公/55/事	七/越公/75/事		

《說文・卷三・史部》:「，職也。从史，之省聲。，古文事。」甲骨文字作：（《合集》1672），（《合集》5557）。金文寫作：（《吏從壺》）。季師：「甲骨文『事』與『吏』同字，均為『史』之引申分化字，把『史』字的上端加上『V』形的分化符號。『史』為『職事者』，所從事之事即為『事』。」〔註 123〕

109　史

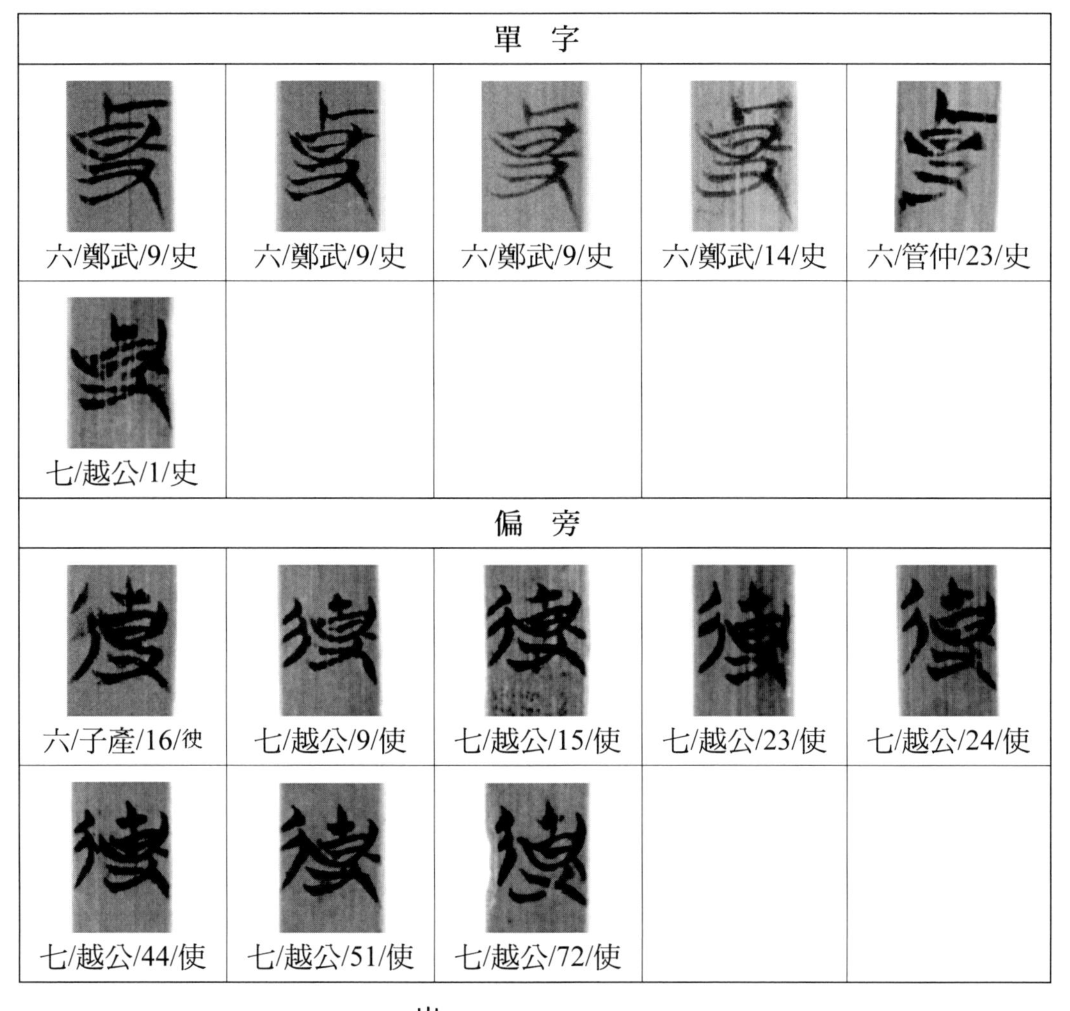

單字				
六/鄭武/9/史	六/鄭武/9/史	六/鄭武/9/史	六/鄭武/14/史	六/管仲/23/史
七/越公/1/史				
偏旁				
六/子產/16/使	七/越公/9/使	七/越公/15/使	七/越公/23/使	七/越公/24/使
七/越公/44/使	七/越公/51/使	七/越公/72/使		

《說文・卷三・史部》:「，記事者也。从又持中。中，正也。凡史之屬皆从史。」甲骨文形體寫作：（《合集》00667 正），（《合集》04551）。金文形體寫作：（《史鼎》），（《史頌簋》）。「史」為會意字，王國維以為「中」為史官所執，中盛簡、筆等物。〔註 124〕

〔註 123〕季師旭昇：《說文新證》，頁 214。
〔註 124〕王國維：《觀堂集林（卷六）》，頁 3。

110 聿

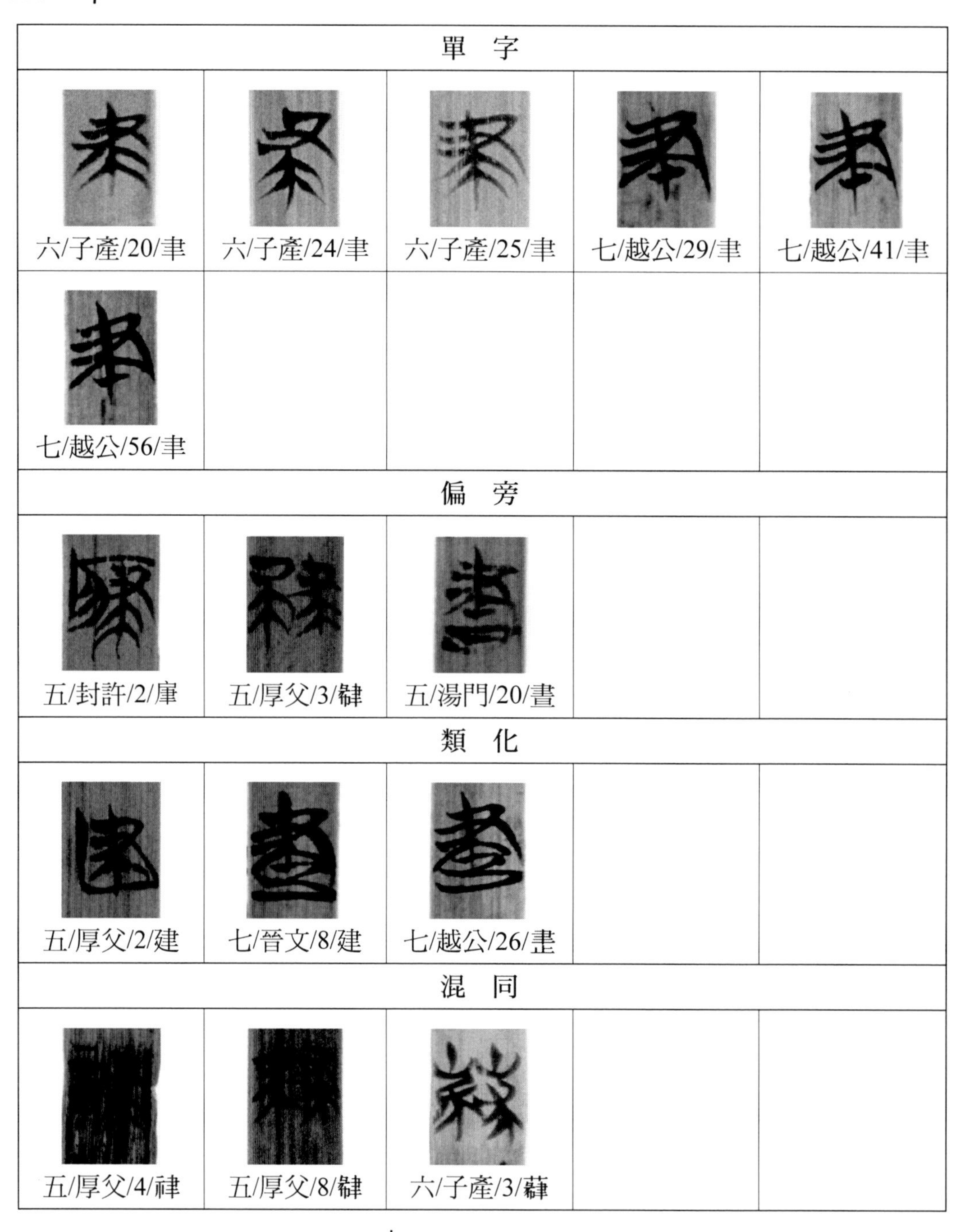

單字				
六/子產/20/聿	六/子產/24/聿	六/子產/25/聿	七/越公/29/聿	七/越公/41/聿
七/越公/56/聿				
偏旁				
五/封許/2/廙	五/厚父/3/𨽿	五/湯門/20/晝		
類化				
五/厚父/2/建	七/晉文/8/建	七/越公/26/晝		
混同				
五/厚父/4/律	五/厚父/8/𨽿	六/子產/3/𦽔		

《說文・卷三・聿部》：「，所以書也。楚謂之聿，吳謂之不律，燕謂之弗。从聿一聲。凡聿之屬皆从聿。」甲骨文形體寫作：（《合集》22063），（《合集》32791）。金文形體寫作：（《執卣》），（《聿父戊斝》），（《甚諆臧鼎》）。羅振玉謂「象手持筆形。」〔註125〕李孝定謂「筆字作，以其意主

〔註125〕羅振玉：《增訂殷墟書契考釋（中）》，頁40。

於筆，故特象其形作[illegible]；尹之意主於治事，故於筆形略而作丨也。」〔註 126〕

111　尹

單　字				
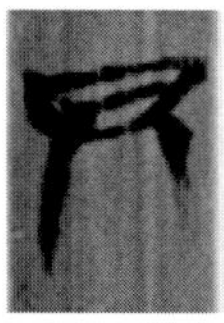 五/湯丘/21/尹	 五/封許/2/尹			
偏　旁				
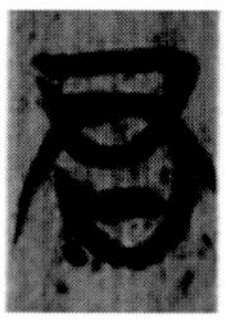 四/筮法/32/君	 五/厚父/5/君	 五/湯丘/4/君	 五/湯丘/5/君	 五/湯丘/5/君
 五/湯丘/6/君	 五/湯丘/9/君	 五/湯丘/10/君	 五/湯丘/14/君	 五/湯丘/16/君
 五/湯丘/17/君	 五/湯丘/19/君	 五/湯丘/19/君	 六/鄭武/1/君	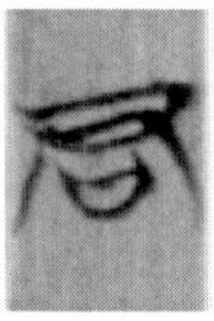 六/鄭武/2/君
 六/鄭武/3/君	 六/鄭武/3/君	 六/鄭武/3/君	 六/鄭武/3/君	 六/鄭武/4/君
 六/鄭武/5/君	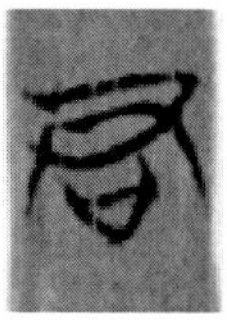 六/鄭武/5/君	 六/鄭武/9/君	 六/鄭武/9/君	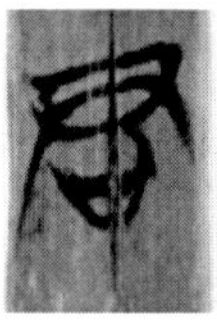 六/鄭武/10/君

〔註 126〕李孝定：《甲骨文字集釋》，頁 908。

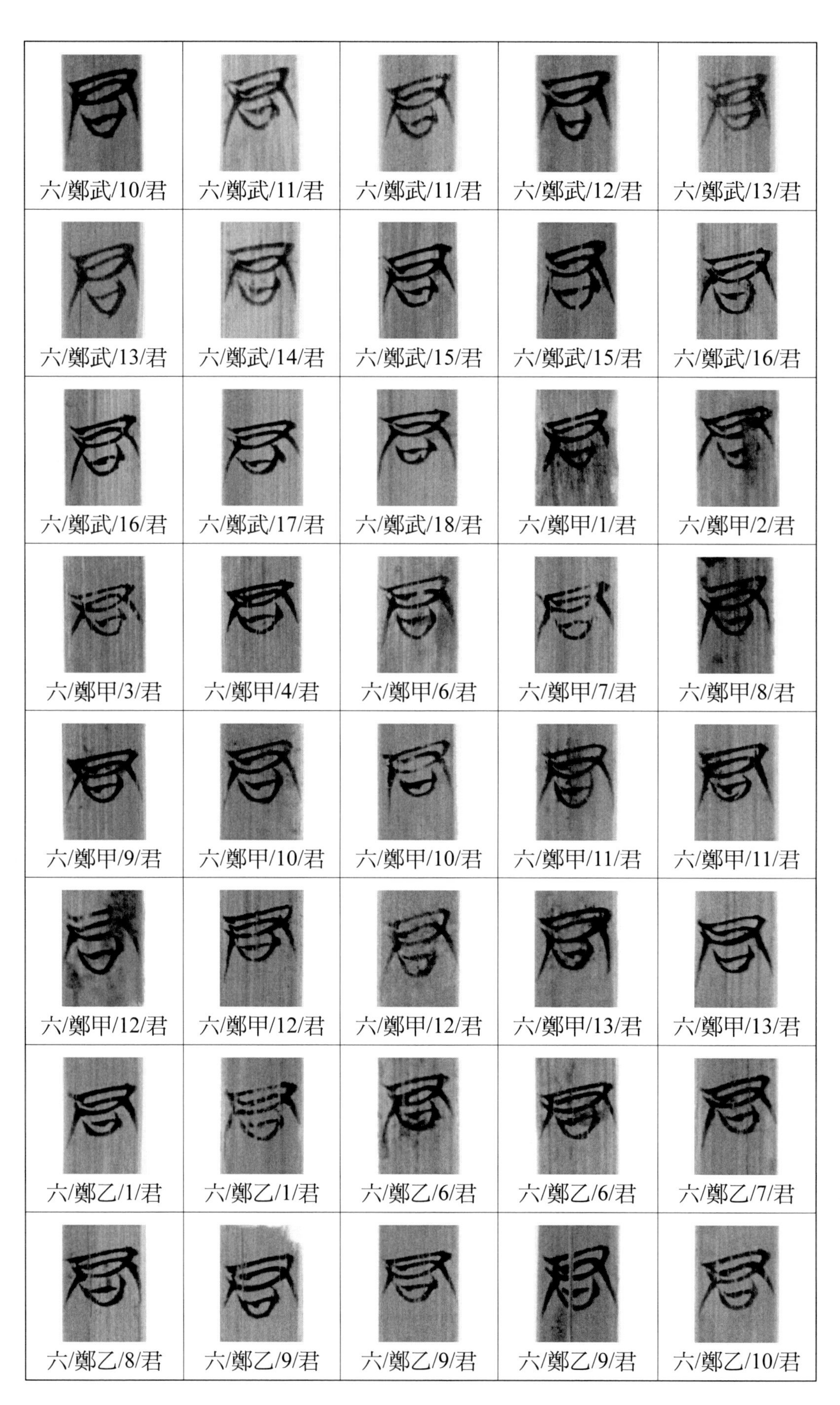

六/鄭武/10/君	六/鄭武/11/君	六/鄭武/11/君	六/鄭武/12/君	六/鄭武/13/君
六/鄭武/13/君	六/鄭武/14/君	六/鄭武/15/君	六/鄭武/15/君	六/鄭武/16/君
六/鄭武/16/君	六/鄭武/17/君	六/鄭武/18/君	六/鄭甲/1/君	六/鄭甲/2/君
六/鄭甲/3/君	六/鄭甲/4/君	六/鄭甲/6/君	六/鄭甲/7/君	六/鄭甲/8/君
六/鄭甲/9/君	六/鄭甲/10/君	六/鄭甲/10/君	六/鄭甲/11/君	六/鄭甲/11/君
六/鄭甲/12/君	六/鄭甲/12/君	六/鄭甲/12/君	六/鄭甲/13/君	六/鄭甲/13/君
六/鄭乙/1/君	六/鄭乙/1/君	六/鄭乙/6/君	六/鄭乙/6/君	六/鄭乙/7/君
六/鄭乙/8/君	六/鄭乙/9/君	六/鄭乙/9/君	六/鄭乙/9/君	六/鄭乙/10/君

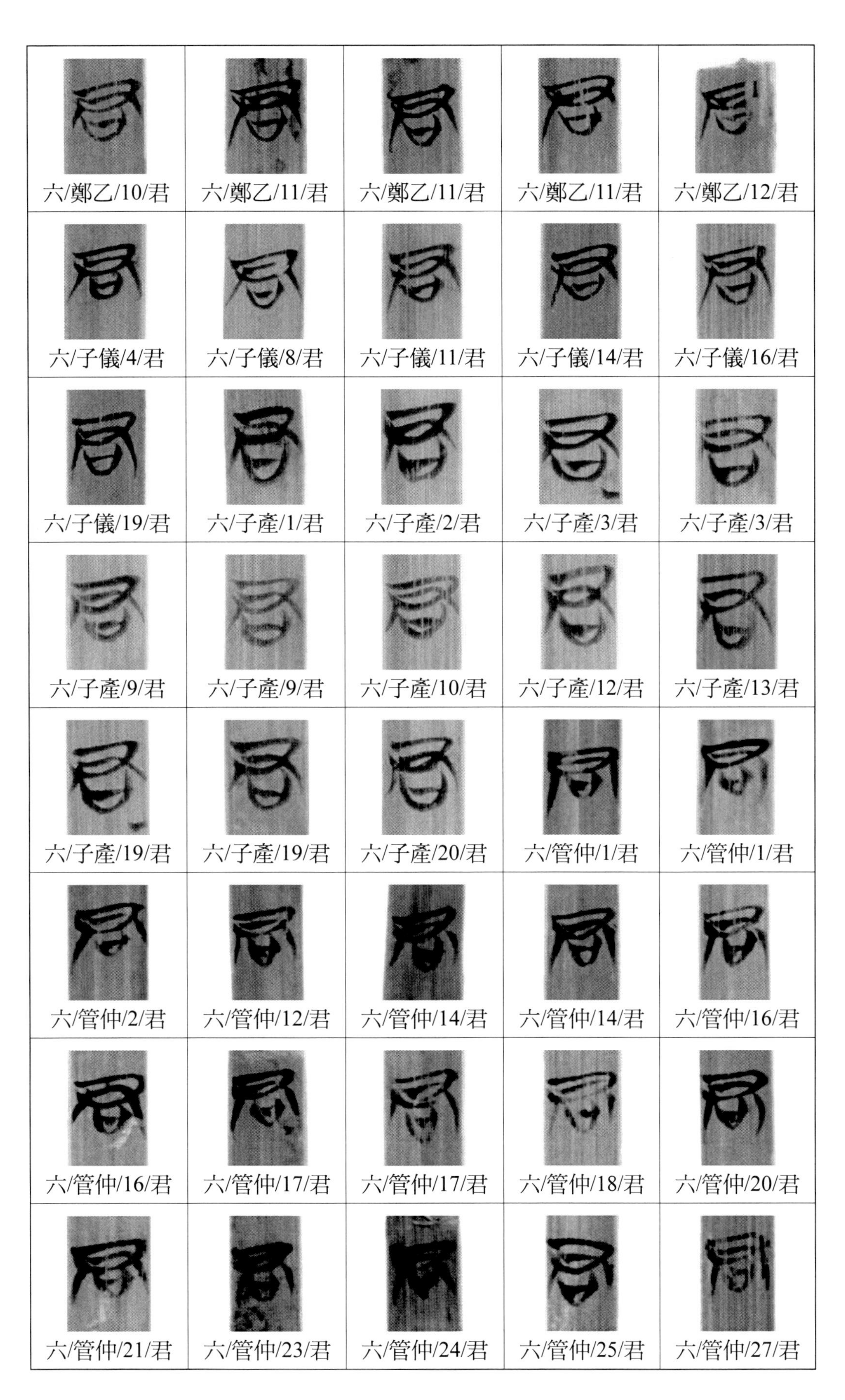

六/鄭乙/10/君	六/鄭乙/11/君	六/鄭乙/11/君	六/鄭乙/11/君	六/鄭乙/12/君
六/子儀/4/君	六/子儀/8/君	六/子儀/11/君	六/子儀/14/君	六/子儀/16/君
六/子儀/19/君	六/子產/1/君	六/子產/2/君	六/子產/3/君	六/子產/3/君
六/子產/9/君	六/子產/9/君	六/子產/10/君	六/子產/12/君	六/子產/13/君
六/子產/19/君	六/子產/19/君	六/子產/20/君	六/管仲/1/君	六/管仲/1/君
六/管仲/2/君	六/管仲/12/君	六/管仲/14/君	六/管仲/14/君	六/管仲/16/君
六/管仲/16/君	六/管仲/17/君	六/管仲/17/君	六/管仲/18/君	六/管仲/20/君
六/管仲/21/君	六/管仲/23/君	六/管仲/24/君	六/管仲/25/君	六/管仲/27/君

 六/管仲/30/君	 六/管仲/30/君	 七/子犯/2/君	 七/子犯/12/君	 七/子犯/12/君
 七/子犯/13/君	 七/子犯/14/君	 七/子犯/10/君	 七/晉文/4/君	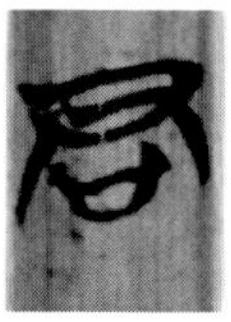 七/趙簡/5/君
 七/趙簡/5/君	 七/趙簡/6/君	 七/趙簡/7/君	 七/趙簡/8/君	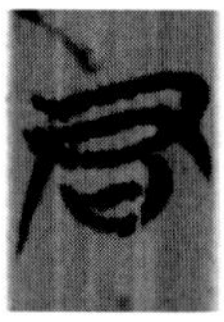 七/趙簡/10/君
 七/越公/3/君	 七/越公/4/君	 七/越公/5/君	 七/越公/6/君	 七/越公/64/君
 七/越公/7/君	 七/越公/10/君	 七/越公/15/君	 七/越公/21/君	 七/越公/21/君
 七/越公/23/君	 七/越公/61/君	 六/管仲/12/肴	 六/鄭乙/6/泱	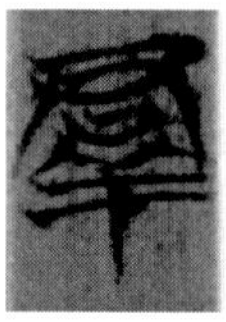 六/鄭武/9/群
 七/越公/37/群	 七/越公/37/群	 七/越公/51/群	 七/越公/54/群	 七/越公/55/群
存　疑				
 四/筮法/44/伊				

合　文				
六/子產/8/君子	五/厚父/9/君子			

《說文・卷三・又部》：「，治也。从又、丿，握事者也。古文尹。」甲骨文形體作：（《合集》27661），（《合集》05840），（《合集》31982）。金文形體作（《執卣》），（《尹舟父癸尊》）。王國維：「從又持丨，象筆形。」〔註127〕李孝定：「象以手執筆之形。蓋官尹治事必秉簿書，故引申得訓治也。」〔註128〕裘錫圭：「甲骨文從又持筆，與聿同字（其後分化為二字），示持筆書寫之意，官長必持筆秉簿書，故尹亦為官長之稱。」〔註129〕

112　父

單　字				
四/筮法/43/父	四/筮法/43/父	五/厚父/1/父	五/厚父/5/父	五/厚父/7/父
五/厚父/9/父	六/管仲/1/父	六/管仲/2/父	六/管仲/3/父	六/管仲/6/父
六/管仲/7/父	六/管仲/8/父	六/管仲/12/父	六/管仲/14/父	六/管仲/16/父

〔註127〕王國維：〈釋史〉《觀堂集林（卷六）》，頁133。

〔註128〕李孝定：《甲骨文字集釋》，頁908。

〔註129〕裘錫圭：〈說字小記・尹〉《裘錫圭文集（卷三）》，頁412。

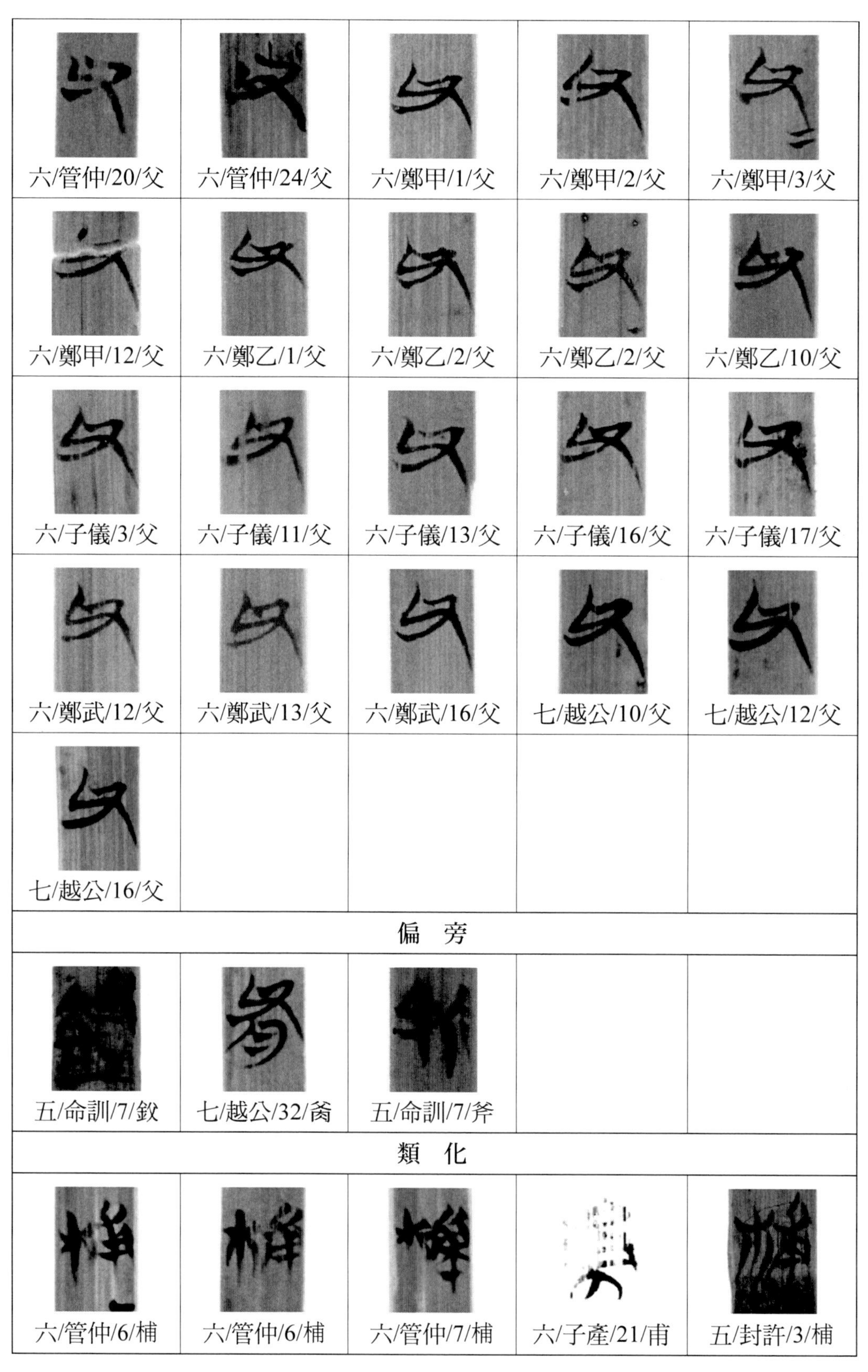

六/管仲/20/父	六/管仲/24/父	六/鄭甲/1/父	六/鄭甲/2/父	六/鄭甲/3/父
六/鄭甲/12/父	六/鄭乙/1/父	六/鄭乙/2/父	六/鄭乙/2/父	六/鄭乙/10/父
六/子儀/3/父	六/子儀/11/父	六/子儀/13/父	六/子儀/16/父	六/子儀/17/父
六/鄭武/12/父	六/鄭武/13/父	六/鄭武/16/父	七/越公/10/父	七/越公/12/父
七/越公/16/父				
偏　旁				
五/命訓/7/釹	七/越公/32/斧	五/命訓/7/斧		
類　化				
六/管仲/6/桶	六/管仲/6/桶	六/管仲/7/桶	六/子產/21/甫	五/封許/3/桶

《說文・卷三・又部》：「，矩也。家長率教者。从又舉杖。」甲骨文形体作：（《合集》19947），（《合集》27442）。金文形体作：（《牧父丁罍》），

（《仲父鬲》）。何琳儀謂：「從又持杖，與甲骨文攴同形。攴、父一字分化，以手杖為攴，持杖者為父。」〔註 130〕

113　㝷

偏　旁				
 六/子儀/8/譚				

《說文・卷三・寸部》：「，繹理也。從工、口，從又、寸。工、口，亂也；又、寸，分理之。彡聲。此與𤕦同意。度人之兩臂為尋，八尺也。」甲骨文寫作：（《合集》32484），（《合集》03108）。金文寫作：（《眚仲之孫簋》）。唐蘭：「正像伸兩臂之形。……兩臂與丈齊長，可證其當為尋丈之尋也。」〔註 131〕

114　㚔

單　字				
 四/筮法/5/㚔	 四/筮法/7/㚔	 六/子儀/15/㚔	 六/子產/4/㚔	 六/子產/22/㚔
 六/管仲/9/㚔				
偏　旁				
 五/湯門/14/㚔				

〔註 130〕何琳儀：《戰國古文字典》，頁 593。
〔註 131〕唐蘭：《天壤閣甲骨文存並考釋》，頁 43。

《說文・卷三・革部》：「鞭，驅也。从革㥇聲。，古文鞭。」「攴」字當為「鞭」字的初文，甲骨文形體寫作：（《合集》20842），或增加「丙」形寫作（《乙》7680）。金文形體或增加「宀」形寫作：（《九年衛鼎》）。季師認為「攴」字當為「鞭」字的初文，甲骨文增加「丙」形表示義符，金文增加「宀」形表聲。〔註 132〕

115　芻

偏　旁				
七/晉文/3/蒭				

《說文・卷一・艸部》：「，刈艸也。象包束艸之形。」甲骨文形體寫作：（《合集》00096），（《合集》00137 正），（《合集》00143）。金文形體寫作：（《散氏盤》）。「芻」字的形體為會意字，會以手取草。〔註 133〕

116　聿

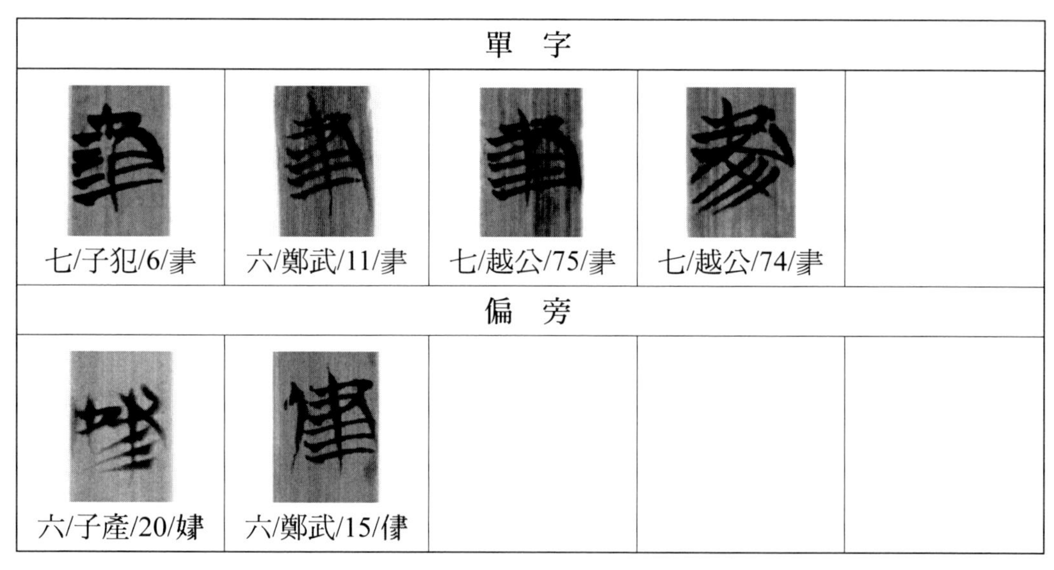

單　字				
七/子犯/6/聿	六/鄭武/11/聿	七/越公/75/聿	七/越公/74/聿	
偏　旁				
六/子產/20/婕	六/鄭武/15/偼			

《說文・卷五・皿部》：「，器中空也。从皿𦘔聲。」甲骨文形體寫作：（《合集》3518），（《合補》11038），（《合集》21960）。羅振玉釋形作：

〔註 132〕季師旭昇：《說文新證》，頁 188。
〔註 133〕季師旭昇：《說文新證》，頁 71。

「從又持⼁，從皿，象滌器形，食盡器斯滌矣，故有終盡之意。」〔註 134〕本文將「盡」字分入「⿻」、「皿」兩個字根。

117　卑

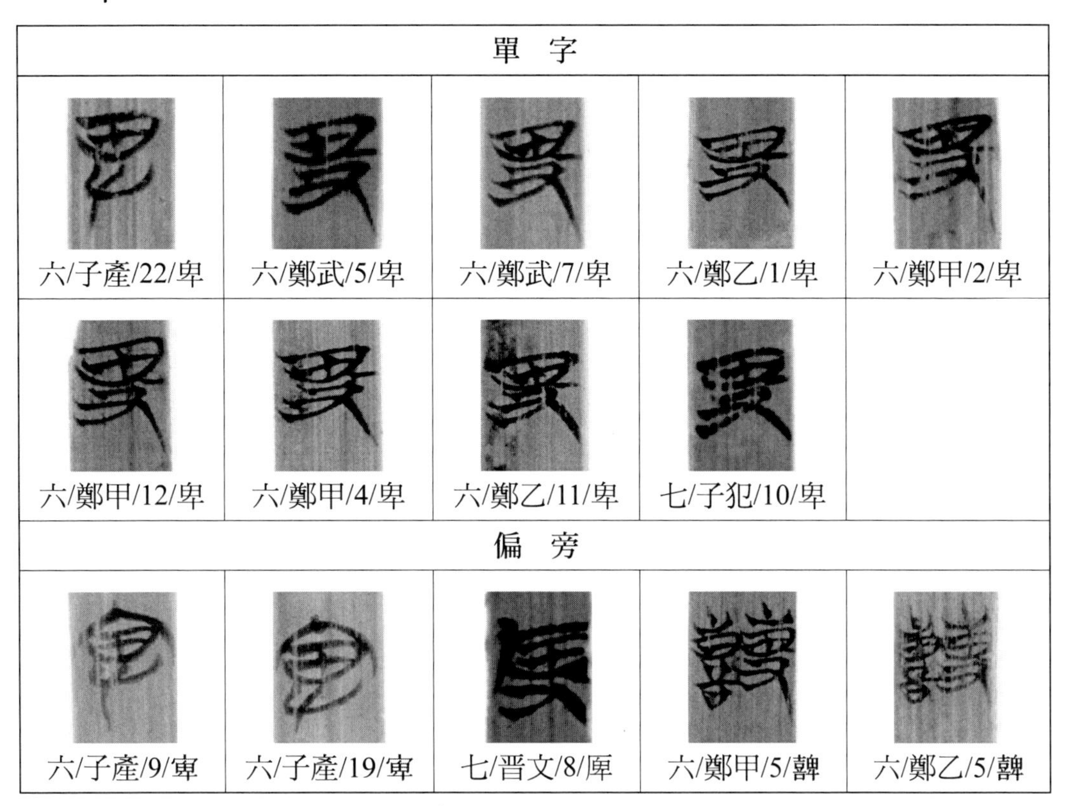

單字				
六/子產/22/卑	六/鄭武/5/卑	六/鄭武/7/卑	六/鄭乙/1/卑	六/鄭甲/2/卑
六/鄭甲/12/卑	六/鄭甲/4/卑	六/鄭乙/11/卑	七/子犯/10/卑	
偏旁				
六/子產/9/𡨄	六/子產/19/𡨄	七/晉文/8/㢏	六/鄭甲/5/韓	六/鄭乙/5/韓

《說文・卷三・𠂇部》：「，賤也。執事也。从𠂇、甲。」甲骨文形體寫作：（《合集》19233），（《合集》37677）。金文形體寫作：（《農卣》），（《散氏盤》），（《秦王鍾》）。夏淥以為「卑」即「箄」字之初文，即小籠。季師謂：「象卑者所持之器具，猶僕持箕之類。」〔註 135〕

118　共

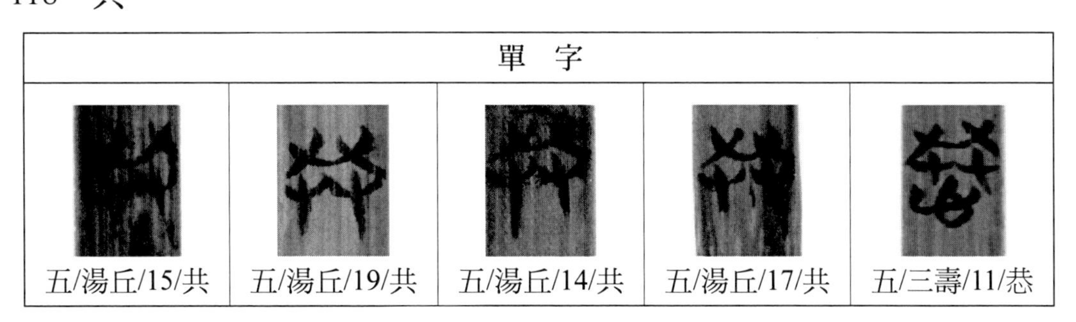

單字				
五/湯丘/15/共	五/湯丘/19/共	五/湯丘/14/共	五/湯丘/17/共	五/三壽/11/恭

〔註 134〕羅振玉：《增訂殷虛書契考釋（中）》，頁 74。

〔註 135〕季師旭昇：《說文新證》，頁 213。

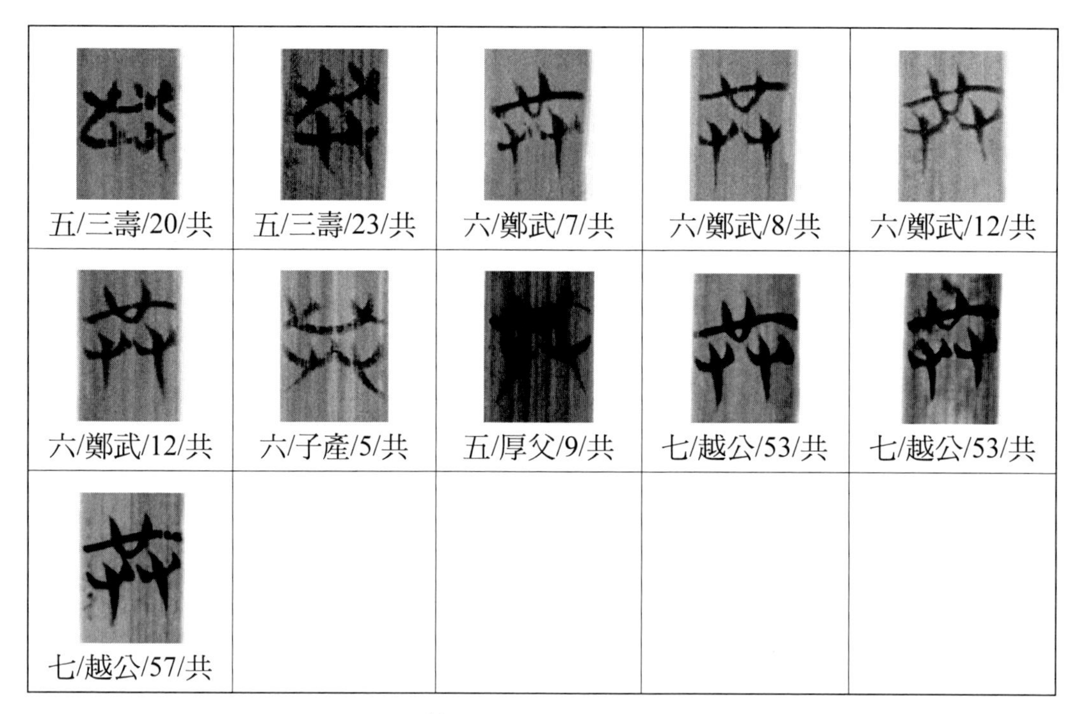

五/三壽/20/共	五/三壽/23/共	六/鄭武/7/共	六/鄭武/8/共	六/鄭武/12/共
六/鄭武/12/共	六/子產/5/共	五/厚父/9/共	七/越公/53/共	七/越公/53/共
七/越公/57/共				

《說文・卷三・共部》：「 ，同也。从廿、廾。凡共之屬皆从共。 ，古文共。」甲骨文形體寫作： （《合集》14295 正）， （《合集》14795 反）。金文形體寫作： （《善鼎》）， （《諫簋》）。「共」字象拱持二玉之形，古人覲見執玉而拜。〔註 136〕

119　奏

單　字				
六/子儀/5/奏				

《說文・卷十・夲部》：「 ，奏進也。从夲从廾从屮。屮，上進之義。 ，古文。 ，亦古文。」甲骨文形體寫作： （《合集》20398）， （《合集》14606）， （《合集》29865）。金文形體寫作： （《作冊般黿》）。甲骨文奏字象雙手持繁飾之花草樹木類工具演奏歌舞以祈禱。桒也可能有聲符的功能。〔註 137〕

〔註 136〕張世超等編：《金文形義通解》，頁 566。

〔註 137〕趙誠：〈甲骨文行為動詞探索〉《殷都學刊》1987 年第 3 期，頁 29。

120　爯

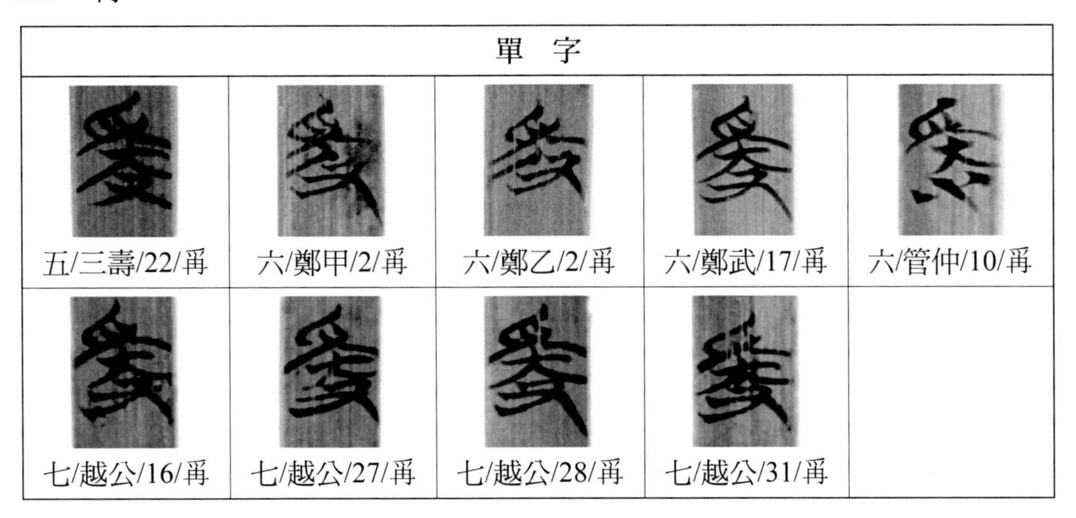

單字				
五/三壽/22/爯	六/鄭甲/2/爯	六/鄭乙/2/爯	六/鄭武/17/爯	六/管仲/10/爯
七/越公/16/爯	七/越公/27/爯	七/越公/28/爯	七/越公/31/爯	

《說文．卷四．冓部》:「，並舉也。从爪，冓省。」甲骨文形體寫作：（《合集》6162），（《合集》32721）。金文形體寫作：（《裘衛盉》），（《戎生編鍾》）。李孝定：「契文爯字象以手携物之形，自有舉意，但不能確言所携何物耳。」〔註 138〕

121　爰

單字				
六/子產/23/爰				
偏旁				
六/管仲/27/緩				

《說文．卷四．𠬪部》:「，引也。从𠬪从於。籀文以為車轅字。」甲骨文形體寫作：（《合集》8930），（《合集》6473），（《合集》3413）。金文形體寫作：（《爰父癸甗》），（《虢季子白盤》）。甲骨文形體象兩手中間援引物品。〔註 139〕戰國文字形體中部逐漸演變成「大」形。

〔註 138〕李孝定：《甲骨文字集釋》，頁 1407。

〔註 139〕季師旭昇：《說文新證》，頁 327。

十五、心　類

122　心

單　字				
五/厚父/9/心	 五/厚父/9/心	 五/厚父/11/心	 五/厚父/11/心	 五/湯丘/2/心
 五/三壽/5/心	 五/三壽/27/心	 六/鄭武/5/心	 六/鄭甲/5/心	 六/鄭乙/4/心
 六/子儀/4/心	 六/子儀/11/心	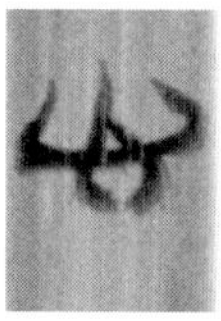 六/子產/8/心	 六/管仲/3/心	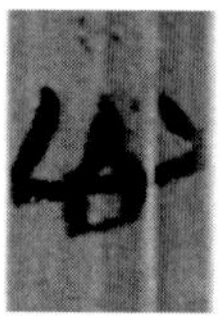 六/管仲/4/心
 六/管仲/4/心	 六/管仲/4/心	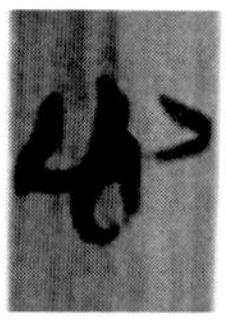 六/管仲/4/心	 六/管仲/4/心	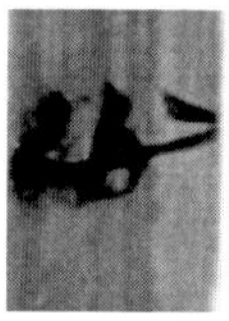 六/管仲/4/心
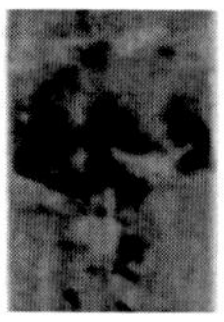 六/管仲/5/心	 六/管仲/15/心	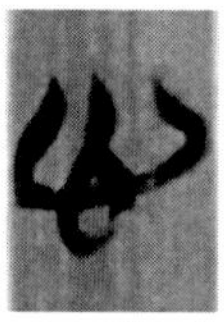 六/管仲/15/心	 六/管仲/16/心	 七/子犯/2/心
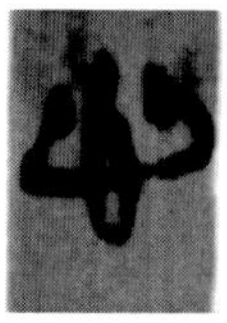 七/子犯/7/心	 七/子犯/8/心	 七/子犯/15/心	 七/越公/6/心	

偏　旁				
四/筮法/24/志	四/筮法/32/志	四/筮法/38/志	五/湯門/10/志	六/鄭武/3/志
六/鄭武/11/志	六/子產/19/志	七/子犯/5/志	七/子犯/5/志	七/子犯/6/志
七/越公/24/志	五/命訓/4/忑	五/命訓/5/忑	六/鄭武/16/忑	六/管仲/20/忑
六/子儀/1/忑	七/越公/22/忑	五/命訓/4/忠	五/命訓/10/忠	五/命訓/12/忠
五/命訓/15/忠	五/命訓/11/惷	五/命訓/13/惷	六/管仲/4/惷	六/管仲/5/惷
七/越公/11/惷	六/鄭武/2/慁	六/鄭武/2/慁	六/鄭武/2/慁	六/鄭武/9/慁
四/筮法/61/忑	五/湯丘/3/忑	七/越公/26/忑	七/越公/27/[illegible]	六/子產/21/恧
六/管仲/19/恧	六/管仲/19/恧	七/越公/19/恧	七/越公/24/恧	七/越公/50/恧

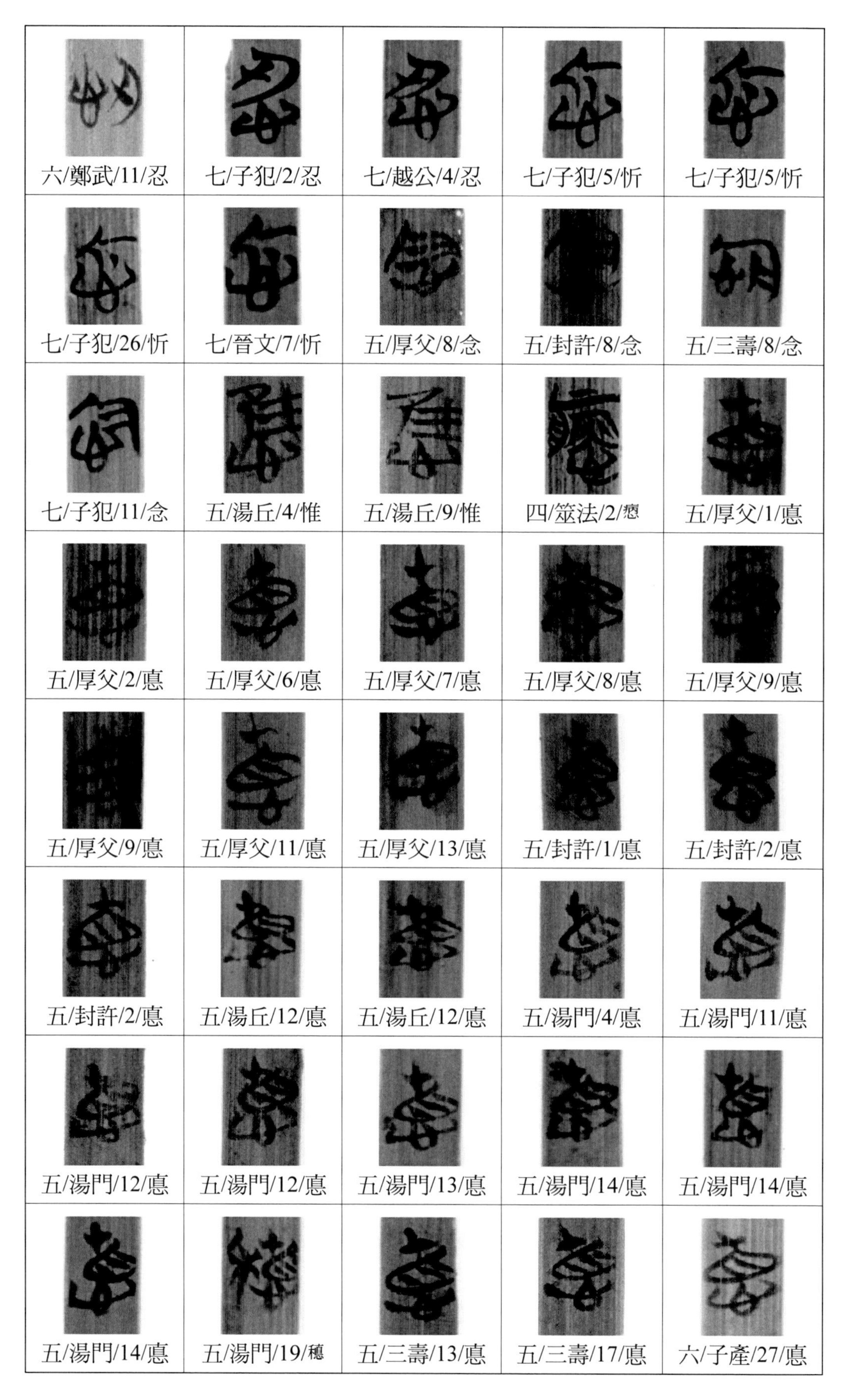

六/鄭武/11/忍	七/子犯/2/忍	七/越公/4/忍	七/子犯/5/忻	七/子犯/5/忻
七/子犯/26/忻	七/晉文/7/忻	五/厚父/8/念	五/封許/8/念	五/三壽/8/念
七/子犯/11/念	五/湯丘/4/惟	五/湯丘/9/惟	四/筮法/2/瘛	五/厚父/1/悳
五/厚父/2/悳	五/厚父/6/悳	五/厚父/7/悳	五/厚父/8/悳	五/厚父/9/悳
五/厚父/9/悳	五/厚父/11/悳	五/厚父/13/悳	五/封許/1/悳	五/封許/2/悳
五/封許/2/悳	五/湯丘/12/悳	五/湯丘/12/悳	五/湯門/4/悳	五/湯門/11/悳
五/湯門/12/悳	五/湯門/12/悳	五/湯門/13/悳	五/湯門/14/悳	五/湯門/14/悳
五/湯門/14/悳	五/湯門/19/穗	五/三壽/13/悳	五/三壽/17/悳	六/子產/27/悳

六/管仲/11/悳	六/管仲/18/悳	六/管仲/21/悳	六/管仲/27/悳	七/子犯/11/悳
六/鄭乙/2/惠	五/命訓/3/惛	五/湯丘/5/惛	五/三壽/8/惛	五/三壽/18/惛
五/三壽/21/惛	六/子產/28/惛	六/子產/28/惛	七/子犯/7/悔	七/趙簡/8/惛
五/三壽/11/思	六/子產/2/思	六/子產/2/思	六/子產/8/思	六/鄭武/12/思
七/子犯/13/思	七/越公/9/思	七/越公/15/思	七/越公/31/思	七/越公/60/思
七/越公/69/思	五/湯丘/4/思	五/湯丘/7/思	五/湯丘/18/思	五/三壽/8/思
五/三壽/20/思	六/子儀/9/思	六/子儀/15/思	六/鄭武/9/思	六/子儀/8/思
六/子儀/15/思	七/子犯/7/思	七/越公/30/思	七/越公/9/思	四/筮法/45/槵

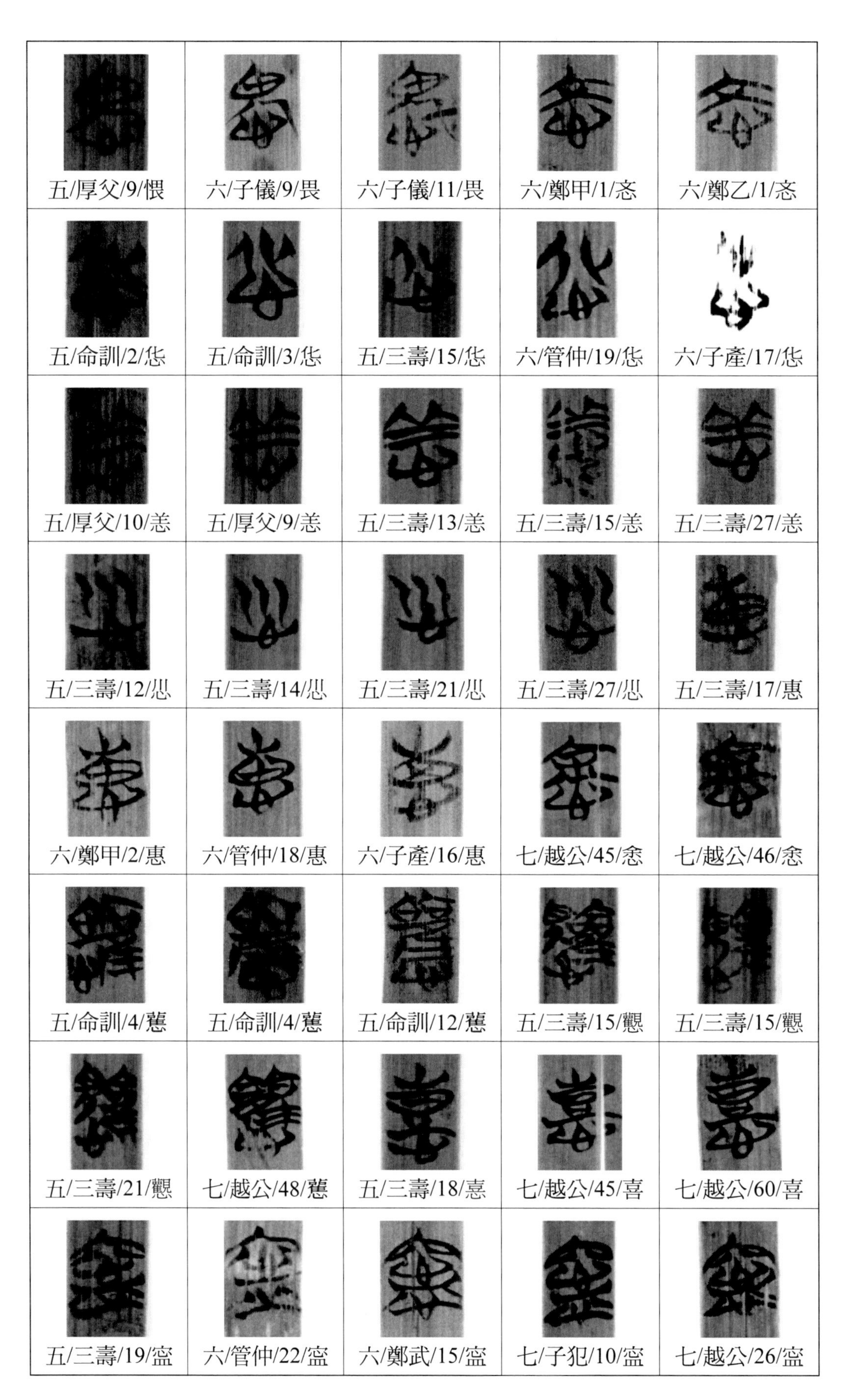
五/厚父/9/愄
六/子儀/9/畏
六/子儀/11/畏
六/鄭甲/1/恋
六/鄭乙/1/恋
五/命訓/2/⿱化心
五/命訓/3/⿱化心
五/三壽/15/⿱化心
六/管仲/19/⿱化心
六/子產/17/⿱化心
五/厚父/10/恙
五/厚父/9/恙
五/三壽/13/恙
五/三壽/15/恙
五/三壽/27/恙
五/三壽/12/⿱巛心
五/三壽/14/⿱巛心
五/三壽/21/⿱巛心
五/三壽/27/⿱巛心
五/三壽/17/惠
六/鄭甲/2/惠
六/管仲/18/惠
六/子產/16/惠
七/越公/45/悆
七/越公/46/悆
五/命訓/4/蕙
五/命訓/4/蕙
五/命訓/12/蕙
五/三壽/15/⿰⿱雚心見
五/三壽/15/⿰⿱雚心見
五/三壽/21/⿰⿱雚心見
七/越公/48/蕙
五/三壽/18/憙
七/越公/45/喜
七/越公/60/喜
五/三壽/19/寍
六/管仲/22/寍
六/鄭武/15/寍
七/子犯/10/寍
七/越公/26/寍

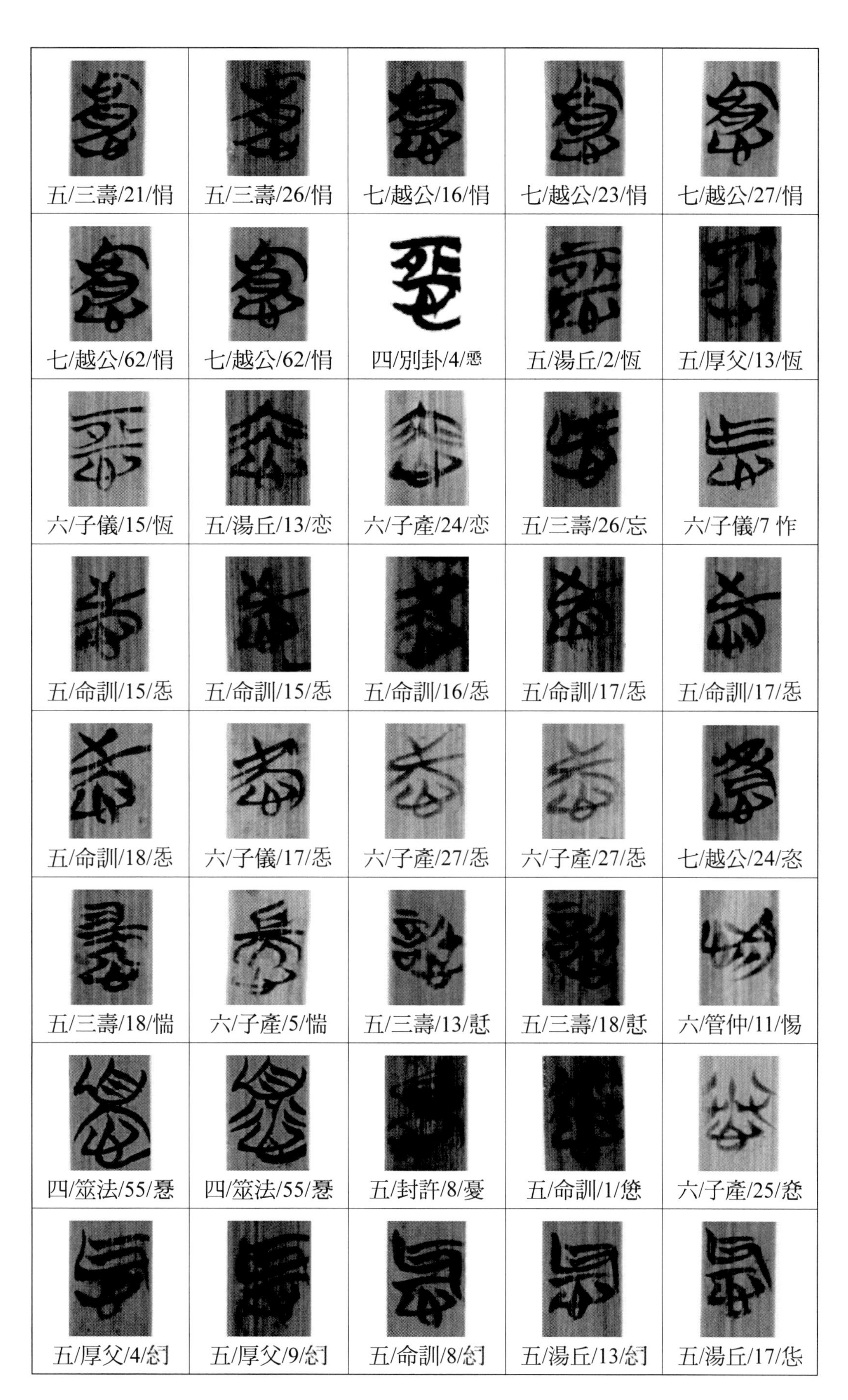

五/三壽/21/悁	五/三壽/26/悁	七/越公/16/悁	七/越公/23/悁	七/越公/27/悁
七/越公/62/悁	七/越公/62/悁	四/別卦/4/惡	五/湯丘/2/恆	五/厚父/13/恆
六/子儀/15/恆	五/湯丘/13/恋	六/子產/24/恋	五/三壽/26/忘	六/子儀/7 怍
五/命訓/15/悉	五/命訓/15/悉	五/命訓/16/悉	五/命訓/17/悉	五/命訓/17/悉
五/命訓/18/悉	六/子儀/17/悉	六/子產/27/悉	六/子產/27/悉	七/越公/24/悉
五/三壽/18/惴	六/子產/5/惴	五/三壽/13/慝	五/三壽/18/慝	六/管仲/11/惕
四/筮法/55/憙	四/筮法/55/憙	五/封許/8/憂	五/命訓/1/憖	六/子產/25/憖
五/厚父/4/訇	五/厚父/9/訇	五/命訓/8/訇	五/湯丘/13/訇	五/湯丘/17/恷

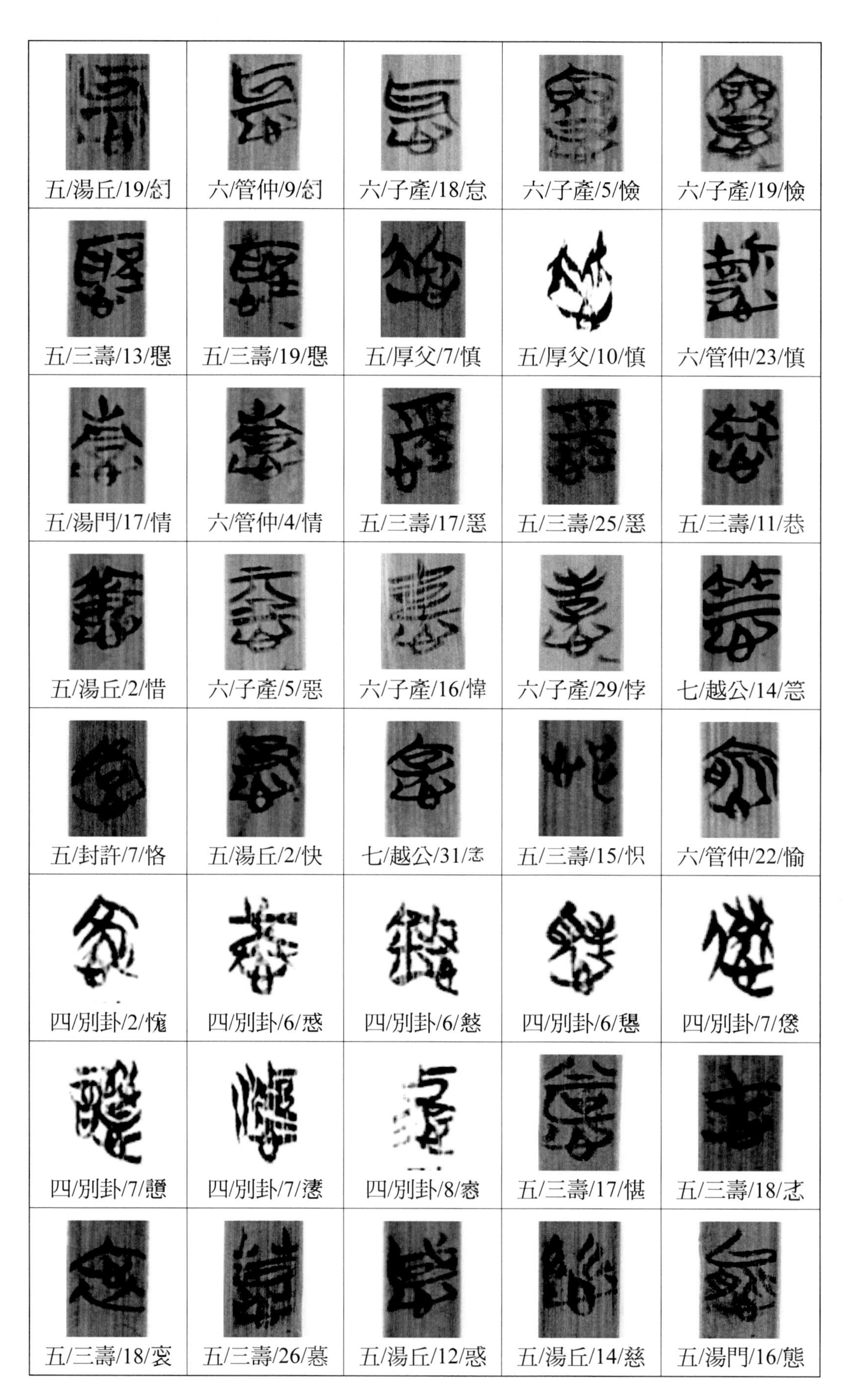

五/湯丘/19/[illegible]	六/管仲/9/[illegible]	六/子產/18/[illegible]	六/子產/5/憸	六/子產/19/憸
五/三壽/13/[illegible]	五/三壽/19/[illegible]	五/厚父/7/慎	五/厚父/10/慎	六/管仲/23/慎
五/湯門/17/情	六/管仲/4/情	五/三壽/17/惡	五/三壽/25/惡	五/三壽/11/恭
五/湯丘/2/惜	六/子產/5/惡	六/子產/16/愇	六/子產/29/悖	七/越公/14/[illegible]
五/封許/7/恪	五/湯丘/2/快	七/越公/31/[illegible]	五/三壽/15/[illegible]	六/管仲/22/愉
四/別卦/2/[illegible]	四/別卦/6/[illegible]	四/別卦/6/[illegible]	四/別卦/6/懇	四/別卦/7/[illegible]
四/別卦/7/[illegible]	四/別卦/7/[illegible]	四/別卦/8/[illegible]	五/三壽/17/愖	五/三壽/18/[illegible]
五/三壽/18/[illegible]	五/三壽/26/慕	五/湯丘/12/惑	五/湯丘/14/慈	五/湯門/16/態

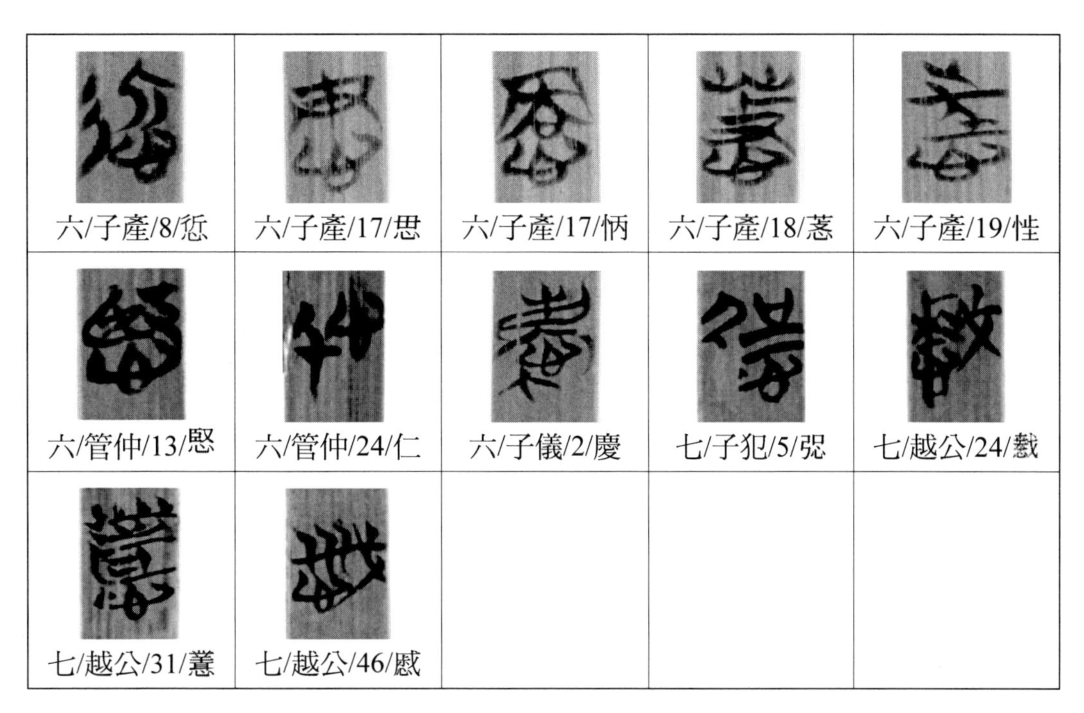

六/子產/8/㤩	六/子產/17/思	六/子產/17/怲	六/子產/18/䓗	六/子產/19/性
六/管仲/13/愍	六/管仲/24/仁	六/子儀/2/慶	七/子犯/5/㤵	七/越公/24/𢿢
七/越公/31/𧅸	七/越公/46/慼			

《說文・卷十・心部》:「，人心，土藏，在身之中。象形。博士說以為火藏。凡心之屬皆从心。」甲骨文形體作：(《合集》5297)，(《合集》14022)，(《合集》11424)。金文形體作：(《師望鼎》)，(《史牆盤》)，(《大克鼎》)。心為象形字，象心形。于省吾《甲骨文釋林》:「象人心臟的輪廓形。」〔註 140〕

123　囪

單　字				
偏　旁				
五/厚父/9/悤	五/封許/6/璁			

《說文・卷十・囪部》:「，在牆曰牖，在屋曰囪。象形。凡囪之屬皆

〔註 140〕 于省吾:《甲骨文字釋林》，頁 361。

从囪。，或从穴。，古文。」《說文・卷十・囪部》：「，多遽悤悤也。从心、囪，囪亦聲。」甲骨文形體寫作：（《合集》5346）。金文形體寫作：（《大克鼎》），（《番生簋蓋》）。容庚：「从在心上，示心之多遽悤悤也。……囪當是之變形。」〔註 141〕裘錫圭謂「『囪』指房屋與外界相通之孔。……『悤』和『聰』本來大概指心和耳的孔竅，引申而指心和耳的通徹；也有可能一開始就是指心和耳的通徹的，但由於通徹的意思比較虛，『悤』字初文的字形只能通過強調心有孔竅來表意。」〔註 142〕

〔註 141〕 容庚：《金文編》，頁 692。

〔註 142〕 裘錫圭：〈說字小記・說悤聰〉《裘錫圭學術文集（卷三）》，頁 415～416。

十六、足　類

124　之

單　字				
 四/筮法/9/之	 四/筮法/11/之	 四/筮法/14/之	 四/筮法/20/之	 四/筮法/25/之
 四/筮法/27/之	 四/筮法/27/之	 四/筮法/27/之	 四/筮法/29/之	 四/筮法/32/之
 四/筮法/32/之	 四/筮法/32/之	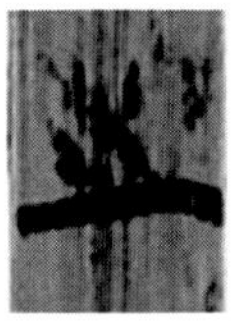 四/筮法/32/之	 四/筮法/33/之	 四/筮法/33/之
 四/筮法/33/之	 四/筮法/33/之	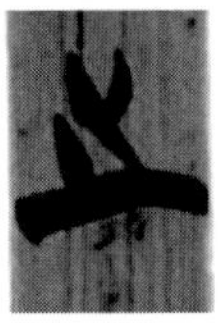 四/筮法/33/之	 四/筮法/34/之	 四/筮法/35/之
 四/筮法/35/之	 四/筮法/35/之	 四/筮法/36/之	 四/筮法/36/之	 四/筮法/36/之
 四/筮法/36/之	 四/筮法/36/之	 四/筮法/39/之	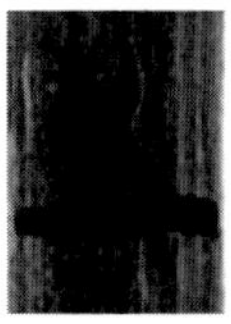 四/筮法/39/之	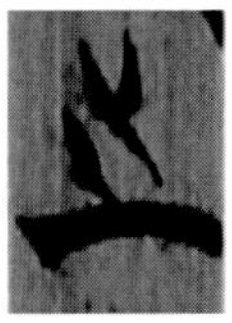 四/筮法/43/之
 四/筮法/44/之	 四/筮法/44/之	 四/筮法/48/之	 四/筮法/48/之	 四/筮法/51/之

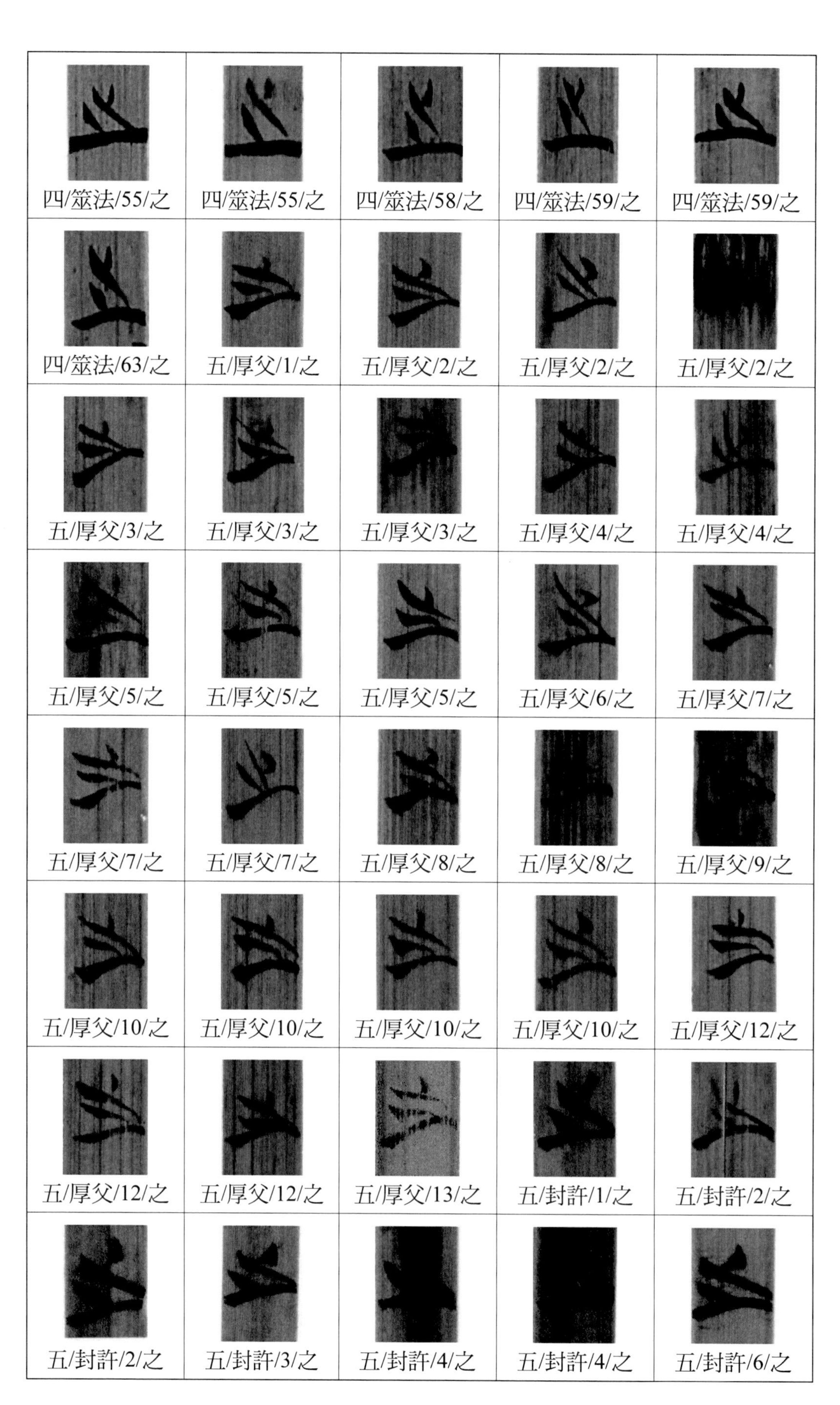

四/筮法/55/之	四/筮法/55/之	四/筮法/58/之	四/筮法/59/之	四/筮法/59/之
四/筮法/63/之	五/厚父/1/之	五/厚父/2/之	五/厚父/2/之	五/厚父/2/之
五/厚父/3/之	五/厚父/3/之	五/厚父/3/之	五/厚父/4/之	五/厚父/4/之
五/厚父/5/之	五/厚父/5/之	五/厚父/5/之	五/厚父/6/之	五/厚父/7/之
五/厚父/7/之	五/厚父/7/之	五/厚父/8/之	五/厚父/8/之	五/厚父/9/之
五/厚父/10/之	五/厚父/10/之	五/厚父/10/之	五/厚父/10/之	五/厚父/12/之
五/厚父/12/之	五/厚父/12/之	五/厚父/13/之	五/封許/1/之	五/封許/2/之
五/封許/2/之	五/封許/3/之	五/封許/4/之	五/封許/4/之	五/封許/6/之

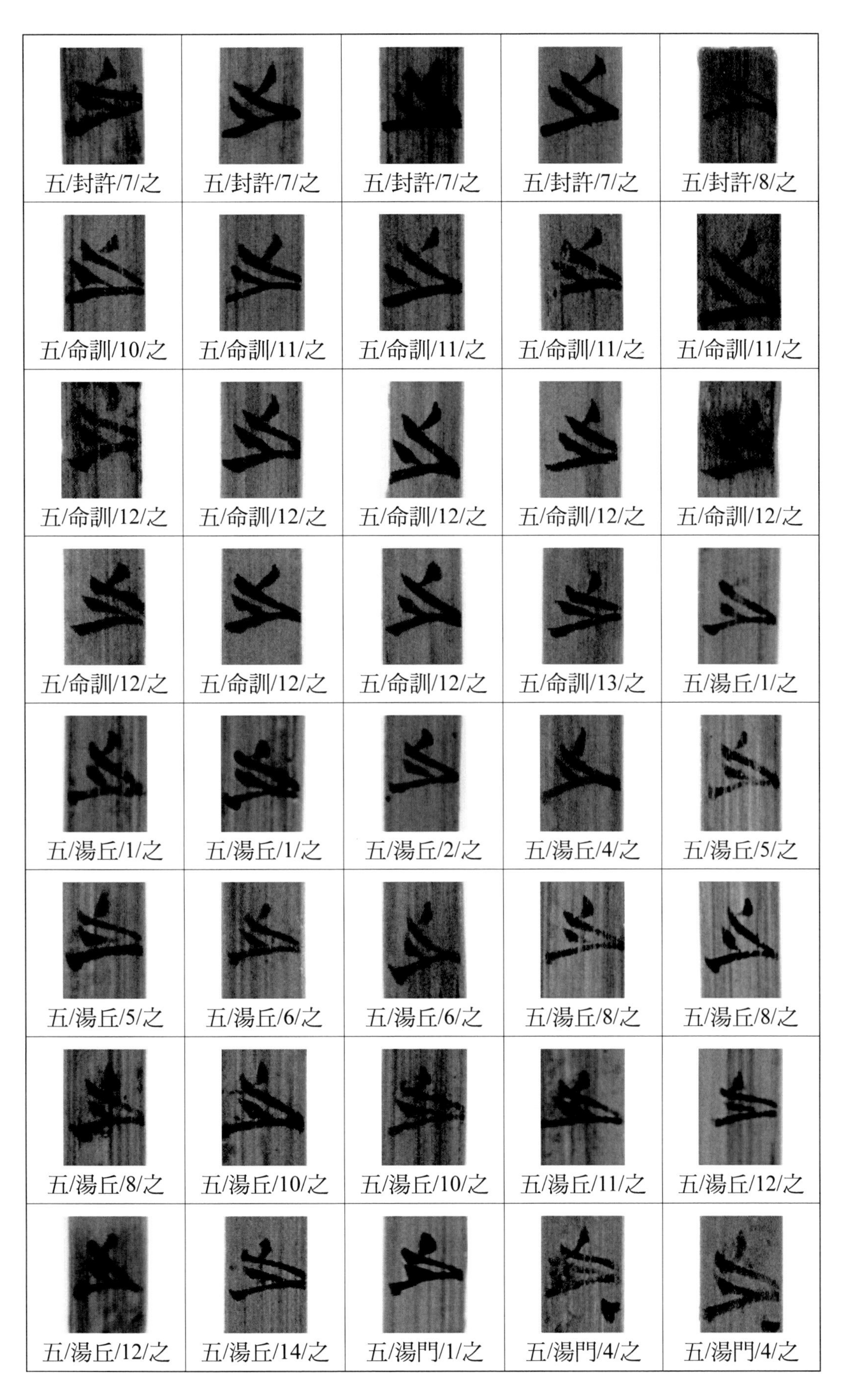

五/封許/7/之	五/封許/7/之	五/封許/7/之	五/封許/7/之	五/封許/8/之
五/命訓/10/之	五/命訓/11/之	五/命訓/11/之	五/命訓/11/之	五/命訓/11/之
五/命訓/12/之	五/命訓/12/之	五/命訓/12/之	五/命訓/12/之	五/命訓/12/之
五/命訓/12/之	五/命訓/12/之	五/命訓/12/之	五/命訓/13/之	五/湯丘/1/之
五/湯丘/1/之	五/湯丘/1/之	五/湯丘/2/之	五/湯丘/4/之	五/湯丘/5/之
五/湯丘/5/之	五/湯丘/6/之	五/湯丘/6/之	五/湯丘/8/之	五/湯丘/8/之
五/湯丘/8/之	五/湯丘/10/之	五/湯丘/10/之	五/湯丘/11/之	五/湯丘/12/之
五/湯丘/12/之	五/湯丘/14/之	五/湯門/1/之	五/湯門/4/之	五/湯門/4/之

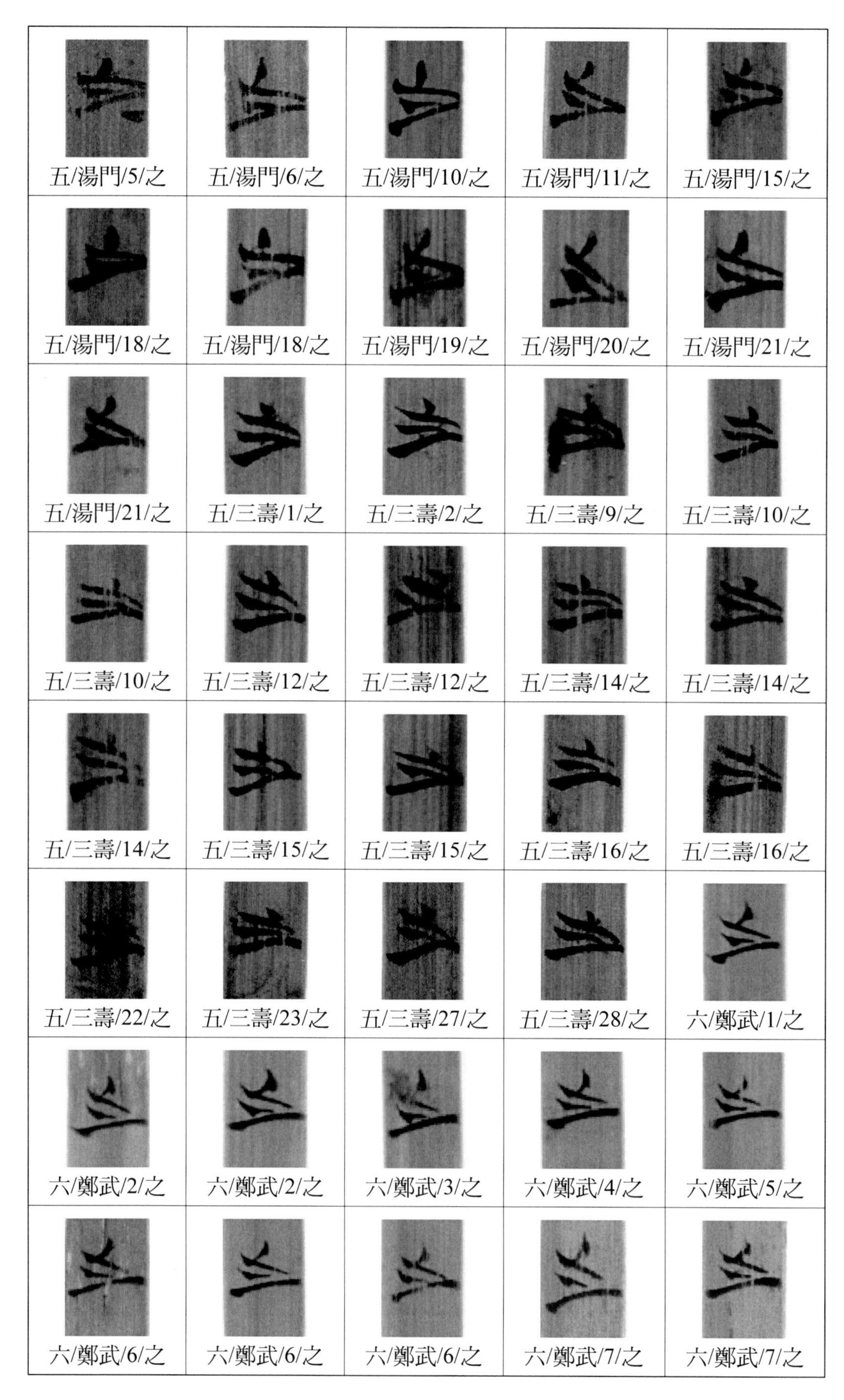

五/湯門/5/之	五/湯門/6/之	五/湯門/10/之	五/湯門/11/之	五/湯門/15/之
五/湯門/18/之	五/湯門/18/之	五/湯門/19/之	五/湯門/20/之	五/湯門/21/之
五/湯門/21/之	五/三壽/1/之	五/三壽/2/之	五/三壽/9/之	五/三壽/10/之
五/三壽/10/之	五/三壽/12/之	五/三壽/12/之	五/三壽/14/之	五/三壽/14/之
五/三壽/14/之	五/三壽/15/之	五/三壽/15/之	五/三壽/16/之	五/三壽/16/之
五/三壽/22/之	五/三壽/23/之	五/三壽/27/之	五/三壽/28/之	六/鄭武/1/之
六/鄭武/2/之	六/鄭武/2/之	六/鄭武/3/之	六/鄭武/4/之	六/鄭武/5/之
六/鄭武/6/之	六/鄭武/6/之	六/鄭武/6/之	六/鄭武/7/之	六/鄭武/7/之

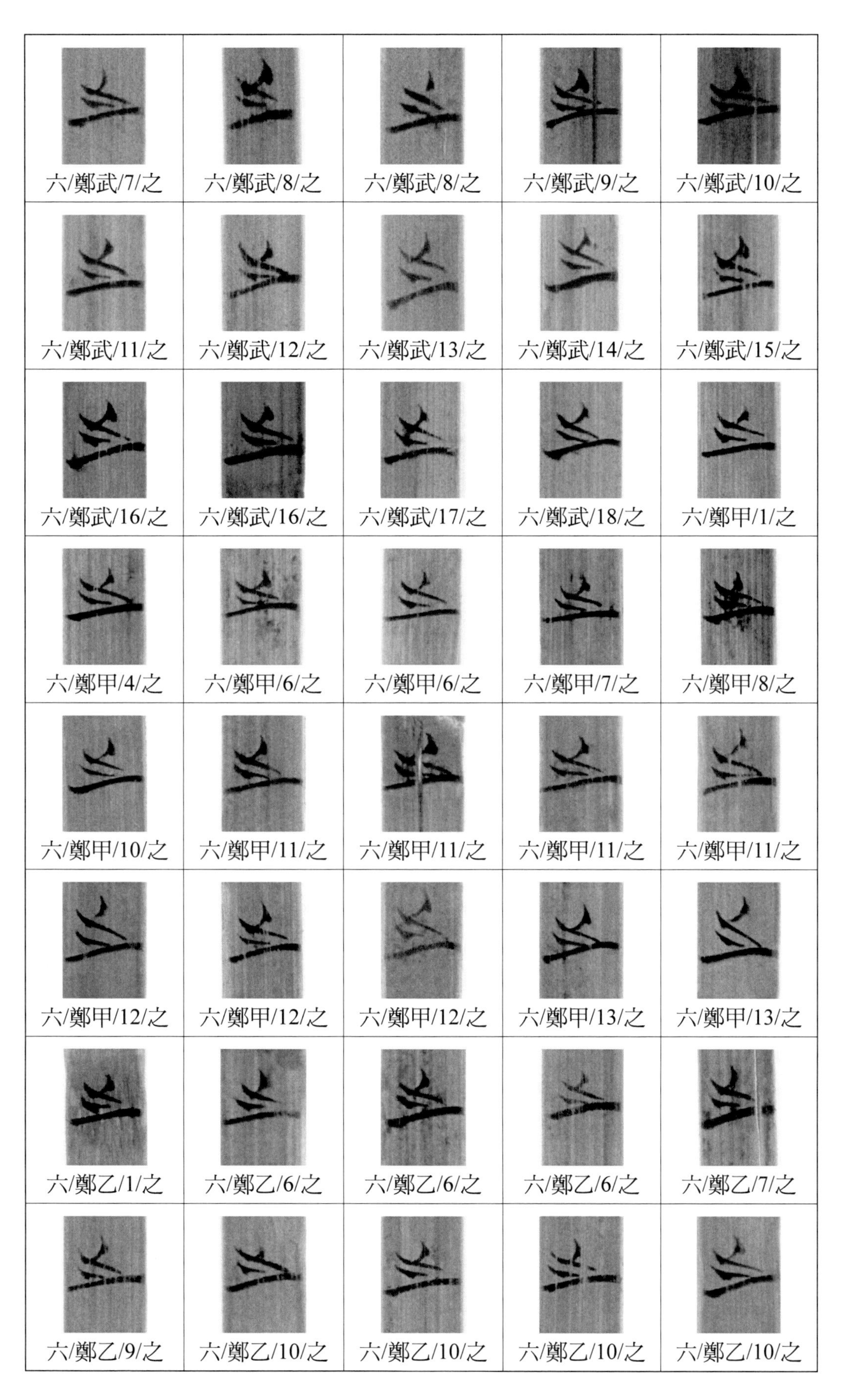

六/鄭武/7/之	六/鄭武/8/之	六/鄭武/8/之	六/鄭武/9/之	六/鄭武/10/之
六/鄭武/11/之	六/鄭武/12/之	六/鄭武/13/之	六/鄭武/14/之	六/鄭武/15/之
六/鄭武/16/之	六/鄭武/16/之	六/鄭武/17/之	六/鄭武/18/之	六/鄭甲/1/之
六/鄭甲/4/之	六/鄭甲/6/之	六/鄭甲/6/之	六/鄭甲/7/之	六/鄭甲/8/之
六/鄭甲/10/之	六/鄭甲/11/之	六/鄭甲/11/之	六/鄭甲/11/之	六/鄭甲/11/之
六/鄭甲/12/之	六/鄭甲/12/之	六/鄭甲/12/之	六/鄭甲/13/之	六/鄭甲/13/之
六/鄭乙/1/之	六/鄭乙/6/之	六/鄭乙/6/之	六/鄭乙/6/之	六/鄭乙/7/之
六/鄭乙/9/之	六/鄭乙/10/之	六/鄭乙/10/之	六/鄭乙/10/之	六/鄭乙/10/之

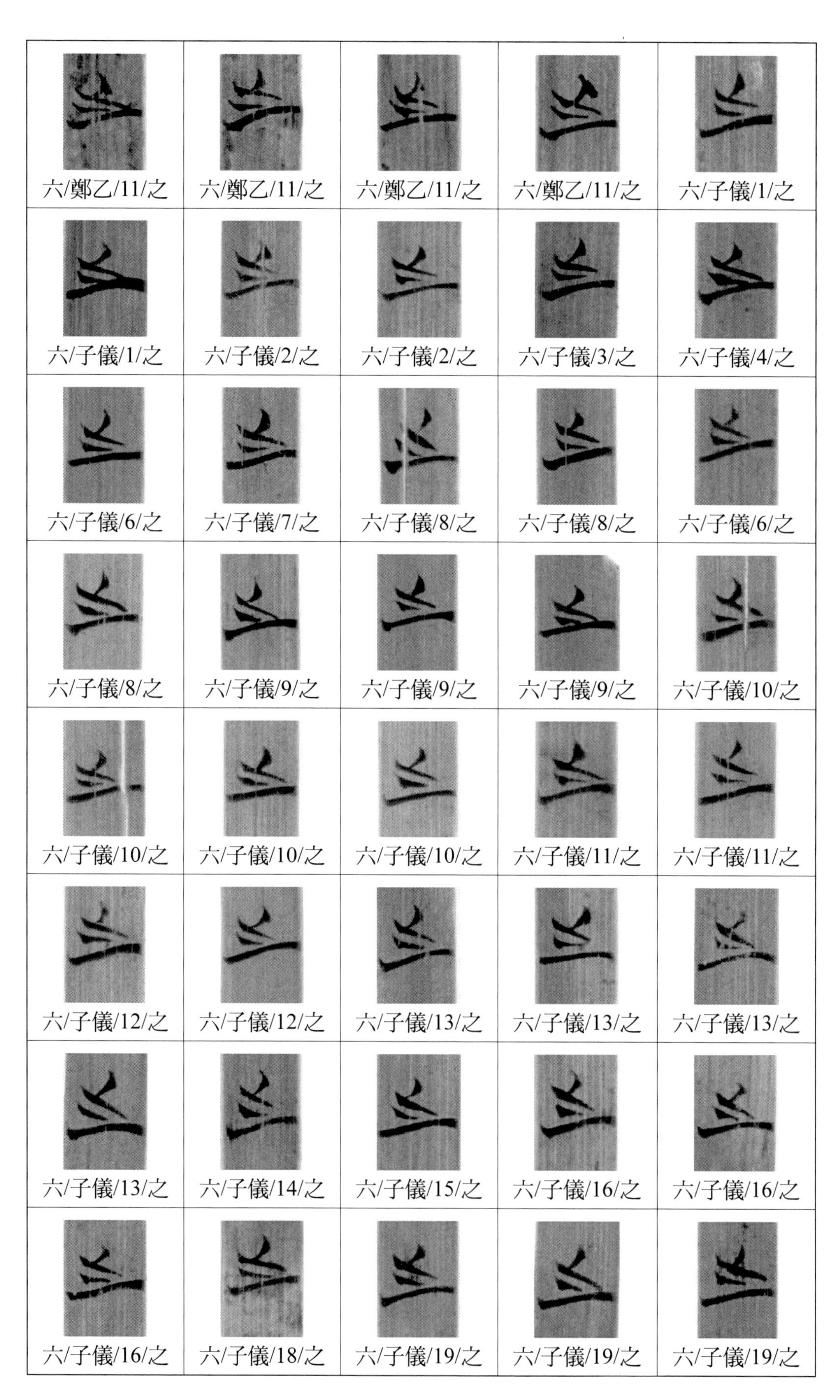

六/鄭乙/11/之	六/鄭乙/11/之	六/鄭乙/11/之	六/鄭乙/11/之	六/子儀/1/之
六/子儀/1/之	六/子儀/2/之	六/子儀/2/之	六/子儀/3/之	六/子儀/4/之
六/子儀/6/之	六/子儀/7/之	六/子儀/8/之	六/子儀/8/之	六/子儀/6/之
六/子儀/8/之	六/子儀/9/之	六/子儀/9/之	六/子儀/9/之	六/子儀/10/之
六/子儀/10/之	六/子儀/10/之	六/子儀/10/之	六/子儀/11/之	六/子儀/11/之
六/子儀/12/之	六/子儀/12/之	六/子儀/13/之	六/子儀/13/之	六/子儀/13/之
六/子儀/13/之	六/子儀/14/之	六/子儀/15/之	六/子儀/16/之	六/子儀/16/之
六/子儀/16/之	六/子儀/18/之	六/子儀/19/之	六/子儀/19/之	六/子儀/19/之

六/子儀/20/之	六/子儀/20/之	六/子儀/20/之	六/子產/1/之	六/子產/1/之
六/子產/11/之	六/子產/12/之	六/子產/14/之	六/子產/15/之	六/子產/15/之
六/子產/17/之	六/子產/19/之	六/子產/19/之	六/子產/19/之	六/子產/20/之
六/子產/20/之	六/子產/21/之	六/子產/22/之	六/子產/24/之	六/子產/24/之
六/子產/24/之	六/子產/25/之	六/子產/27/之	六/子產/27/之	六/管仲/2/之
六/管仲/3/之	六/管仲/3/之	六/管仲/3/之	六/管仲/4/之	六/管仲/4/之
六/管仲/4/之	六/管仲/5/之	六/管仲/5/之	六/管仲/5/之	六/管仲/5/之
六/管仲/5/之	六/管仲/6/之	六/管仲/6/之	六/管仲/7/之	六/管仲/8/之

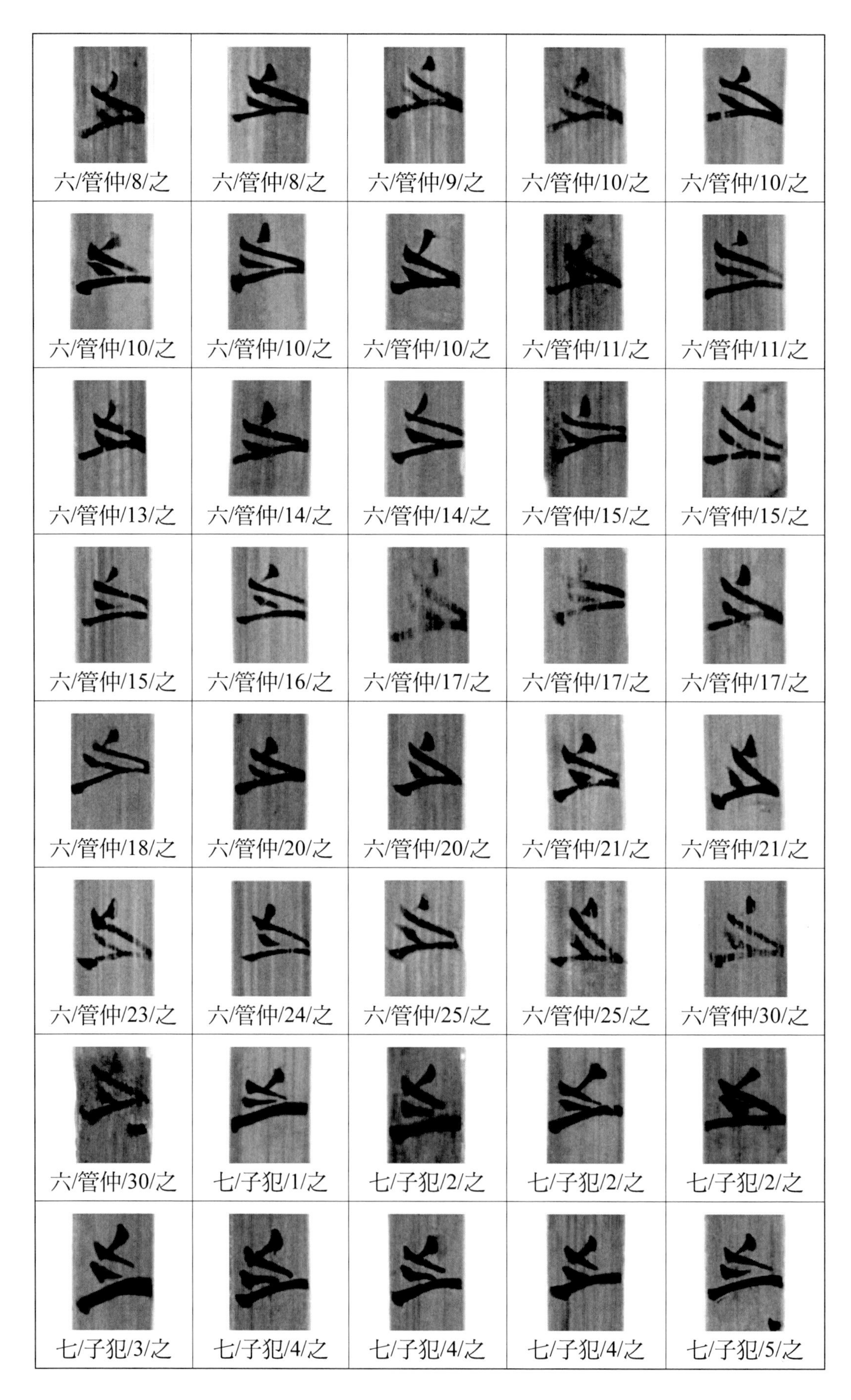

六/管仲/8/之	六/管仲/8/之	六/管仲/9/之	六/管仲/10/之	六/管仲/10/之
六/管仲/10/之	六/管仲/10/之	六/管仲/10/之	六/管仲/11/之	六/管仲/11/之
六/管仲/13/之	六/管仲/14/之	六/管仲/14/之	六/管仲/15/之	六/管仲/15/之
六/管仲/15/之	六/管仲/16/之	六/管仲/17/之	六/管仲/17/之	六/管仲/17/之
六/管仲/18/之	六/管仲/20/之	六/管仲/20/之	六/管仲/21/之	六/管仲/21/之
六/管仲/23/之	六/管仲/24/之	六/管仲/25/之	六/管仲/25/之	六/管仲/30/之
六/管仲/30/之	七/子犯/1/之	七/子犯/2/之	七/子犯/2/之	七/子犯/2/之
七/子犯/3/之	七/子犯/4/之	七/子犯/4/之	七/子犯/4/之	七/子犯/5/之

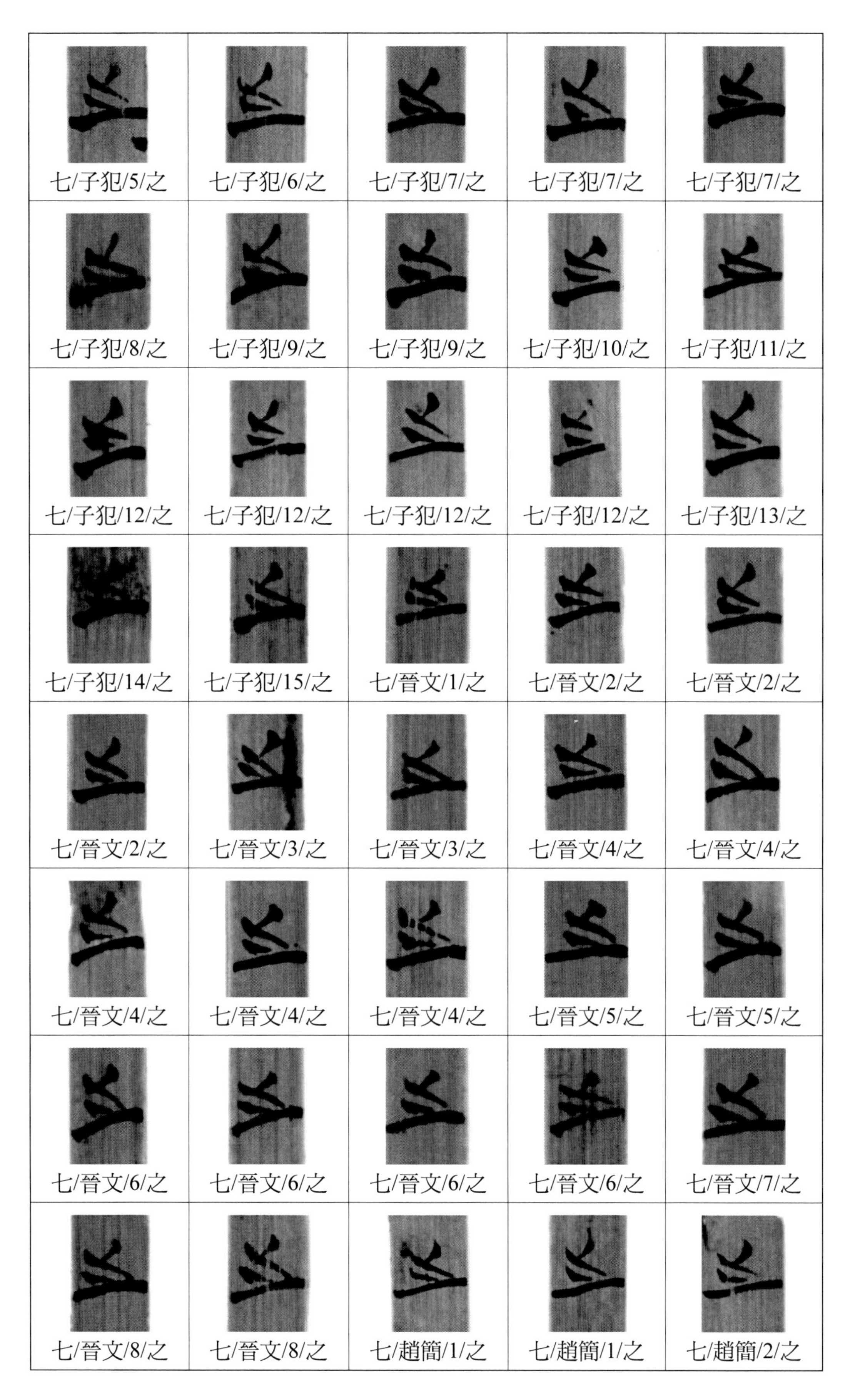

七/子犯/5/之	七/子犯/6/之	七/子犯/7/之	七/子犯/7/之	七/子犯/7/之
七/子犯/8/之	七/子犯/9/之	七/子犯/9/之	七/子犯/10/之	七/子犯/11/之
七/子犯/12/之	七/子犯/12/之	七/子犯/12/之	七/子犯/12/之	七/子犯/13/之
七/子犯/14/之	七/子犯/15/之	七/晉文/1/之	七/晉文/2/之	七/晉文/2/之
七/晉文/2/之	七/晉文/3/之	七/晉文/3/之	七/晉文/4/之	七/晉文/4/之
七/晉文/4/之	七/晉文/4/之	七/晉文/4/之	七/晉文/5/之	七/晉文/5/之
七/晉文/6/之	七/晉文/6/之	七/晉文/6/之	七/晉文/6/之	七/晉文/7/之
七/晉文/8/之	七/晉文/8/之	七/趙簡/1/之	七/趙簡/1/之	七/趙簡/2/之

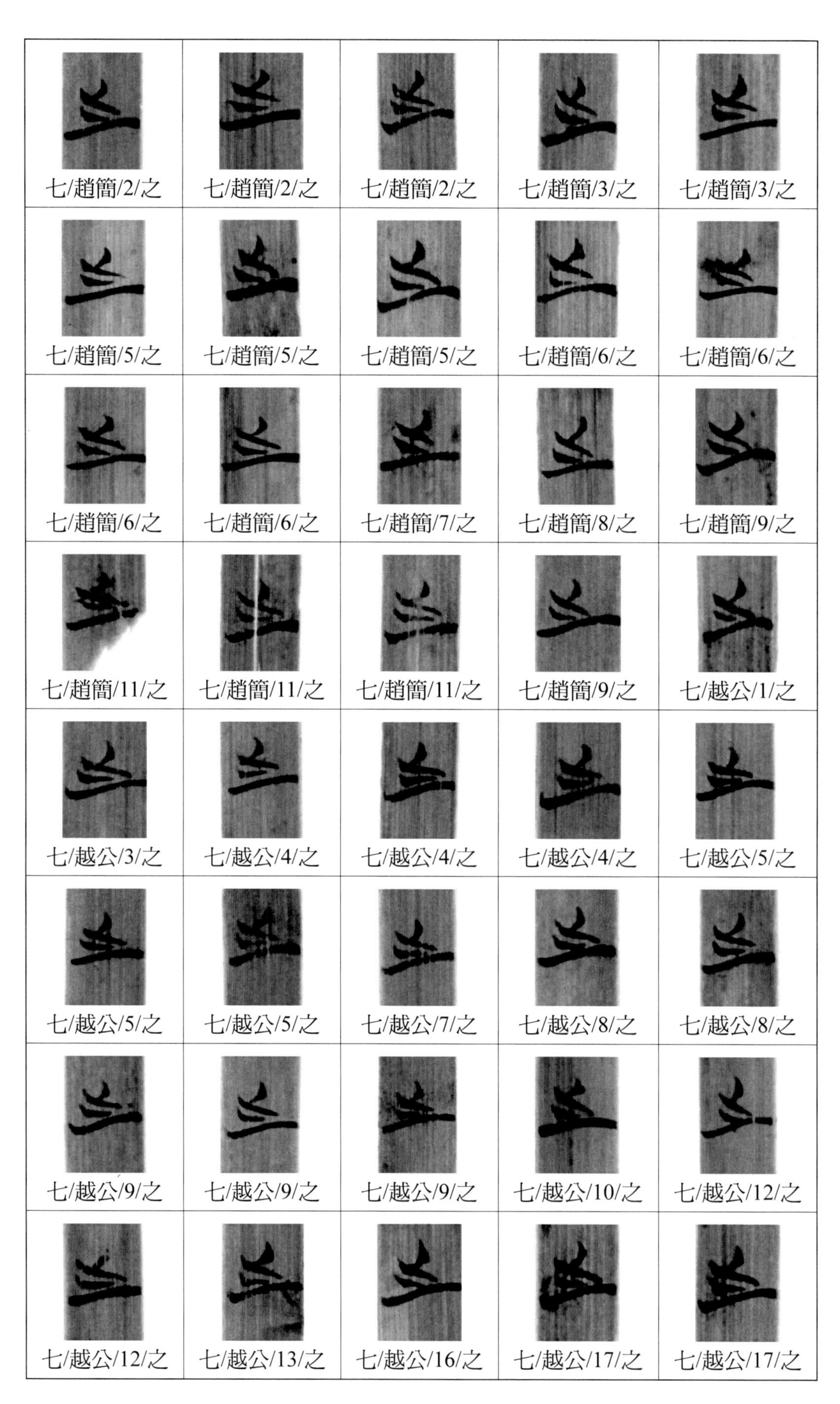

七/趙簡/2/之	七/趙簡/2/之	七/趙簡/2/之	七/趙簡/3/之	七/趙簡/3/之
七/趙簡/5/之	七/趙簡/5/之	七/趙簡/5/之	七/趙簡/6/之	七/趙簡/6/之
七/趙簡/6/之	七/趙簡/6/之	七/趙簡/7/之	七/趙簡/8/之	七/趙簡/9/之
七/趙簡/11/之	七/趙簡/11/之	七/趙簡/11/之	七/趙簡/9/之	七/越公/1/之
七/越公/3/之	七/越公/4/之	七/越公/4/之	七/越公/4/之	七/越公/5/之
七/越公/5/之	七/越公/5/之	七/越公/7/之	七/越公/8/之	七/越公/8/之
七/越公/9/之	七/越公/9/之	七/越公/9/之	七/越公/10/之	七/越公/12/之
七/越公/12/之	七/越公/13/之	七/越公/16/之	七/越公/17/之	七/越公/17/之

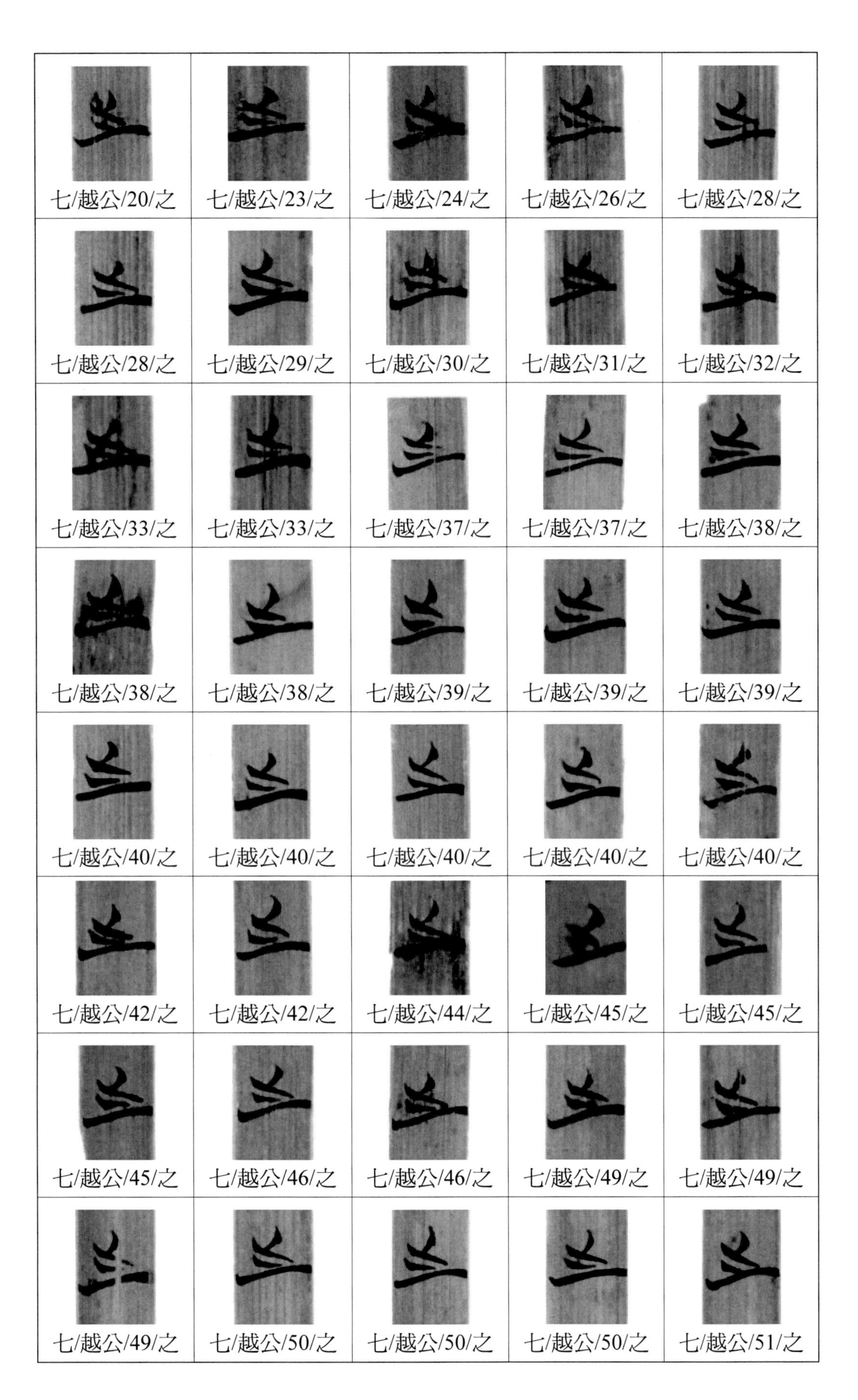

七/越公/20/之	七/越公/23/之	七/越公/24/之	七/越公/26/之	七/越公/28/之
七/越公/28/之	七/越公/29/之	七/越公/30/之	七/越公/31/之	七/越公/32/之
七/越公/33/之	七/越公/33/之	七/越公/37/之	七/越公/37/之	七/越公/38/之
七/越公/38/之	七/越公/38/之	七/越公/39/之	七/越公/39/之	七/越公/39/之
七/越公/40/之	七/越公/40/之	七/越公/40/之	七/越公/40/之	七/越公/40/之
七/越公/42/之	七/越公/42/之	七/越公/44/之	七/越公/45/之	七/越公/45/之
七/越公/45/之	七/越公/46/之	七/越公/46/之	七/越公/49/之	七/越公/49/之
七/越公/49/之	七/越公/50/之	七/越公/50/之	七/越公/50/之	七/越公/51/之

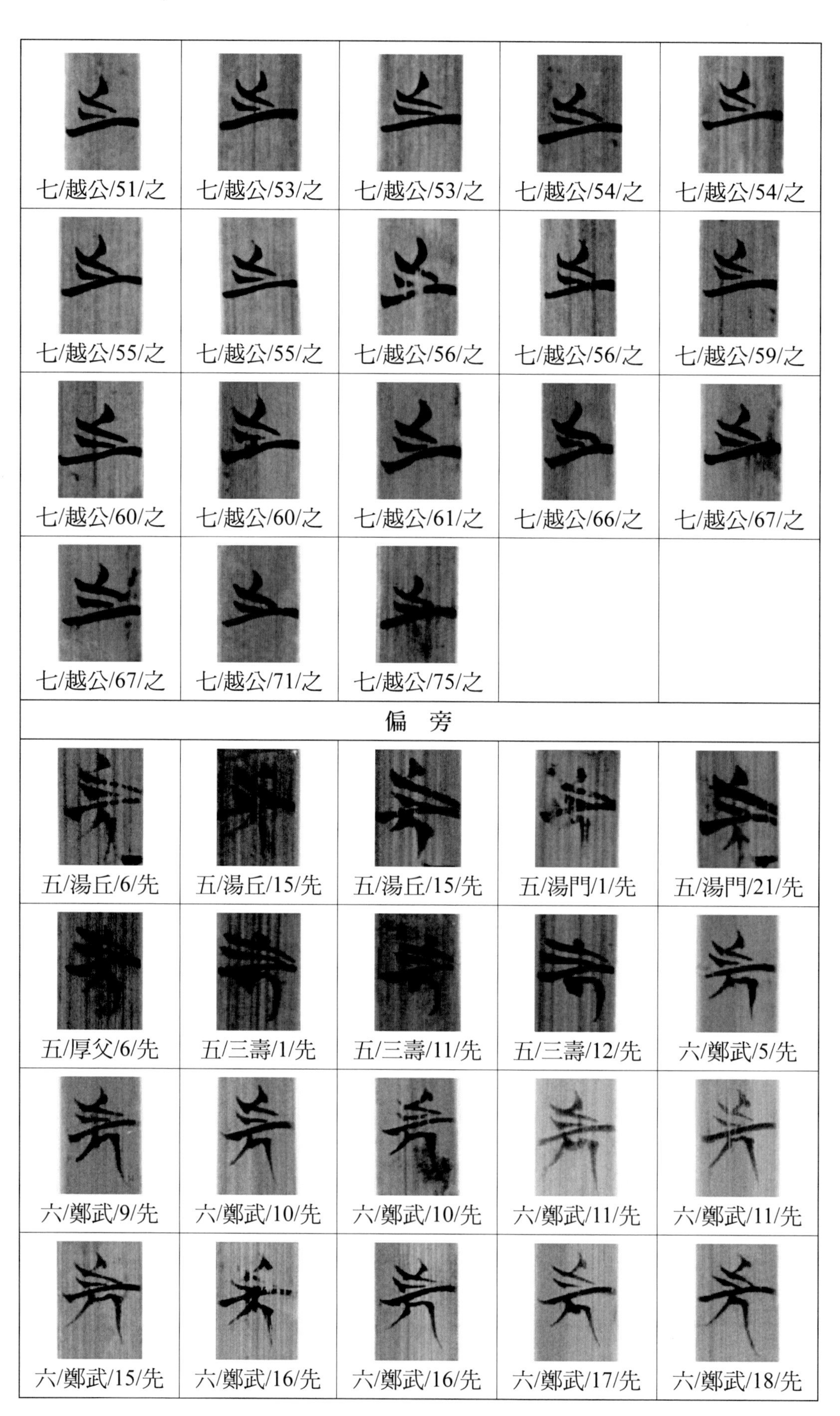

七/越公/51/之	七/越公/53/之	七/越公/53/之	七/越公/54/之	七/越公/54/之
七/越公/55/之	七/越公/55/之	七/越公/56/之	七/越公/56/之	七/越公/59/之
七/越公/60/之	七/越公/60/之	七/越公/61/之	七/越公/66/之	七/越公/67/之
七/越公/67/之	七/越公/71/之	七/越公/75/之		
偏旁				
五/湯丘/6/先	五/湯丘/15/先	五/湯丘/15/先	五/湯門/1/先	五/湯門/21/先
五/厚父/6/先	五/三壽/1/先	五/三壽/11/先	五/三壽/12/先	六/鄭武/5/先
六/鄭武/9/先	六/鄭武/10/先	六/鄭武/10/先	六/鄭武/11/先	六/鄭武/11/先
六/鄭武/15/先	六/鄭武/16/先	六/鄭武/16/先	六/鄭武/17/先	六/鄭武/18/先

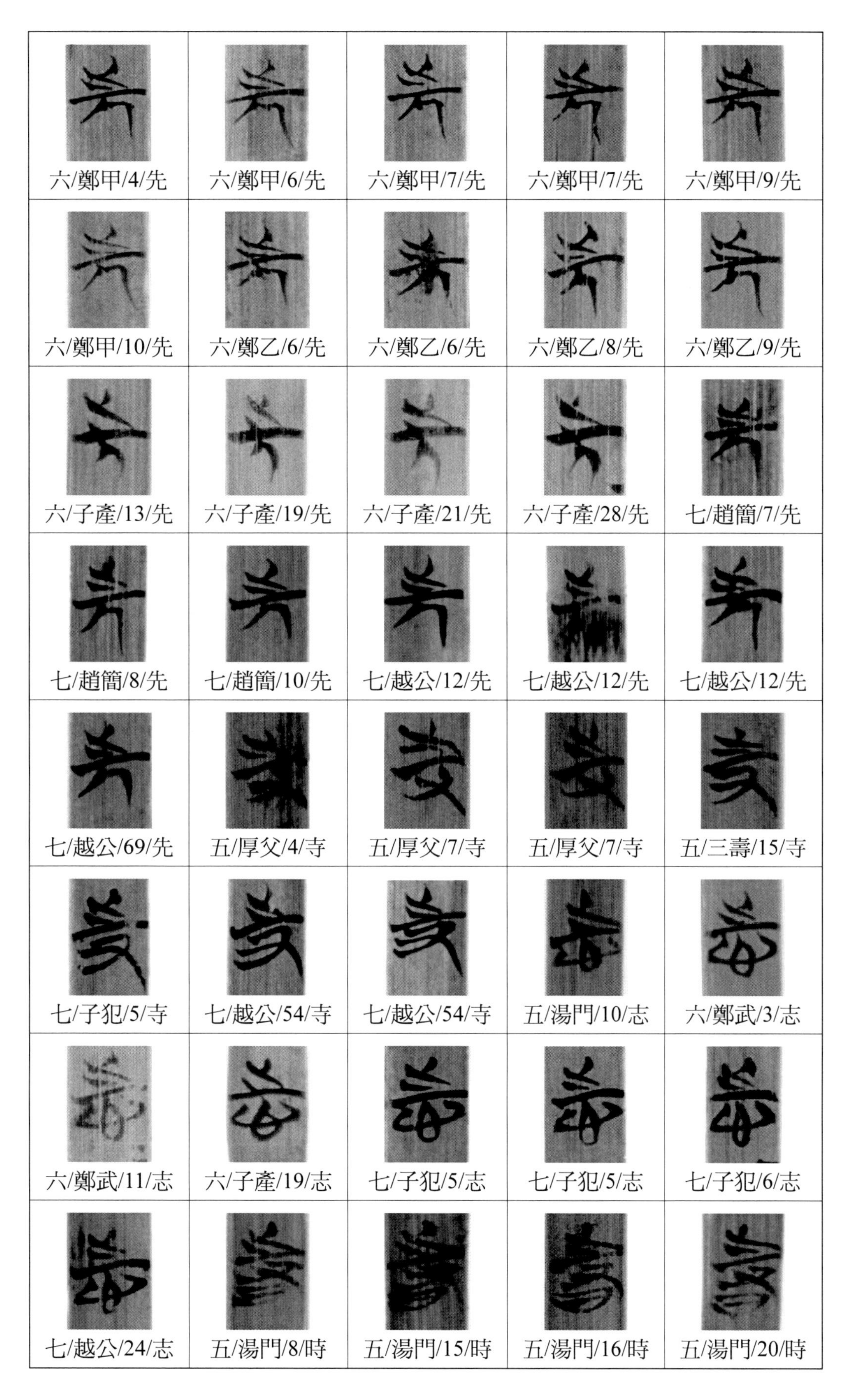

六/鄭甲/4/先	六/鄭甲/6/先	六/鄭甲/7/先	六/鄭甲/7/先	六/鄭甲/9/先
六/鄭甲/10/先	六/鄭乙/6/先	六/鄭乙/6/先	六/鄭乙/8/先	六/鄭乙/9/先
六/子產/13/先	六/子產/19/先	六/子產/21/先	六/子產/28/先	七/趙簡/7/先
七/趙簡/8/先	七/趙簡/10/先	七/越公/12/先	七/越公/12/先	七/越公/12/先
七/越公/69/先	五/厚父/4/寺	五/厚父/7/寺	五/厚父/7/寺	五/三壽/15/寺
七/子犯/5/寺	七/越公/54/寺	七/越公/54/寺	五/湯門/10/志	六/鄭武/3/志
六/鄭武/11/志	六/子產/19/志	七/子犯/5/志	七/子犯/5/志	七/子犯/6/志
七/越公/24/志	五/湯門/8/時	五/湯門/15/時	五/湯門/16/時	五/湯門/20/時

五/湯丘/5/時	五/湯丘/8/時	五/湯丘/15/時	六/管仲/13/時	六/管仲/13/時
四/筮法/6/寺	六/子儀/13/旹	七/越公/53/琴	七/越公/54/琴	七/越公/55/詩
六/子產/7/崟	五/湯丘/4/臺	六/子儀/14/臺	七/趙簡/10/臺	六/管仲/11/坣
七/趙簡/4/坣	五/命訓/1/室	五/命訓/8/室	六/管仲/27/室	四/筮法/49/瘥
四/筮法/50/瘥	五/三壽/9/瘥	五/厚父/13/瘥	五/三壽/28/梐	五/三壽/20/梐
六/鄭甲/1/往	六/鄭乙/1/往	六/子儀/9/往	七/越公/49/往	七/越公/60/往
七/子犯/1/峷	七/子犯/4/峷	六/鄭武/7/䟫	六/管仲/6/匡	六/子產/19/惶
合　文				
六/鄭武/16/之所	七/子犯/10/之所			

《說文·卷六·之部》:「  ，出也。象艸過屮，枝莖益大，有所之。一者，地也。凡之之屬皆从之。」甲骨文形體：（《合集》226），（《合集》17410），（《合集》27987）。金文形體作：（《子犯編鍾》），（《秦公簋》）。羅振玉釋形作：「從止，從一，人所之也。《爾雅·釋詁》『之，往也。』當為『之』之初誼。」〔註 143〕季師補充到：「字象人足踏地，以示欲往某地也。一。地也。」〔註 144〕

125　止

單　字				
 六/管仲/3/止	 六/管仲/4/止	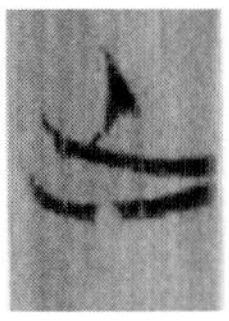 六/鄭武/14/止		
偏　旁				
 四/筮法/6/出	 四/筮法/15/出	 四/筮法/22/出	 四/筮法/22/出	 四/筮法/42/出
 四/筮法/49/出	 五/湯丘/3/出	 五/三壽/21/出	 六/鄭甲/4/出	 六/鄭甲/13/出
 六/鄭乙/11/出	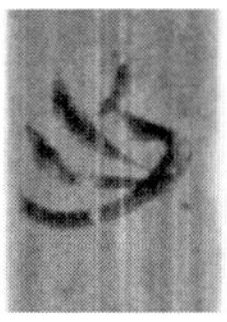 六/子產/6/出	 六/子產/15/出	 六/管仲/26/出	 七/晉文/6/出
 七/晉文/6/出	 七/晉文/7/出	 七/子犯/2/出	 七/越公/15/出	 七/越公/53/出

〔註 143〕羅振玉：《增訂殷墟書契考釋（中）》，頁 63。
〔註 144〕季師旭昇：《說文新證》，頁 461。

七/越公/53/出	四/筮法/61/此	五/湯丘/2/此	五/湯丘/8/此	五/湯丘/10/此
五/湯丘/16/此	五/湯門/13/此	五/湯門/14/此	五/湯門/15/此	五/湯門/15/此
五/湯門/15/此	五/湯門/16/此	五/湯門/16/此	五/湯門/17/此	五/湯門/17/此
五/湯門/17/此	五/湯門/20/此	五/命訓/11/此	五/命訓/13/此	六/子產/3/此
六/子產/4/此	六/子產/7/此	六/子產/9/此	六/子產/11/此	六/子產/14/此
六/子產/18/此	六/子產/23/此	六/子產/25/此	六/子儀/6/此	六/管仲/24/此
六/管仲/25/此	七/子犯/6/此	七/越公/8/此	七/越公/11/此	七/越公/39/此
七/越公/41/此	七/越公/61/此	六/鄭甲/7/武	六/鄭乙/6/武	六/鄭乙/9/武

六/子產/27/武	六/管仲/18/武	六/管仲/21/武	六/管仲/21/武	六/管仲/22/武
七/子犯/14/武	七/越公/4/武	六/子產/13/來	六/鄭甲/7/來	六/鄭乙/7/來
六/子儀/13/來	七/越公/61/來	六/鄭甲/6/[illegible]	六/鄭乙/5/[illegible]	七/子犯/2/走
七/子犯/2/走	七/子犯/4/走	七/子犯/6/走	七/越公/12/走	七/越公/12/走
七/子犯/13/走	七/越公/60/走	七/子犯/11/奔	六/子產/11/起	六/子產/11/起
七/越公/62/起	七/越公/63/起	七/越公/63/起	七/越公/62/迡	七/越公/63/迡
五/湯門/14/迡	五/湯門/15/迡	五/湯門/15/迡	五/湯門/16/迡	五/三壽/10/迡
六/鄭武/17/迡	六/管仲/2/迡	六/子犯/14/迡	六/子犯/14/迡	五/封許/3/[illegible]

六/管仲/1/逭	六/管仲/2/逭	六/管仲/3/逭	六/管仲/5/逭	六/管仲/7/逭
六/管仲/8/逭	六/管仲/11/逭	六/管仲/14/逭	六/管仲/16/逭	六/管仲/20/逭
六/管仲/24/逭	六/管仲/27/逭	六/鄭甲/4/逭	四/筮法/35/�	四/筮法/39/遊
四/別卦/5/復	五/三壽/28/復	五/湯丘/4/復	五/命訓/10/復	六/子儀/19/復
六/子產/6/復	六/子產/28/復	七/越公/26/復	七/越公/57/復	七/越公/57/復
五/命訓/5/道	五/命訓/5/道	五/命訓/5/道	五/命訓/6/道	五/命訓/7/道
五/湯丘/2/道	五/湯丘/5/道	五/湯門/21/道	六/管仲/3/道	六/管仲/3/道
六/管仲/5/道	六/管仲/7/道	六/管仲/14/道	六/子產/6/道	六/子產/7/道

六/子產/9/道	六/子產/9/道	六/子產/11/道	六/子產/12/道	六/子產/15/道
七/晉文/7/道	七/子犯/10/道	七越公/13/道	七/越公/20/道	六/管仲/14/道
五/湯門/5/老	五/湯門/9/老	六/鄭武/6/老	六/鄭武/6/老	六/鄭武/13/老
六/鄭甲/3/老	六/子產/21/老	六/管仲/19/老	七/子犯/10/老	七/晉文/1/老
七/越公/32/老	六/子產/4/進	六/子產/10/進	七/趙簡/1/進	七/晉文/5/進
五/命訓/13/從	五/命訓/14/從	五/命訓/15/從	五/命訓/15/從	六/管仲/2/從
六/管仲/3/從	六/管仲/3/從	六/管仲/3/從	七/子犯/10/從	七/越公/32/從
六/子儀/6/歨	六/鄭甲/5/徒	六/鄭乙/4/徒	六/子產/16/徒	六/子儀/3/徒

六/子儀/5/徒	七/越公/17/徒	五/厚父/6/述	六/鄭武/5/述	七/子犯/13/述
七/越公/64/述	七/越公/67/述	七/越公/68/述	六/管仲/30/墜	六/管仲/30/墜
七/越公/66/御	七/越公/55/御	六/子產/13/御	六/子產/25/御	七/越公/24/御
七/越公/58/御	七/越公/20/御	七/越公/20/御	六/鄭武/7/御	五/三壽/18/遠
五/湯丘/17/遠	五/湯丘/18/遠	六/管仲/7/遠	六/子儀/5/遠	六/子儀/6/遠
六/子儀/8/遠	六/子儀/11/遠	七/子犯/12/遠	七/晉文/7/遠	七/越公/12/遠
七/越公/12/遠	七/越公/35/遠	七/越公/44/遠	四/筮法/40/歲	六/鄭武/8/歲
六/管仲/12/歲	七/子犯/1/歲	七/越公/47/歲	五/封許/3/膻	六/子產/20/膻

五/三壽/14/還	七/子犯/7/還	七/越公/18/還	七/越公/25/還	七/越公/44/還
七/越公/52/還	五/湯丘/11/與	七/越公/43/與	七/越公/48/與	七/越公/60/與
五/命訓/9/逕	五/命訓/9/逕	五/命訓/13/逕	五/命訓/10/逕	五/命訓/10/逕
六/子儀/17/歸	六/子儀/18/歸	六/子儀/19/歸	六/子儀/19/歸	六/子儀/20/逿
五/三壽/9/步	六/子儀/5/步	七/越公/22/陟	七/越公/30/涉	七/越公/65/涉
七/越公/66/涉	七/越公/67/涉	七/越公/67/涉	六/子儀/22/⿱龹辵	六/子儀/23/⿱龹辵
五/三壽/8/後	五/三壽/26/後	六/鄭甲/6/後	六/管仲/25/後	七/子犯/12/後
七/越公/56/後	七/越公/56/後	七/越公/57/後	七/越公/74/後	五/湯丘/19/退

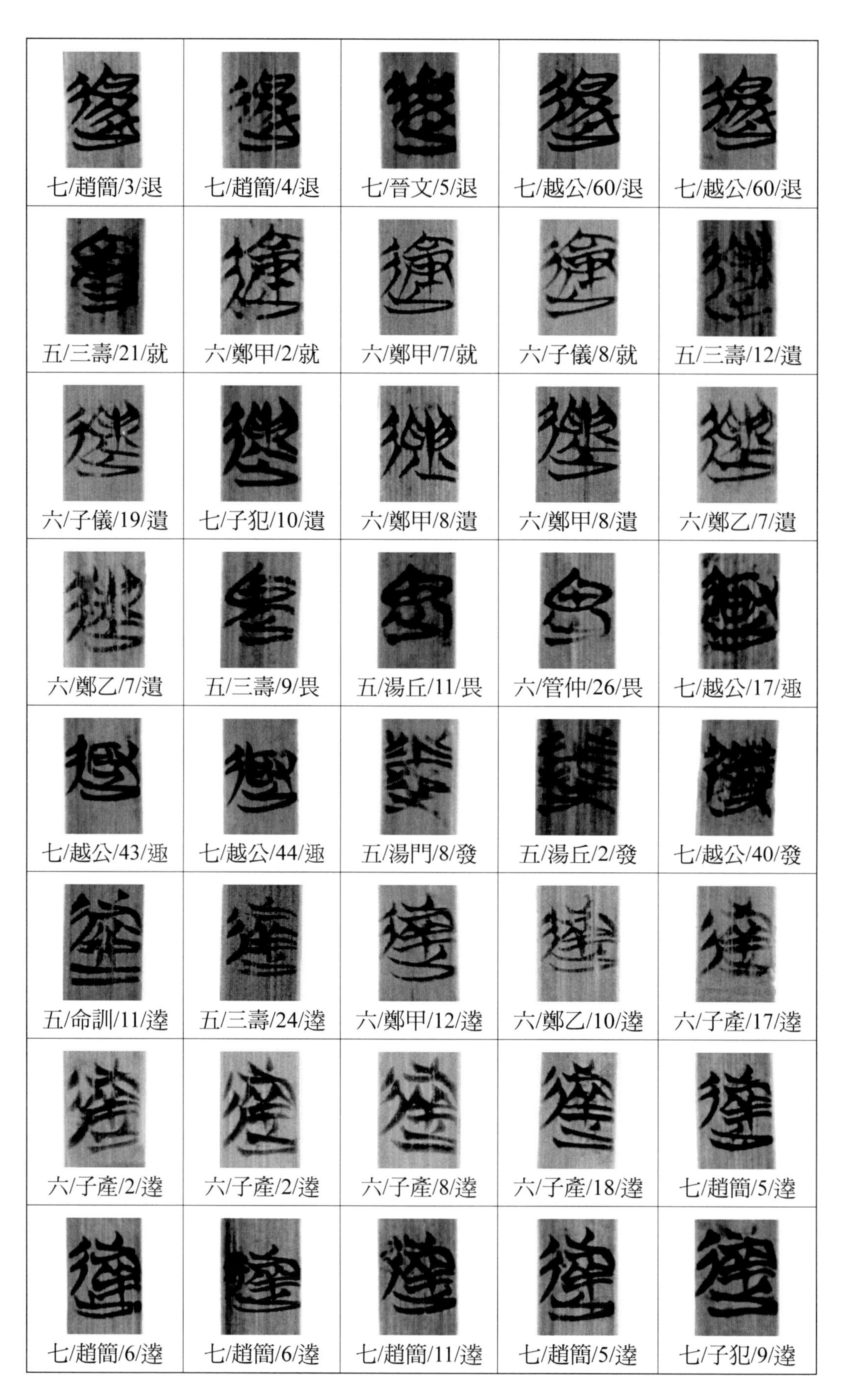

七/趙簡/3/退	七/趙簡/4/退	七/晉文/5/退	七/越公/60/退	七/越公/60/退
五/三壽/21/就	六/鄭甲/2/就	六/鄭甲/7/就	六/子儀/8/就	五/三壽/12/遺
六/子儀/19/遺	七/子犯/10/遺	六/鄭甲/8/遺	六/鄭甲/8/遺	六/鄭乙/7/遺
六/鄭乙/7/遺	五/三壽/9/畏	五/湯丘/11/畏	六/管仲/26/畏	七/越公/17/⿺辶亟
七/越公/43/⿺辶亟	七/越公/44/⿺辶亟	五/湯門/8/發	五/湯丘/2/發	七/越公/40/發
五/命訓/11/逵	五/三壽/24/逵	六/鄭甲/12/逵	六/鄭乙/10/逵	六/子產/17/逵
六/子產/2/逵	六/子產/2/逵	六/子產/8/逵	六/子產/18/逵	七/趙簡/5/逵
七/趙簡/6/逵	七/趙簡/6/逵	七/趙簡/11/逵	七/趙簡/5/逵	七/子犯/9/逵

七/越公/57/逄
七/越公/57/逄
七/越公/58/逄
七/越公/74/逄
七/越公/21/迭
七/越公/74/屈
五/湯門/10/屈
六/子產/5/整
七/越公/53/整
七/越公/59/整
五/湯丘/5/歸
五/湯丘/4/歸
五/三壽/23/歸
七/越公/49/歸
六/管仲/13/上
七/越公/50/陞
七/越公/48/陞
七/越公/1/陞
七/晉文/5/陞
六/子儀/5/迸
六/子儀/7/迸
五/湯門/11/没
五/湯門/12/没
五/湯門/12/没
五/湯門/15/没
五/湯門/16/没
五/湯門/16/没
五/湯門/16/没
六/子產/14/没
七/越公/28/没
六/子儀/8/[illegible]
六/子儀/14/[illegible]
七/越公/30/遊
七/越公/27/遊
六/子儀/17/遊
七/越公/6/衙
七/越公/19/衙
五/三壽/19/達
六/子儀/6/達
七/越公/20/達

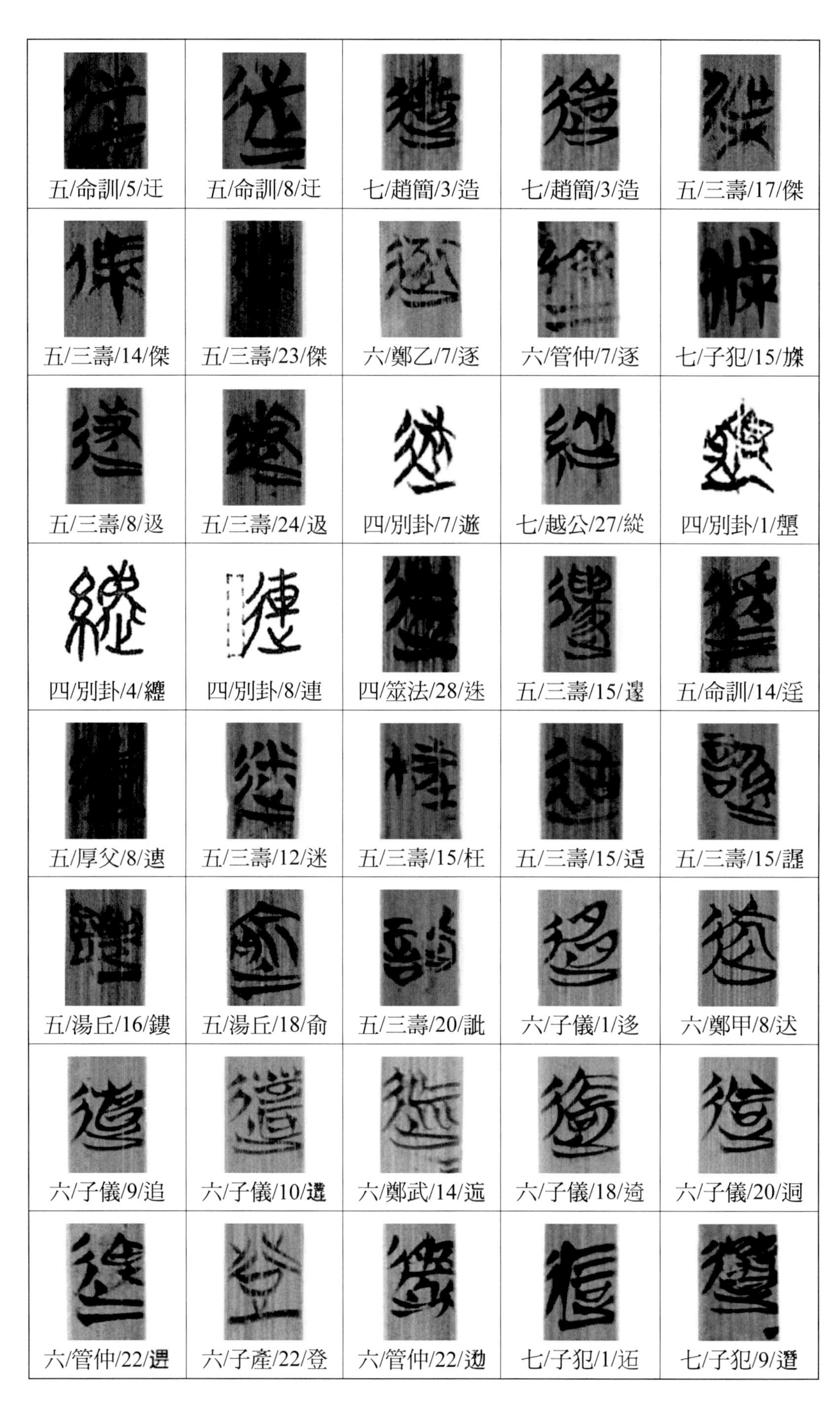

五/命訓/5/迂	五/命訓/8/迂	七/趙簡/3/造	七/趙簡/3/造	五/三壽/17/傑
五/三壽/14/傑	五/三壽/23/傑	六/鄭乙/7/逐	六/管仲/7/逐	七/子犯/15/旟
五/三壽/8/返	五/三壽/24/返	四/別卦/7/遯	七/越公/27/縱	四/別卦/1/壐
四/別卦/4/纏	四/別卦/8/連	四/筮法/28/迭	五/三壽/15/遻	五/命訓/14/逕
五/厚父/8/逋	五/三壽/12/迷	五/三壽/15/枉	五/三壽/15/适	五/三壽/15/譔
五/湯丘/16/鏤	五/湯丘/18/俞	五/三壽/20/詘	六/子儀/1/迻	六/鄭甲/8/迖
六/子儀/9/追	六/子儀/10/遣	六/鄭武/14/逅	六/子儀/18/適	六/子儀/20/迵
六/管仲/22/遇	六/子產/22/登	六/管仲/22/逊	七/子犯/1/逅	七/子犯/9/遵

七/晉文/1/逗	七/趙簡/2/遅	七/晉文/2/竜	七/晉文/8/建	七/越公/12/遽
七/越公/17/遽	七/越公/21/遘	七/越公/26/聿		
類　化				
四/筮法/41/前	四/筮法/41/前	四/筮法/41/前	五/厚父/1/前	六/鄭武/9/前
六/子產/14/前	六/子產/14/前	六/子產/20/前	六/管仲/9/前	六/管仲/14/前
六/管仲/14/前	六/管仲/25/前	七/越公/3/前	七/越公/74/前	
合　文				
四/別卦/4/[illegible]	四/別卦/6/[illegible]	四/別卦/4/[illegible]		
混　同				
七/越公/20/逵				

《說文・卷二・止部》:「止，下基也。象艸木出有址，故以止為足。凡

止之屬皆从止。」甲骨文形體作：（《合集》13683），（《合集》35242），（《合集》13682）。金文形體作：（《蔡簋》），（《五年琱生簋》）。止字為象形字，象脚足形。

126　夂

偏旁				
 四/筮法/8/復	 四/筮法/23/復	 四/別卦/5/復	 五/厚父/6/復	五/湯丘/4/復
 五/三壽/28/復	 五/命訓/10/復	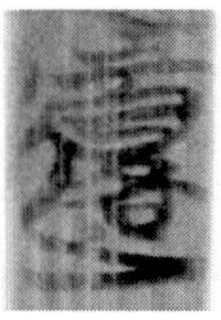 六/子產/6/復	 四/筮法/7/咎	 四/筮法/9/咎
 四/筮法/61/咎	 五/厚父/2/咎	 六/子儀/12/咎	 六/子儀/13/咎	 七/趙簡/1/咎
 七/趙簡/2/咎	 七/趙簡/3/咎	 七/越公/27/咎	 四/筮法/40/各	 四/筮法/63/各
 五/湯門/20/各	 六/鄭武/12/各	 六/子儀/15/各	 七/子犯/7/各	 六/子儀/14/客
 五/三壽/11/茖	 五/三壽/23/茖	 六/管仲/9/茖	 六/管仲/12/茖	 七/越公/44/茖

七/越公/44/茖	七/越公/46/茖	七/越公/48/茖	七/越公/9/𨒈	七/越公/13/𨒈
四/筮法/59/䨼	五/厚父/2/𦋹	五/厚父/5/敋	五/湯丘/5/𨒈	五/封許/7/恪
五/三壽/21/緯	六/子儀/18/湋	六/鄭甲/7/衛	七/晉文/8/韋	七/晉文/8/韋
五/三壽/9/韋	六/子產/16/愇	六/管仲/5/詻	七/子犯/12/烙	五/厚父/2/降
五/厚父/4/𡅏	五/厚父/5/降	六/管仲/25/後	五/湯丘/19/退	五/三壽/1/匌
七/越公/10/备	七/越公/14/备	六/鄭乙/5/猷		
訛　形				
五/命訓/2/降	六/子儀/15/降	七/晉文/5/降	七/越公/2/降	五/命訓/8/韋
六/鄭甲/6/後	七/子犯/12/後	七/越公/3/後	七/越公/56/後	七/越公/56/後

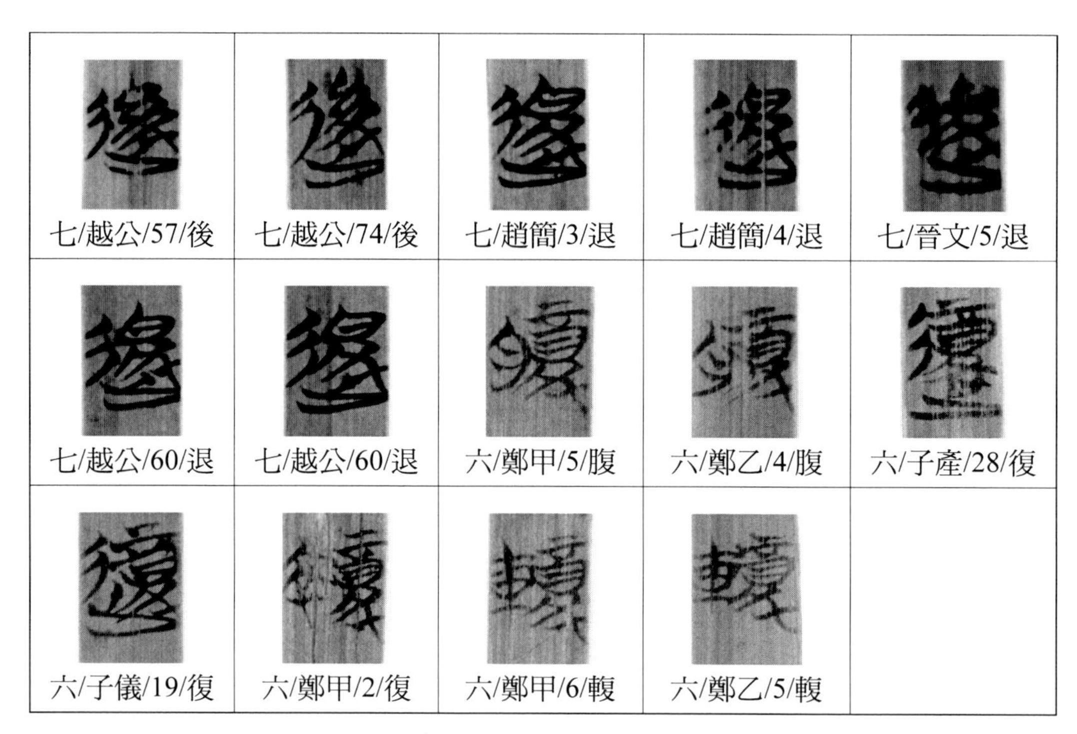

七/越公/57/後	七/越公/74/後	七/趙簡/3/退	七/趙簡/4/退	七/晉文/5/退
七/越公/60/退	七/越公/60/退	六/鄭甲/5/腹	六/鄭乙/4/腹	六/子產/28/復
六/子儀/19/復	六/鄭甲/2/復	六/鄭甲/6/輹	六/鄭乙/5/輹	

《說文・卷五・夊部》:「，行遲曳夊夊，象人兩脛有所躧也。凡夊之屬皆从夊。」《說文・卷五・牛部》:「，跨步也。从反夊。䟢从此。」《說文・卷五・夂部》:「，从後至也。象人兩脛後有致之者。凡夂之屬皆从夂。讀若黹。」甲骨、金文「夂」與「止」同形，學者或以為「止」、「夂」同形不分，或以為「止」形向上、「夂」形向下。目前仍難以判斷。〔註 145〕

127 疋

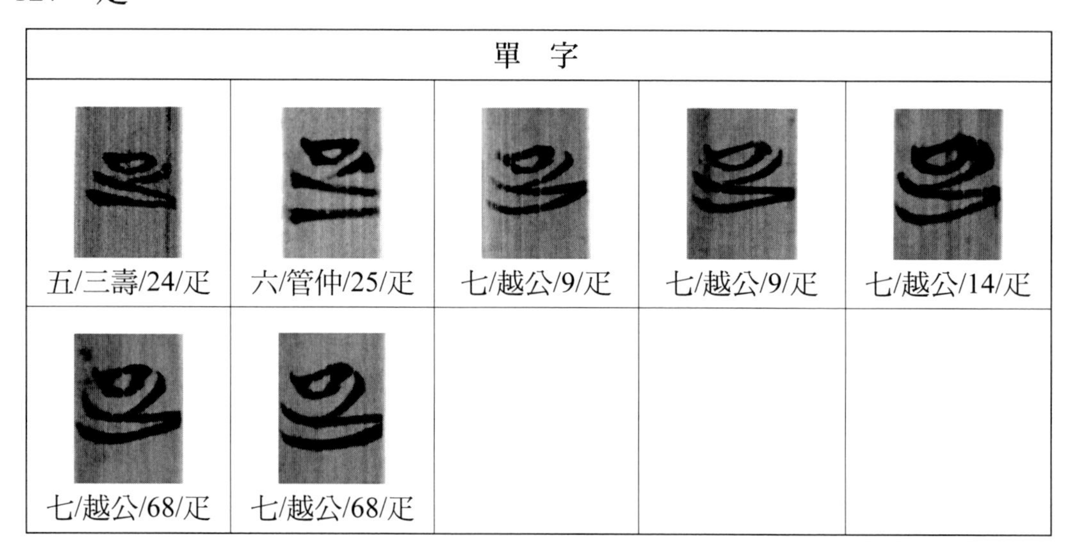

單字				
五/三壽/24/疋	六/管仲/25/疋	七/越公/9/疋	七/越公/9/疋	七/越公/14/疋
七/越公/68/疋	七/越公/68/疋			

〔註 145〕季師旭昇：《說文新證》，頁 446。

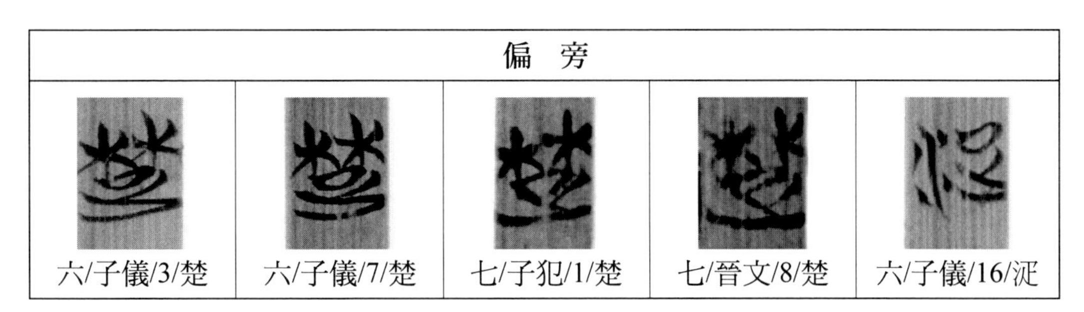

偏　旁				
六/子儀/3/楚	六/子儀/7/楚	七/子犯/1/楚	七/晉文/8/楚	六/子儀/16/浞

《說文．卷二．疋部》:「，足也。上象腓腸，下从止。《弟子職》曰：『問疋何止。』古文以為《詩．大疋》字。亦以為足字。或曰胥字。一曰疋，記也。凡疋之屬皆从疋。」甲骨、金文形體，「足」、「疋」同字。甲骨字形寫作：（《合集》4583），（《合集》4020）。金文形體寫作：（《免簋》），（《申簋蓋》）。戰國時期兩字開始分化，「疋」字上寫作「口」形，「足」字上寫作「口」形。〔註 146〕

128　足

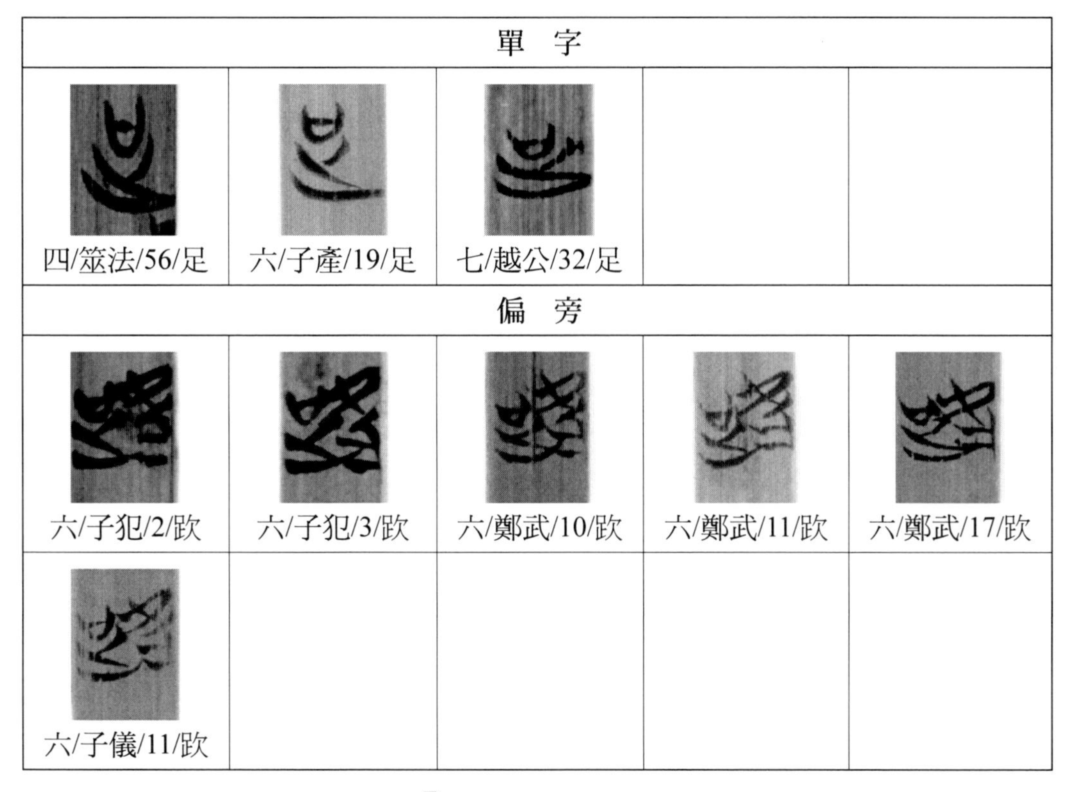

單　字				
四/筮法/56/足	六/子產/19/足	七/越公/32/足		
偏　旁				
六/子犯/2/欸	六/子犯/3/欸	六/鄭武/10/欸	六/鄭武/11/欸	六/鄭武/17/欸
六/子儀/11/欸				

《說文．卷二．足部》:「，人之足也。在下。从止、口。凡足之屬皆从足。」甲骨、金文形體，「足」、「疋」同字。甲骨字形寫作：（《合集》4583），（《合集》4020）。金文形體寫作：（《免簋》），（《申簋蓋》）。戰國時期

〔註 146〕季師旭昇：《說文新證》，頁 141。

兩字開始分化，「疋」字上寫作「口」形，「足」字上寫作「口」形。〔註 147〕

129　延

單　字				
 六/鄭武/11/延				

《說文・卷二・延部》:「，安步延延也。从廴从止。凡延之屬皆从延。」《說文・卷二・延部》:「，長行也。从延丿聲。」甲骨文形體寫作：（《合集》12776），（《合集》34442）。金文形體寫作：（《師遽鼎》），（《蔡侯紐鍾》）。甲骨、金文中「延」、「征」字為同一字。後來「延」字用為副詞，故上面增加一筆，開始分化。二字至春秋時期金文開始分化。〔註 148〕

130　市

單　字				
 七/越公/37/市	 七/越公/38/市	 七/越公/42/市	 七/越公/44/市	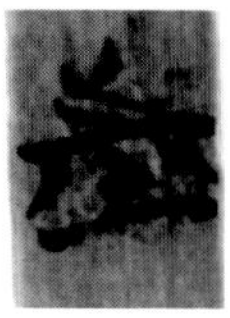 七/越公/51/市
 七/越公/52/市				

《說文・卷五・冂部》:「買賣所之也。市有垣，从冂从乁，乁，古文及，象物相及也。之省聲。」甲骨文形體寫作：（《合集》272702），（《合集》30646），（《合集》30644）。（《兮甲盤》）。「市」字假「失」字，而後分化。〔註 149〕「失」字的本義或許表示失足跌破脚足。〔註 150〕

〔註 147〕季師旭昇：《說文新證》，頁 140。
〔註 148〕季師旭昇：《說文新證》，頁 138。
〔註 149〕季師旭昇：《說文新證》，頁 450。
〔註 150〕丁山：《商周史料考證》，頁 197～198。

131　正

單　字				
 四/筮法/9/正	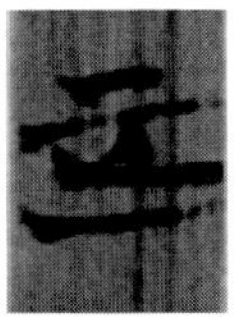 五/湯門/7/正	 五/湯門/11/正	 五/湯門/11/正	 五/湯門/13/正
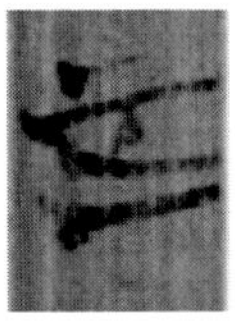 五/湯門/13/正	 五/湯門/16/正	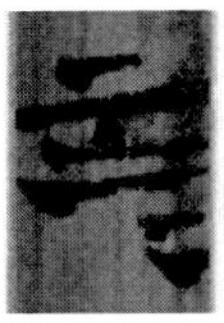 五/湯門/16/正	 五/湯門/17/正	 五/湯丘/8/正
 五/命訓/1/正	 五/命訓/4/正	 五/命訓/6/正	 五/命訓/10/正	 五/命訓/12/正
 五/命訓/13/正	 五/命訓/14/正	 六/鄭武/6/正	 六/鄭武/6/正	 六/鄭武/7/正
 六/鄭武/8/正	 六/管仲/4/正	 六/管仲/7/正	 六/管仲/9/正	 六/管仲/10/正
 六/管仲/10/正	 六/管仲/11/正	 六/管仲/13/正	 六/管仲/13/正	 六/管仲/17/正
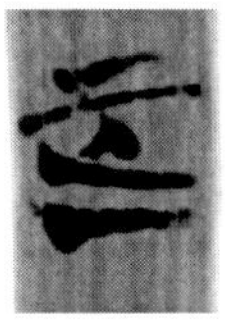 六/管仲/18/正	 六/管仲/19/正	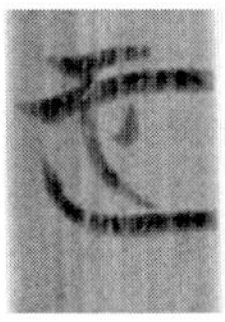 六/子產/16/正	 七/趙簡/6/正	 七/子犯/8/正

偏　旁				
六/鄭武/11/定	六/鄭武/14/定	七/子犯/2/定	四/筮法/30/政	五/厚父/4/政
五/厚父/8/政	五/三壽/19/政	五/命訓/12/政	六/子產/3/政	六/子產/5/政
六/子產/5/政	六/子產/5/政	六/子產/5/政	六/子產/6/政	六/子產/12/政
六/子產/16/政	六/子產/27/政	六/子產/27/政	七/子犯/9/政	七/子犯/11/政
七/趙簡/5/政	七/晉文/2/政	七/越公/29/政	七/越公/30/政	七/越公/39/政
七/越公/39/政	七/越公/37/政	七/越公/49/政	七/越公/41/政	七/越公/61/政
五/封許/7/鉦				

同　形				
五/命訓/8/乏				

《說文・卷二・正部》:「，是也。从止，一以止。凡正之屬皆从正。，古文正。从二。二，古上字。，古文正。从一、足。足者亦止也。」《說文・卷二・正部》:「，《春秋傳》曰:『反正為乏。』」甲骨文形體寫作：（《合集》6993），（《合集》22323），（《合集》38729）。金文形體寫作：（《二祀邲其卣》），（《井侯方彝》），（《師酉簋》）。季師釋形作：「甲骨文從止，從口，或從丁，會向城邑前行的意思，丁亦聲。」〔註151〕戰國文字上部的「口」形類化成「一」。

〔註151〕季師旭昇：《說文新證》，頁120。

十七、図　類

132　図

偏　旁				
四/筮法/44/胃	四/筮法/44/胃	四/筮法/47/胃	四/筮法/47/胃	四/筮法/55/胃
四/筮法/58/胃	四/筮法/58/胃	五/湯丘/6/胃	五/湯丘/14/胃	五/湯門/6/胃
五/湯門/11/胃	五/湯門/13/胃	五/湯門/14/胃	五/湯門/15/胃	五/湯門/15/胃
五/湯門/15/胃	五/湯門/16/胃	五/湯門/16/胃	五/湯門/17/胃	五/湯門/17/胃
五/湯門/17/胃	五/湯門/18/胃	五/湯門/20/胃	五/三壽/2/胃	五/三壽/2/胃
五/三壽/2/胃	五/三壽/2/胃	五/三壽/4/胃	五/三壽/4/胃	五/三壽/4/胃
五/三壽/4/胃	五/三壽/6/胃	五/三壽/6/胃	五/三壽/6/胃	五/三壽/6/胃

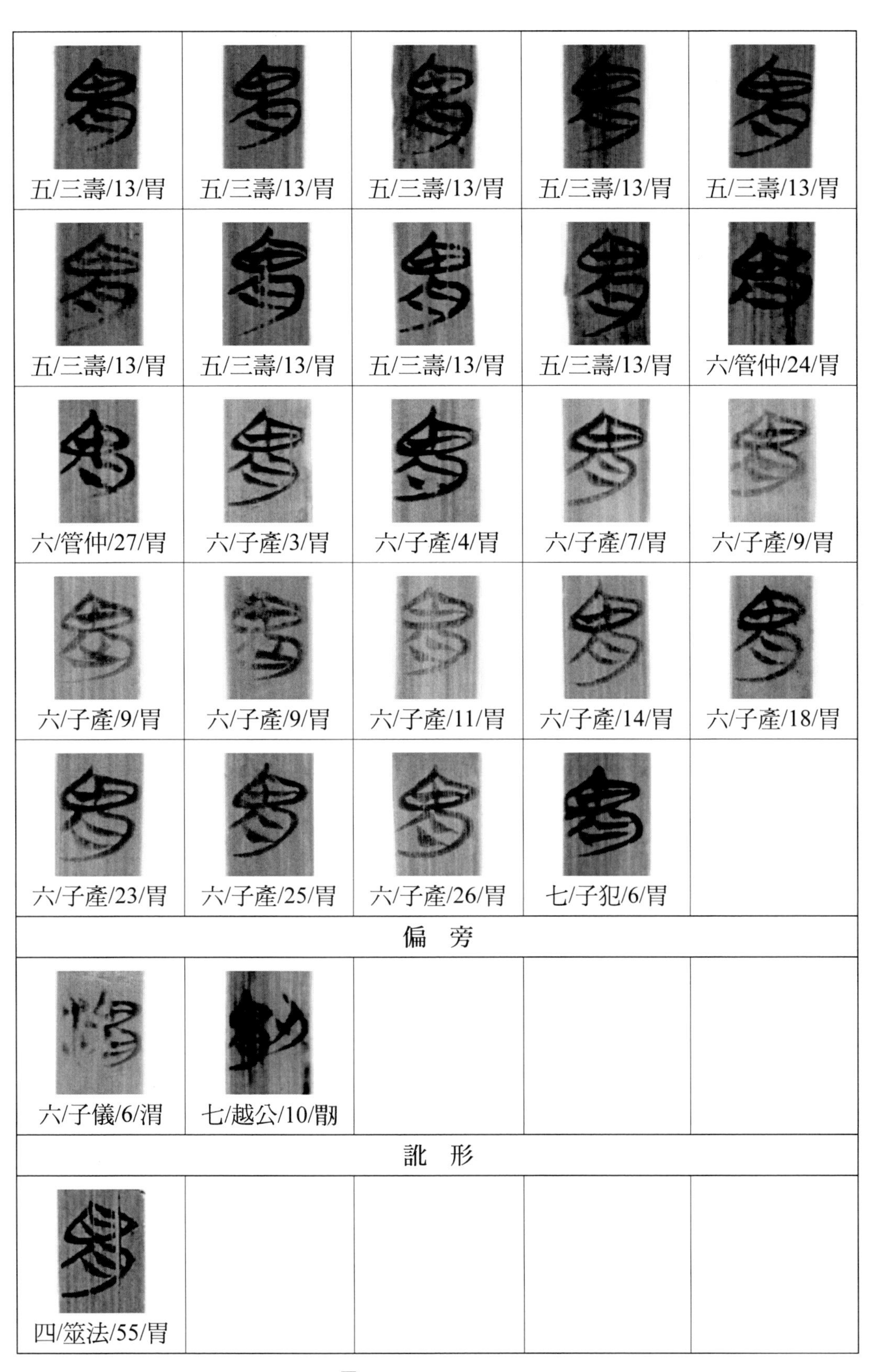

五/三壽/13/胃	五/三壽/13/胃	五/三壽/13/胃	五/三壽/13/胃	五/三壽/13/胃
五/三壽/13/胃	五/三壽/13/胃	五/三壽/13/胃	五/三壽/13/胃	六/管仲/24/胃
六/管仲/27/胃	六/子產/3/胃	六/子產/4/胃	六/子產/7/胃	六/子產/9/胃
六/子產/9/胃	六/子產/9/胃	六/子產/11/胃	六/子產/14/胃	六/子產/18/胃
六/子產/23/胃	六/子產/25/胃	六/子產/26/胃	七/子犯/6/胃	
偏　旁				
六/子儀/6/渭	七/越公/10/罰			
訛　形				
四/筮法/55/胃				

《說文·卷四·肉部》:「，谷府也。从肉；囷，象形。」《說文·卷一·艸部》:「，糞也。从艸，胃省。」陳劍在「古文字形體源流」課程講義中提

到:「図」形「象胃中有屎之形」，本是「胃」與「屎」共同的表意初文。前者後加意符「肉」即「腎(胃)」字，後者被「屎」或假借字「矢」所取代，但尚作為聲符保留在《說文》、秦文字之「菌」中。秦漢代出土文字中，「鹵」又多訛混作「囷」、「図」。〔註152〕

〔註152〕陳劍：2019～2020年學年秋季學期在臺灣政治大學客座課程講義。

十八、日　類

133　日

單　字				
 四/筮法/8/日	 四/筮法/11/日	 四/筮法/12/日	 四/筮法/13/日	 四/筮法/14/日
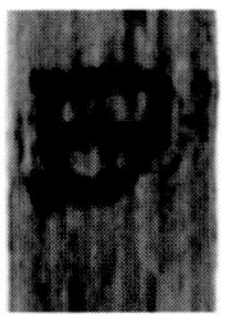 四/筮法/26/日	 四/筮法/30/日	 四/筮法/39/日	 四/筮法/40/日	 四/筮法/41/日
 四/筮法/49/日	 四/筮法/49/日	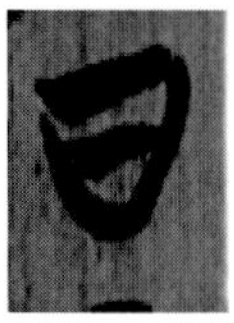 四/筮法/49/日	 四/筮法/49/日	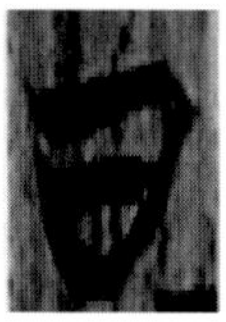 四/筮法/54/日
 四/筮法/61/日	 五/命訓/1/日	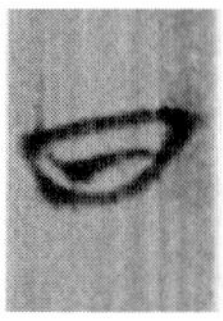 六/鄭武/12/日	 六/管仲/12/日	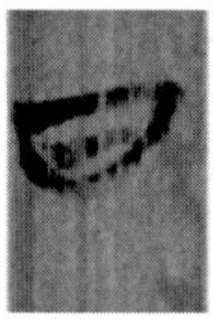 六/管仲/30/日
 七/晉文/1/日	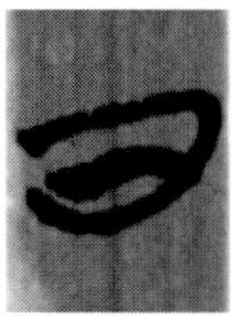 七/晉文/2/日	 七/晉文/3/日	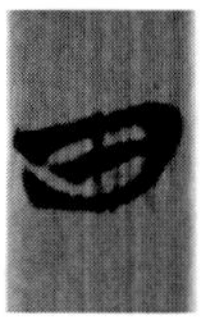 七/晉文/4/日	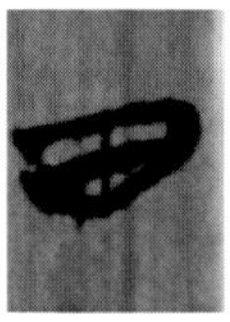 七/晉文/6/日
 七/越公/30/日	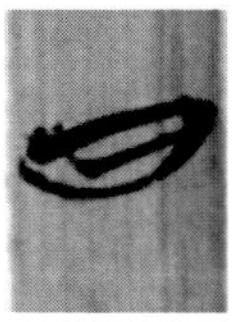 七/越公/39/日	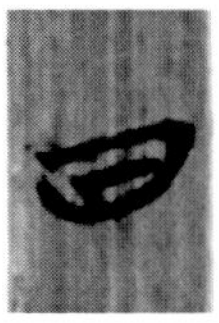 七/越公/41/日	 七/越公/50/日	 七/越公/50/日
 七/越公/64/日				

偏旁				
五/三壽/26/昏	六/鄭武/7/昏	六/管仲/26/昏	七/越公/64/昏	五/三壽/10/緍
六/子儀/13/緍	四/筮法/13/餌	六/鄭武/10/餌	五/湯丘/15/餌	六/鄭武/3/餌
六/鄭甲/1/餌	六/鄭甲/12/餌	六/鄭甲/13/餌	六/鄭甲/13/餌	六/鄭乙/1/餌
六/鄭乙/11/餌	六/鄭乙/11/餌	六/鄭乙/12/餌	七/趙簡/5/餌	七/趙簡/5/餌
七/子犯/13/餌	七/子犯/13/餌	七/子犯/13/餌	七/子犯/14/餌	七/子犯/15/餌
四/筮法/13/䭒	五/厚父/1/餌	五/厚父/1/餌	五/厚父/3/餌	五/湯丘/4/餌
五/湯丘/6/餌	五/湯丘/10/餌	五/湯丘/11/餌	五/湯丘/13/餌	五/湯丘/14/餌
五/湯丘/16/餌	五/湯丘/17/餌	五/湯丘/18/餌	五/湯門/1/餌	五/湯門/3/餌

五/湯門/5/䬷	五/湯門/10/䬷	五/湯門/11/䬷	五/湯門/18/䬷	五/湯門/19/䬷
五/三壽/12/䬷	五/三壽/14/䬷	五/三壽/24/䬷	五/三壽/24/䬷	五/三壽/27/䬷
六/管仲/1/䬷	六/管仲/2/䬷	六/管仲/3/䬷	六/管仲/3/䬷	六/管仲/5/䬷
六/管仲/7/䬷	六/管仲/8/䬷	六/管仲/9/䬷	六/管仲/11/䬷	六/管仲/12/䬷
六/管仲/14/䬷	六/管仲/16/䬷	六/管仲/17/䬷	六/管仲/20/䬷	六/管仲/21/䬷
六/管仲/24/䬷	六/管仲/24/䬷	六/管仲/27/䬷	七/趙簡/6/䬷	七/趙簡/6/䬷
七/趙簡/7/䬷	七/子犯/1/䬷	七/子犯/3/䬷	七/子犯/7/䬷	七/子犯/9/䬷
七/子犯/9/䬷	七/子犯/10/䬷	七/子犯/10/䬷	七/子犯/11/䬷	七/晉文/1/昷

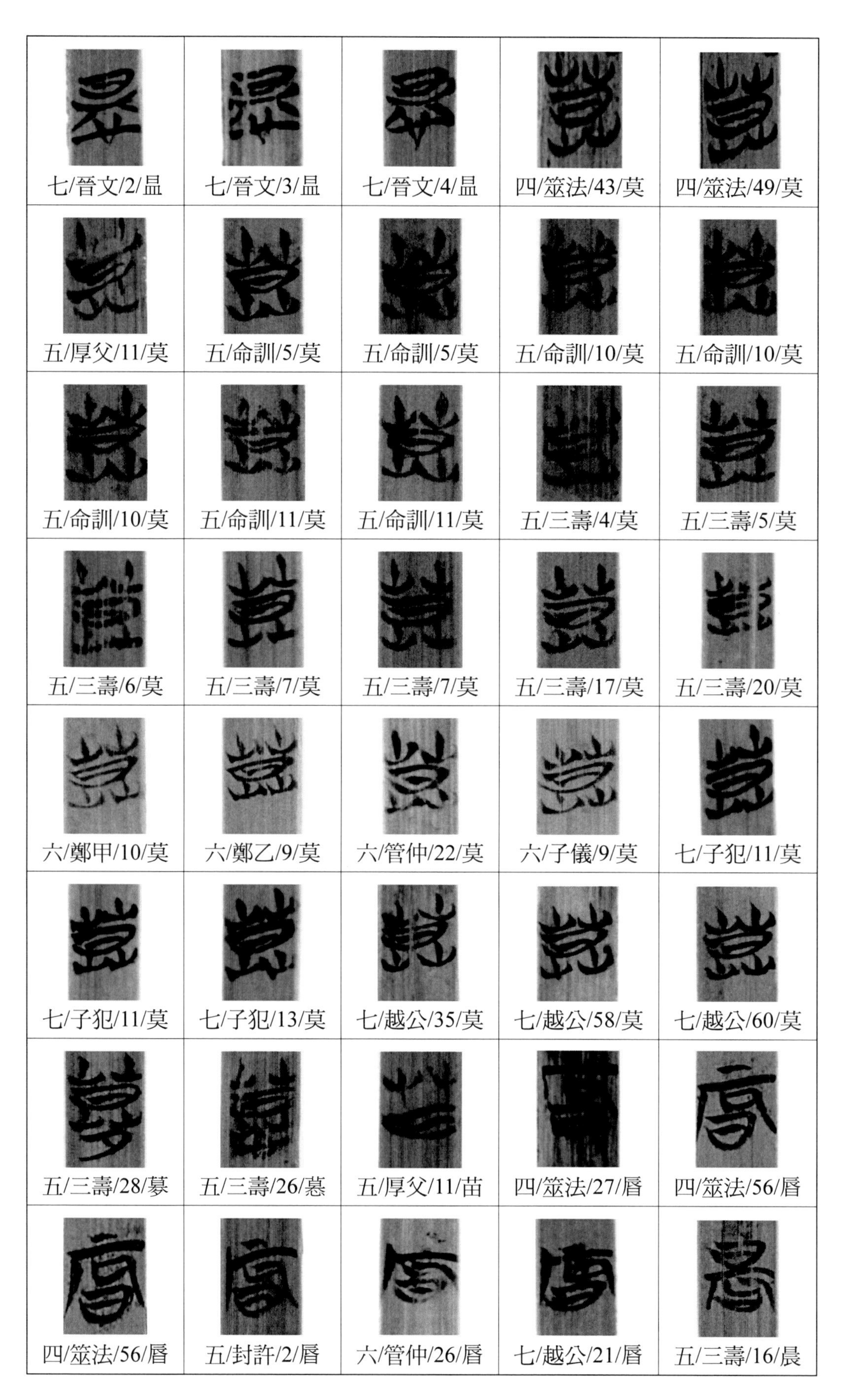

七/晉文/2/昷	七/晉文/3/昷	七/晉文/4/昷	四/筮法/43/莫	四/筮法/49/莫
五/厚父/11/莫	五/命訓/5/莫	五/命訓/5/莫	五/命訓/10/莫	五/命訓/10/莫
五/命訓/10/莫	五/命訓/11/莫	五/命訓/11/莫	五/三壽/4/莫	五/三壽/5/莫
五/三壽/6/莫	五/三壽/7/莫	五/三壽/7/莫	五/三壽/17/莫	五/三壽/20/莫
六/鄭甲/10/莫	六/鄭乙/9/莫	六/管仲/22/莫	六/子儀/9/莫	七/子犯/11/莫
七/子犯/11/莫	七/子犯/13/莫	七/越公/35/莫	七/越公/58/莫	七/越公/60/莫
五/三壽/28/募	五/三壽/26/墓	五/厚父/11/苗	四/筮法/27/脣	四/筮法/56/脣
四/筮法/56/脣	五/封許/2/脣	六/管仲/26/脣	七/越公/21/脣	五/三壽/16/晨

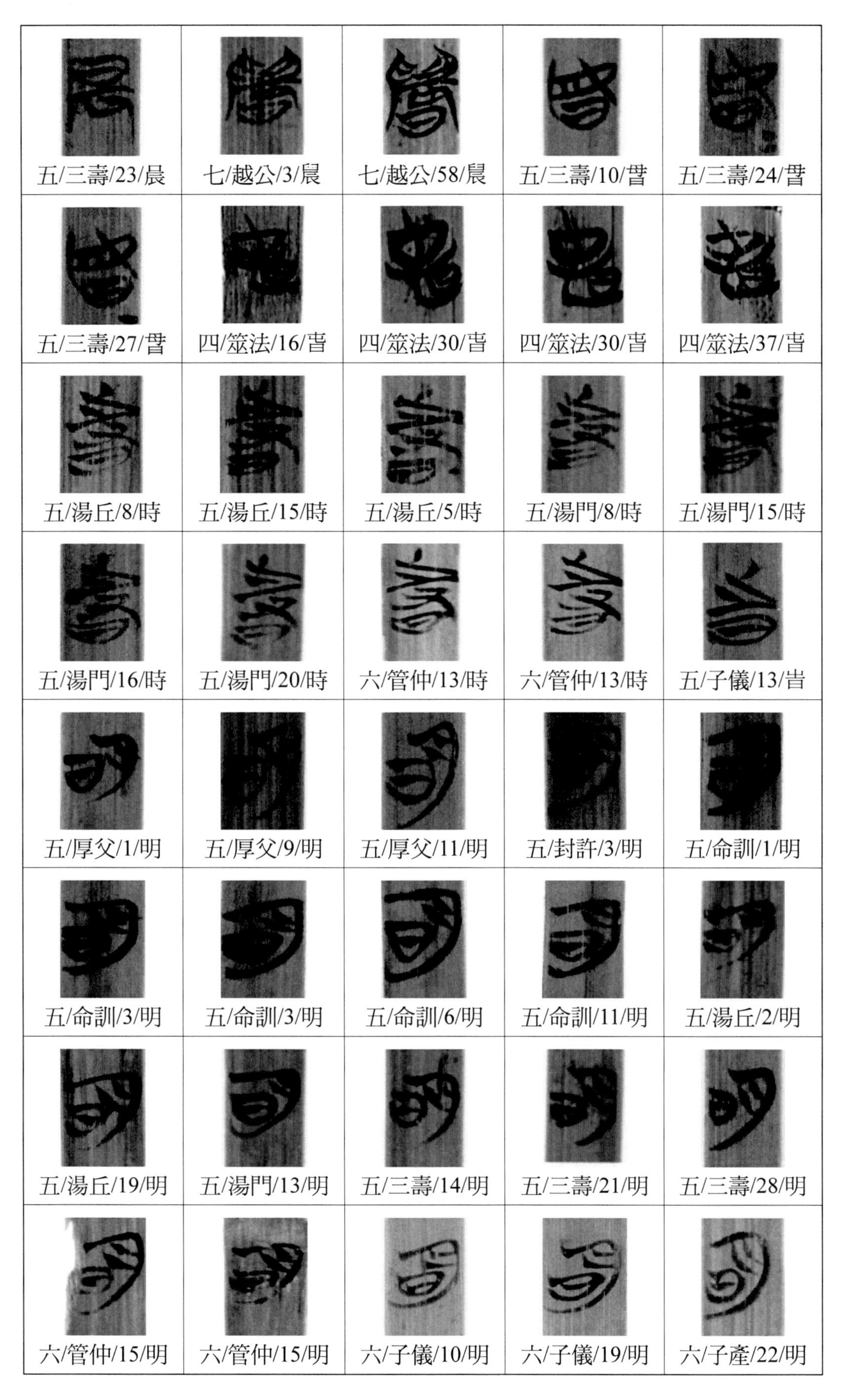

五/三壽/23/晨	七/越公/3/晨	七/越公/58/晨	五/三壽/10/昬	五/三壽/24/昬
五/三壽/27/昬	四/筮法/16/旾	四/筮法/30/旾	四/筮法/30/旾	四/筮法/37/旾
五/湯丘/8/時	五/湯丘/15/時	五/湯丘/5/時	五/湯門/8/時	五/湯門/15/時
五/湯門/16/時	五/湯門/20/時	六/管仲/13/時	六/管仲/13/時	五/子儀/13/旹
五/厚父/1/明	五/厚父/9/明	五/厚父/11/明	五/封許/3/明	五/命訓/1/明
五/命訓/3/明	五/命訓/3/明	五/命訓/6/明	五/命訓/11/明	五/湯丘/2/明
五/湯丘/19/明	五/湯門/13/明	五/三壽/14/明	五/三壽/21/明	五/三壽/28/明
六/管仲/15/明	六/管仲/15/明	六/子儀/10/明	六/子儀/19/明	六/子產/22/明

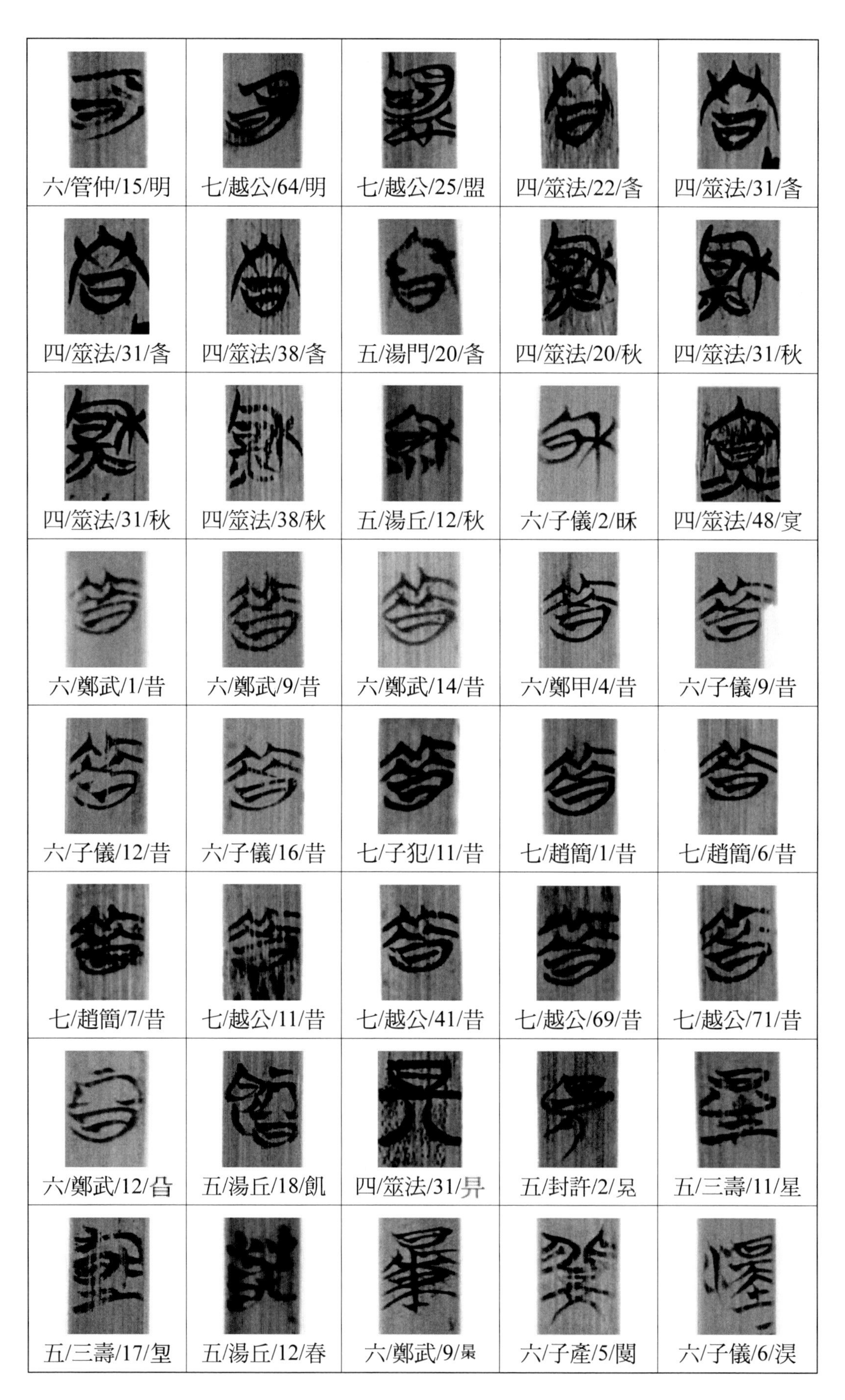

六/管仲/15/明	七/越公/64/明	七/越公/25/盟	四/筮法/22/昚	四/筮法/31/昚
四/筮法/31/昚	四/筮法/38/昚	五/湯門/20/昚	四/筮法/20/秋	四/筮法/31/秋
四/筮法/31/秋	四/筮法/38/秋	五/湯丘/12/秋	六/子儀/2/昹	四/筮法/48/寔
六/鄭武/1/昔	六/鄭武/9/昔	六/鄭武/14/昔	六/鄭甲/4/昔	六/子儀/9/昔
六/子儀/12/昔	六/子儀/16/昔	七/子犯/11/昔	七/趙簡/1/昔	七/趙簡/6/昔
七/趙簡/7/昔	七/越公/11/昔	七/越公/41/昔	七/越公/69/昔	七/越公/71/昔
六/鄭武/12/昚	五/湯丘/18/飢	四/筮法/31/昪	五/封許/2/皃	五/三壽/11/星
五/三壽/17/星	五/湯丘/12/春	六/鄭武/9/㬎	六/子產/5/闅	六/子儀/6/淏

七/晉文/7/曹				
同　形				
七/子犯/1/晉	七/子犯/3/晉	七/子犯/7/晉	七/晉文/1/晉	七/晉文/1/晉
七/晉文/2/晉	七/晉文/3/晉	四/別卦/7/[illegible]	六/管仲/8/參	六/管仲/8/參
五/厚父/1/良	五/厚父/2/良	五/厚父/11/良	五/湯門/21/良	六/鄭武/4/良
六/子產/2/良	六/管仲/21/良	六/管仲/23/良	七/子犯/1/良	七/子犯/3/良
七/子犯/4/良	七/子犯/4/良	七/子犯/6/良	七/越公/11/良	七/越公/16/良
七/越公/22/良	七/越公/17/狼	五/湯丘/6/昌	五/湯門/9/昌	六/管仲/22/昌
四/筮法/18/顕	四/筮法/30/顕	四/筮法/31/顕	四/筮法/37/顕	五/厚父/2/顕

五/厚父/3/頣	五/厚父/3/頣	五/厚父/4/頣	五/湯丘/3/鄙	五/湯丘/12/顳
五/湯丘/12/顳	五/湯丘/13/曐	五/湯丘/13/曐	五/湯丘/14/曐	五/湯門/20/顳
七/趙簡/9/夏	七/越公/24/戩	七/越公/47/譖	五/湯門/8/晉	六/管仲/25/晉
七/越公/47/晉	六/子產/2/蠶	五/湯門/20/晝	五/封許/5/酇	七/晉文/8/簪
六/子產/11/寡	六/子儀/19/扉	七/子犯/12/寶	七/越公/23/潛	
訛　誤				
四/筮法/48/晨	四/筮法/49/晨	四/筮法/49/晨	四/筮法/52/晨	五/湯丘/2/惜
五/三壽/19/昔	六/子產/1/昔	六/子產/20/昔	七/子犯/9/昔	

混　同				
五/厚父/12/厷				

《說文・卷七・日部》：「，實也。太陽之精不虧。从口一。象形。凡日之屬皆从日。古文。象形。」甲骨文形體作：（《合集》20905），（《合集》6058），（《合集》6571）。金文形體作：（《侃尊》），（《曶鼎》）。日字為象形字，象太陽之形。甲骨文有一些字形為方形字形，是因為刀筆刻畫的緣故。

134　旦

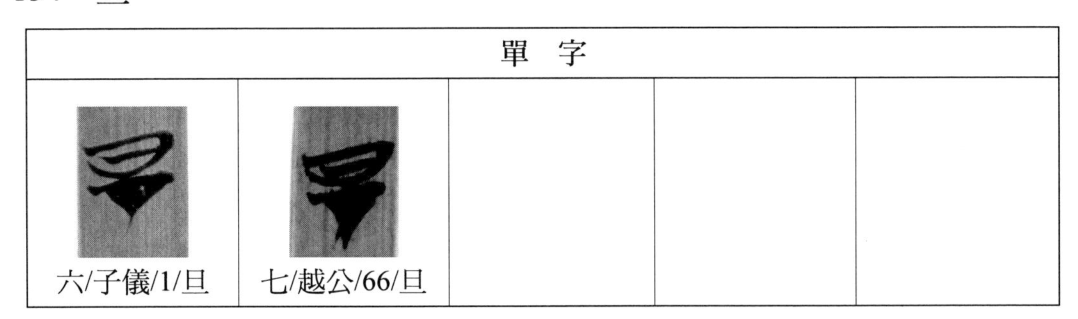

單　字				
六/子儀/1/旦	七/越公/66/旦			

《說文・卷七・旦部》：「，明也。从日見一上。一，地也。凡旦之屬皆从旦。」甲骨文形體寫作：（《合集》1074），（《合集》29782），（《合集》34601）。金文形體寫作：（《大師旦簋》），（《大克鼎》），（《頌壺》）。吳大澂：「象日初未離於土也。」〔註 153〕張世超：「蓋日始出而尚未完全離於水面或地平綫之際，往往其下成綴連之日影，金文作正像其意。甲骨文分其形影為二，欲其明塙也，若連接作日或，反不知何意矣。」〔註 154〕對於下半部的形體，駱珍伊學姐補充道：「下『日』乃上『日』的倒映。」〔註 155〕

〔註 153〕〔清〕吳大澂：《說文古籀補》，頁 38。

〔註 154〕張世超、孫凌安、金國泰、馬如森：《金文形義通解》，頁 1660。

〔註 155〕駱珍伊：《〈上海博物館藏戰國楚竹書（七）～（九）〉與〈清華大學藏戰國竹簡（壹）～（叁）〉字根研究》，頁 259。

135 昜

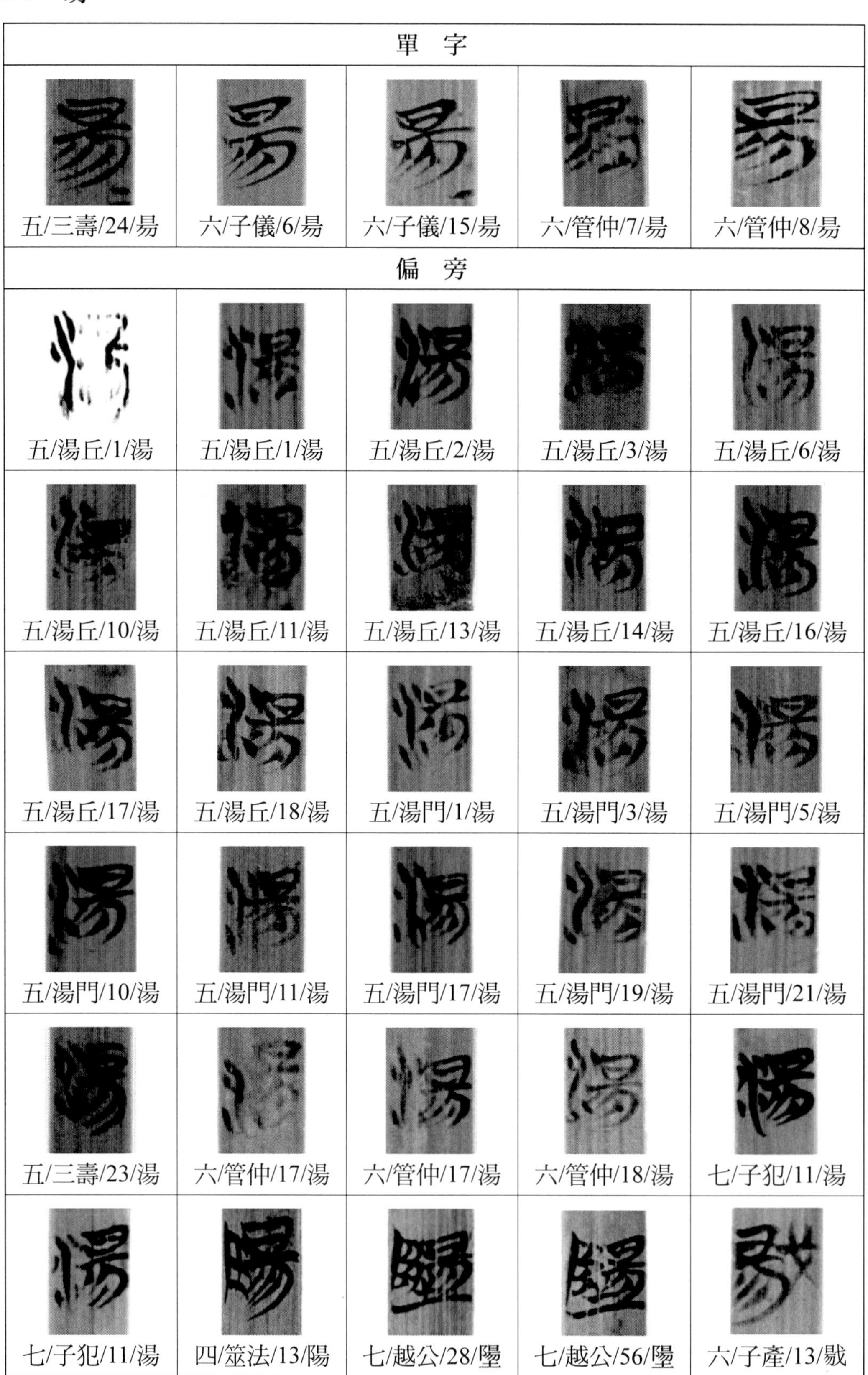

單字				
五/三壽/24/昜	六/子儀/6/昜	六/子儀/15/昜	六/管仲/7/昜	六/管仲/8/昜
偏旁				
五/湯丘/1/湯	五/湯丘/1/湯	五/湯丘/2/湯	五/湯丘/3/湯	五/湯丘/6/湯
五/湯丘/10/湯	五/湯丘/11/湯	五/湯丘/13/湯	五/湯丘/14/湯	五/湯丘/16/湯
五/湯丘/17/湯	五/湯丘/18/湯	五/湯門/1/湯	五/湯門/3/湯	五/湯門/5/湯
五/湯門/10/湯	五/湯門/11/湯	五/湯門/17/湯	五/湯門/19/湯	五/湯門/21/湯
五/三壽/23/湯	六/管仲/17/湯	六/管仲/17/湯	六/管仲/18/湯	七/子犯/11/湯
七/子犯/11/湯	四/筮法/13/陽	七/越公/28/⿱陽土	七/越公/56/⿱陽土	六/子產/13/⿰昜虎

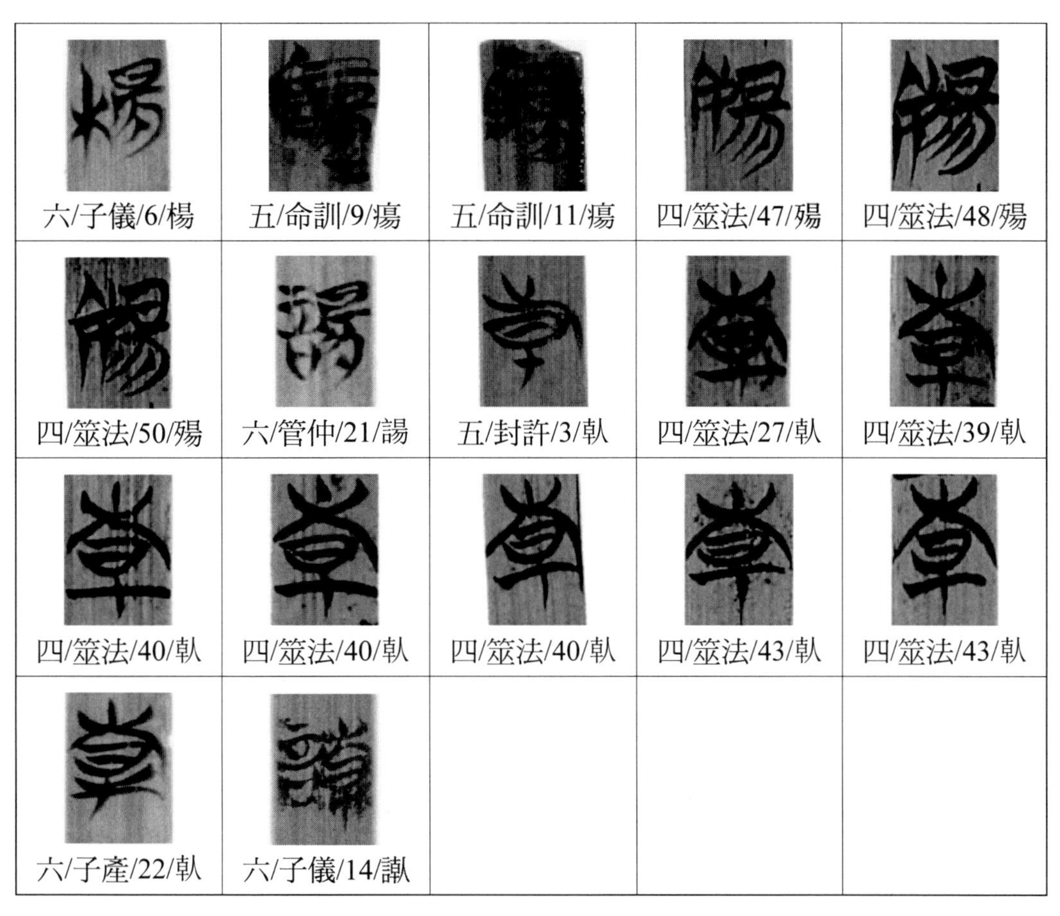

六/子儀/6/楊	五/命訓/9/瘍	五/命訓/11/瘍	四/筮法/47/殤	四/筮法/48/殤
四/筮法/50/殤	六/管仲/21/諹	五/封許/3/䡚	四/筮法/27/䡚	四/筮法/39/䡚
四/筮法/40/䡚	四/筮法/40/䡚	四/筮法/40/䡚	四/筮法/43/䡚	四/筮法/43/䡚
六/子產/22/䡚	六/子儀/14/讜			

《說文・卷九・勿部》:「，開也。从日、一、勿。一曰飛揚。一曰長也。一曰彊者眾皃。」甲骨寫作：（《合集》6460），（《合集》3391），（《合集》11499）。金文寫作：（《小臣宅鼎》），（《小臣鼎》），（《五年師史簋》）。學者舊釋甲骨、金文「昜」字下部為「丂」，但「昜」從「丂」在文字表意上意有未安。《金文形義通解》:「疑其本象太陽漸次昇高之形。表日始出之『旦』，象日始出而尚未離地之形。『昜』斯昇高之形矣。古文獻中『昜』即有昇高之意。」〔註156〕

〔註156〕張世超主編：《金文形義通解》，頁2349。